CRISTINA C

LA RAGAZZA SENZA RADICI

Garzanti

Prima edizione: ottobre 2024

IL LIBRAIO.IT
il sito di chi ama leggere

ISBN 978-88-11-01178-1

© 2024, Garzanti S.r.l., Milano
Gruppo editoriale Mauri Spagnol

Printed in Italy

www.garzanti.it

LA RAGAZZA SENZA RADICI

*Alle anime gentili.
A chi sceglie il sorriso e la dolcezza
e intorno costruisce mondi.
A coloro che sanno cogliere la bellezza
e, generosi, la spartiscono con i vicini.
Questo libro è per voi.*

«La speranza è un essere piumato
Che si posa sul cuore
Canta melodie senza parole
E non si ferma mai
Mai»

EMILY DICKINSON

PROLOGO

Sanremo, febbraio 2007

«A marzo la vigna è una promessa, in aprile sfoggia le prime gemme, a maggio distende le foglie. Ma è a giugno, tra il verde brillante, che i fiori sbocciano e diventano grappoli. E questo, amici miei, è solo l'inizio.»
Ai piedi del castello di Dolceacqua, in Liguria, circondato da una schiera di spettatori, un uomo alto e distinto racconta l'antica storia del vino. Miranda Gravisi-Barbieri sorride e solleva il calice verso di lui, in un brindisi che è solo per loro due.

«Saprebbe incantare un mago...» commenta tra sé, divertita. Seduta accanto agli altri giudici, da dietro una fila di bicchieri allineati sul tavolo con all'interno un dito di vino bruno, osserva le persone accorse al concorso enologico. Riconosce la curiosità dipinta sui loro volti, la passione, il bisogno di raccontare e ascoltare. Li riconosce perché li condivide. Il vino accompagna l'umanità da millenni. Celebra conquiste, unisce il passato al futuro, la tradizione all'innovazione. È storia e progresso insieme.

Ma per lei significa... altro.

Un vento improvviso gonfia gli stendardi, risale le alte pareti di pietra, schiocca tra le bandiere issate sul mastio. Miranda ritorna alla realtà, avvolge il suo bicchiere con i palmi delle mani e lo scalda prima di avvicinarselo al viso.

E attende.

«Eccolo», sussurra.

Il profumo finalmente risale. È intenso: ciliegie mature, frutti rossi, erbe selvatiche. Per un istante è stregata dall'immagine. Solleva la testa verso le colline che ha ammirato insieme al marito Riccardo quella mattina, al loro arrivo. Alle sue spalle, il mare ruggisce, ma lei lo ignora. Il suo cuore è altrove, un luogo dolce e dorato come le foglie della vite che accolgono l'autunno prima di abbandonarsi e cadere.

«Signori, potete iniziare. Il punteggio va annotato sulla scheda alla vostra destra.»

Miranda annuisce. China il capo, chiude gli occhi. E respira lentamente. "Vaniglia..." riflette. La nota è intensa, speziata. Chiodi di garofano. "Invecchiato in barrique." La botte di rovere ha donato il suo prezioso contributo.

La sua vicina annuisce e lei ricambia il sorriso. Allora rotea appena il bicchiere e il colore nero si schiude rivelando un cupo rubino. Lì, in Liguria, terra di bianchi, quel vino è ancora più singolare.

«E adesso raccontami qualcosa di più, amico mio.»

Tutto possiede un'anima, ne è convinta. Nel caso del vino si tratta di una serie di elementi che si combinano nel *terroir*, un insieme di fattori ambientali e umani che interagiscono determinando la sua unicità.

Chi pensa che il vino sia una semplice bevanda ottenuta dalla fermentazione del succo d'uva si inganna. È ben altro: identità, tradizione, natura, abilità. Ma soprattutto mistero. Perché tocca l'anima e la conduce in luoghi inesplorati, dove tutto è possibile.

Almeno è quello che pensavano i greci con Dioniso, e i romani con Bacco.

Il liquido le scivola in bocca e lei lo trattiene in attesa della rivelazione. È avvolgente, armonioso, morbido. Uno dei migliori che le sia capitato di degustare negli ultimi tempi. La serata procede, i vini sono esaminati e giudicati, la valutazione si conclude. Miranda è soddisfatta: qualche chiacchiera, un impegno da segnare in agenda. Una giornalista che vuole conoscere la sua storia.

Se solo sapesse...

Il tramonto infiamma il cielo diluendo il blu e la riporta a un altro luogo, a quella che considera un'altra vita. Ma non vuole pensarci, non in quel momento, circondata dalla bellezza e dalla gioia. Ha intenzione di godersi ogni istante.

Con un gesto fluido solleva la lunga gonna e un ultimo bagliore illumina i ricami dorati dell'abito, strappandole un sorriso. Lo sguardo vaga sulla folla, sulla gente che le passa davanti. Una coppia che si tiene per mano, un anziano che scrive su un taccuino, una ragazza dall'espressione curiosa.

E poi lo nota.

La figura sovrasta le altre. Un uomo alto e biondo. Lo segue con gli occhi. C'è qualcosa in lui, nel modo in cui cammina, nel modo in cui affronta lo spazio, che l'affascina. Un ricordo affiora. Un altro uomo. Un altro tempo. Il cuore prende a batterle forte. «Non è possibile», si dice. «Non è possibile», ripete. Eppure, continua a fissare lo sconosciuto che adesso si volta e l'osserva a sua volta. Gli occhi, le labbra sottili, l'espressione grave che in un istante diventa beffarda e derisoria.

Il calice si infrange ai suoi piedi. «Non può essere!» esclama.

«Va tutto bene, Miranda?»

Lei afferra il braccio di suo marito, che l'ha raggiunta. «È lui. Guarda, è lui!» La mano vibra cercando una direzione.

«Di chi parli?» La voce si perde nel brusio che li circonda. Miranda riporta l'attenzione sulla folla, fruga tra la gente. «Dove sei?» mormora, gli occhi sbarrati. Il cuore adesso è un martello contro lo sterno. Arriva all'ingresso del castello, si arrampica su un muretto, le dita aggrappate alla pietra, lo sguardo che saetta intorno, continuando a rovistare tra le persone. «Dove sei?» Non si è accorta di urlare.

Suo marito le prende la mano. «Miranda, che succede?»

Si volta verso di lui. «L'hai visto?» La voce stridula tradisce il panico.

«Calmati, scendi da lì e spiegami. A chi ti riferisci?»

Lei lo guarda come se fosse impazzito, ma è lei a essere pazza perché sta inseguendo un'allucinazione. Deve esserlo, non può nemmeno concepire il contrario. Eppure, le parole si trovano, compongono una frase. «Era lui, Nikolaj. Era mio figlio.»

Riccardo apre la bocca, poi la chiude. Le sorride. C'è una pena infinita nei suoi occhi.
«Miranda, tuo figlio è morto.»

1.

Il vino nasce dalla fermentazione degli zuccheri contenuti nell'uva. Un processo naturale che coniuga scienza, tradizione, sapienza. E anima. Il risultato è una bevanda ricca di storia e cultura che racchiude colori e sapori del territorio, uniti all'arte del vinificatore.

Adeline Weber sapeva che non avrebbe dovuto trovarsi lì, soprattutto a quell'ora.

Sapeva anche che quella lettera sulla sua scrivania, nei sotterranei dell'archivio del comune di Nizza, non era un suo problema.

Tuttavia accese lo scanner e predispose la strumentazione che le sarebbe servita. Circondata dal silenzio e dalle carte impolverate sugli scaffali, si chinò sul foglio. Non si prese la briga di chiedersi perché sentisse la necessità di svolgere quel compito, provava giusto un vago fastidio, qualcosa di indeterminato che però, a un tratto, divenne un pensiero definito: restare in superficie galleggiando sulle profondità oscure della vita, è, tutto sommato, un modo valido di affrontarla.

«Che razza di idea», si disse. Nessuno l'aveva obbligata ad accettare quell'incarico all'ultimo momento, era stata una sua scelta. Si concentrò sulle luci blu che le piovevano addosso illuminando l'ambiente. Lo rendevano morbido, quasi surreale. Era come se quel luogo fosse differente dal resto del mondo: lì era tutto facile, tutto uguale a sé stesso. Là dentro, Adeline lo sapeva, era al sicuro...

Le sembrò di sentirsi già meglio. Era solo un po' stanca. Nel fine settimana si sarebbe riposata. Accese il microfono e dopo averlo provato si immerse nel documento.

«La carta è di ottima fattura, abbastanza spessa da aver conservato bene l'inchiostro.» Richiamò alla memoria la scheda che il restauratore aveva allegato. «Fibra di lino con una filigrana impressa su un lato. Prodotta a Fabriano in-

torno alla seconda metà del XVIII secolo. La grafia è elegante, fitta.» L'avrebbe definita... nervosa. Mentre penetrava nel contenuto l'emozione crebbe, si fece intensa. «Una supplica», constatò. Struggente, accorata.
Inutile.
Suo malgrado dovette sedersi.
E se fosse arrivata a destinazione? si chiese pensierosa, gli occhi ancora un po' umidi. Avrebbe cambiato le cose? Ormai non aveva più nessuna importanza. Il delfino di Francia era morto da oltre due secoli. Il tentativo di sottrarre il giovane principe al suo tragico destino era fallito, e lei non poteva farci nulla. Completò la scheda, avvolta da un filo di tristezza, inserì la numerazione, rilesse tutto due volte e alla fine azionò l'apparecchiatura. Ultimato il rilevamento, inviò il file al programma centralizzato in cui erano conservate le copie digitali degli archivi. Infine, prelevò la lettera e la ripose nuovamente all'interno della cartella di conservazione, al sicuro. Tolse i guanti che aveva utilizzato per maneggiarla e si abbandonò sulla sua poltrona preferita.

Intorno a lei aleggiava ancora il lieve sentore dolciastro della carta antica, dell'inchiostro e del cuoio.

Amava quell'odore, era sinonimo di ordine, silenzio, tranquillità. Inspirò fiduciosa, ma invece di provare la consueta pace percepì nuovamente la strana sensazione che poco prima l'aveva allarmata. Lei non stava galleggiando... semplicemente aveva la sua filosofia di vita. Ognuno sceglieva il meglio per sé stesso.

Cercò con la mano il piccolo orologio che teneva al polso. Si era fatto tardi. Aveva promesso a Fleur, la nuova collega, di passare all'anagrafe per mostrarle la procedura degli archivi digitali. Dopo un ultimo sguardo alla scrivania, raccolse le sue cose e la borsa. Si infilò il cappotto e prese la sciarpa. Attese la chiusura della porta e digitò il codice di sicurezza. Guardò l'ascensore, ma decise di prendere le scale. Continuava a evitare i luoghi angusti, non si era mai davvero del tutto liberata dalla sua paura infantile. Quando giunse al pianoterra, si rilassò e proseguì lungo il corridoio fino alla portineria.

«Buonasera, Moreau, come mai gli uffici sono ancora aperti?»

Lui sospirò e annuì, un sorriso mesto sul volto. «Oggi se la stanno prendendo tutti comoda, signorina.»

In effetti c'era ancora molta gente, pensò Adeline. «Sto andando all'anagrafe.»

L'usciere si sporse oltre il muro della guardiola e lanciò un'occhiata agli schermi della videosorveglianza. «C'è ancora una persona.»

Adeline guardò verso l'ala del palazzo che ospitava la zona adibita al ricevimento del pubblico. Un luogo accogliente, più bello che funzionale. Ma quella era la gloriosa Nizza, anche l'amministrazione doveva avere stile.

«Devo mostrare una cosa alla collega. Ci vorrà al massimo una decina di minuti. Facciamo presto.»

Lui annuì. «Prima o poi la ragazza dovrà imparare a cavarsela da sola.»

Socchiuse le labbra, sorpresa. Possibile che a quell'uomo non sfuggisse nulla? Gli fece un cenno di saluto e si affrettò. Era consapevole che Fleur spesso approfittava della sua disponibilità, ma a lei faceva piacere darle una mano.

Svoltò l'angolo, il corridoio era deserto. Oltre le ampie porte che si aprivano sul salone dei servizi demografici intravide la sagoma di una donna.

«*Mio figlio si chiama Nikolaj Gravisi-Barbieri. È nato l'8 maggio 1949, la prego di ricontrollare.*»

La voce era bassa, poco più di un sussurro, ma Adeline la sentiva chiaramente. C'era una venatura di sofferenza, pensò. Incuriosita, rallentò il passo, restando in disparte. Dal punto in cui si trovava godeva di una completa visuale della sala. Una serie di lampadari di cristallo pendeva dal soffitto a doppia altezza, la luce calda si armonizzava ai tavoli di fronte ai quali erano posizionate delle poltrone imbottite. Le finestre si affacciavano sulla città, che sembrava brillare.

La scrivania di Fleur era l'ultima, ma in quel momento la ragazza si trovava alla postazione centrale, dietro uno dei monitor da cui partivano le comunicazioni interne. Dalla parte opposta c'era la signora. Era alta e distinta, avanti con gli anni. I capelli biondi striati d'argento erano raccolti in un nodo raffinato, stringeva la tracolla della borsa, le mani guantate, l'espressione tesa.

«Mio figlio è nato in questa città in quella data.»

«Come le ho già detto, madame, non c'è nessuno registrato sotto quel nome.»

Adeline, perplessa, fece qualche passo in avanti.

«Deve esserci di certo un errore! Controlli nuovamente, per piacere.»

«La prego di non insistere.» Fleur afferrò un foglio e lo agitò davanti a sé. «Compili il modulo. Inoltrerò la richiesta agli archivi, ma come le ho già spiegato sarà improbabile trovare qualcosa. I nostri database sono aggiornati e molto efficienti.»

«Lei non si rende conto della gravità della situazione, io l'ho visto e lui era vivo, davanti a me...» La voce si ruppe, la donna si portò una mano alla gola, un istante dopo vacillò.

Adeline, che aveva assistito alla scena in silenzio, si lanciò in avanti riuscendo ad afferrarla appena in tempo.

«Si appoggi a me.» L'aiutò a sedersi. Poi si rivolse a Fleur, che sembrava paralizzata: «Puoi andare a prendere un po' d'acqua, per piacere?».

«Certamente.» Tornò con un bicchiere di carta colmo fino all'orlo che Adeline porse alla donna.

«Mandi giù un sorso, l'aiuterà a riprendersi.»

«Oh... Grazie.»

Mentre la signora sorseggiava l'acqua lanciò un'occhiata interrogativa all'amica: perché era stata così dura?

Come se le avesse letto nel pensiero lei scosse la testa.

«Ho agito correttamente. Non sono responsabile di... tutto questo!» si giustificò nervosa. «Ho seguito la procedura alla lettera. Sono davvero desolata, madame, ma le ribadisco che non c'è traccia di suo figlio nei nostri sistemi.»

La signora trasalì.

Adeline le posò una mano sulla spalla. «Me ne occupo io, Fleur. Va' pure.»

«Come? Ma dovevamo... e poi c'è la cena, ricordi?»

Sì che lo ricordava, ma nulla era più importante di quella donna che le tremava al fianco. Solo che non poteva dirglielo. «Vi raggiungo più tardi.»

«Come preferisci», borbottò Fleur senza curarsi di nascondere il suo disappunto. Afferrò la borsa e la giacca. «Prenderò un taxi.»

«Va bene.»

Adeline attese che la collega uscisse, poi riportò l'attenzione sulla signora. «Si sente meglio?»

Lei sembrò non udirla. Era immersa nei suoi pensieri, distaccata da tutto ciò che le capitava intorno. Era più anziana di quanto le fosse parso inizialmente: le spalle curve, la testa china. Tremava. Fece per toccarla, la mano protesa, ma la ritirò.

Mai provare compassione. Mai farsi coinvolgere.

Anche lei, come Fleur, conosceva le regole. Per dare il massimo dovevano mantenere il distacco, era necessario. Però quella donna era disperata, stava cercando suo figlio. E lei voleva... capire. Voleva assolutamente sapere cosa le fosse accaduto.

«Ancora un po' d'acqua?»

Lei scosse la testa.

«Ce la fa a camminare?»

«Sì. Adesso sto meglio. È stato solo un capogiro.» Era ancora molto pallida, ma si stava riprendendo rapidamente. La osservò sollevare lo sguardo, battere le palpebre, passarsi le dita sul viso. Era turbata, eppure in lei vi era una grande determinazione.

«Mi chiamo Adeline», si presentò.

«Miranda, io sono Miranda.» Un'altra pausa, un altro respiro profondo. Quando la osservò, Adeline fu colpita dai suoi occhi pieni di lacrime.

«Sto cercando mio figlio», disse piano la sconosciuta. «Credevo fosse morto alla nascita, sa? Così almeno mi avevano detto...» Scosse la testa. «Io però l'ho visto.»

«Come dice?»

«Era lì, davanti a me! Mi hanno mentito.»

Il cuore di Adeline perse un battito. Non potevano restare lì. «Venga, usciamo, gli uffici stanno chiudendo.» All'aperto, l'aria fredda le procurò un brivido.

«Avrei dovuto chiedere un appuntamento, ma, vede, è stato tutto così improvviso.»

«Capisco», rispose lei, l'espressione tesa. Faticava a muoversi, a pensare, le sembrava di avere un peso sul petto. «Posso chiamarle un taxi?»

«Non è necessario, ho parcheggiato là.» Indicò un punto oltre la piazza, poi riportò l'attenzione su Adeline.

Lei percepì la sua esitazione. «L'accompagno alla macchina.»

Il volto di Miranda si aprì in un'espressione di sollievo. «Oh... grazie.»

"È solo per un breve tratto", pensò Adeline. "È solo perché..." Non terminò il pensiero. Si concentrò sul presente, sulle persone che venivano loro incontro in senso contrario, sui suoni della città, le risate, i clacson delle vetture, le sirene delle navi, laggiù al porto. Anche se guardava in avanti era intimamente consapevole della presenza al suo fianco, di ciò che era accaduto a quella donna, di quello che le aveva detto.

«Quando nacque Nikolaj ero molto giovane, capisce? Ero sola, ma il parto andò bene, e lui... mio figlio era un bimbo bellissimo.» Fece una pausa. «Quella stessa notte iniziai a stare male... non ho idea di cosa accadde dopo, non ho ricordi di quei giorni difficili. Una mattina mi sono svegliata e lui non c'era più. Mi dicevano di stare tranquilla, che presto lo avrei rivisto. Poi mi dissero che era morto... ma io l'ho visto. Non poteva essere altri che lui.»

Tesa, Adeline ascoltava il suo racconto. Miranda parlava a ruota libera.

«Devo sapere che cosa gli è accaduto.»

«Certo», le rispose meccanicamente. Le tremavano le mani, così le affondò nelle tasche. Moriva dalla voglia di sapere di più, voleva chiederle come fosse possibile che qualcuno le avesse sottratto suo figlio e perché avesse agito in un modo così orribile. Voleva chiederle come lo aveva scoperto. Invece restò in silenzio.

«Non mi serve un certificato di nascita, l'ho tenuto in braccio. Ricordo tutto di lui, anche il suo odore.»

Adeline iniziò a capire perché la collega avesse reagito così. Fleur era stata brusca, ma non avrebbe potuto darle una risposta nemmeno volendo. Il loro lavoro si basava sui fatti, e solo quelli erano documentati.

«Nel momento in cui ho visto quell'uomo tra la folla io... ho sentito qualcosa. Aveva i colori di suo padre, gli stessi occhi. Una somiglianza impressionante. L'ho riconosciuto! Ho capito che mio figlio era vivo e che mi avevano ingannato.»

Adeline deglutì. Faticava a mantenersi razionale, faticava persino a camminare. I fatti... doveva attenersi unicamente ai fatti, come Fleur. Ciò che era accaduto a Miranda, la convinzione di aver visto un uomo, di credere che si trattasse di suo figlio poteva essere una semplice suggestione, una somiglianza che aveva riportato a galla un dolore mai sopito. Una speranza.

Ma nessuna traccia concreta.

Guardò davanti a sé. Il cuore adesso le batteva forte. Un ricordo affiorò, poi un altro. D'un tratto desiderò non averla mai incontrata.

«Siamo arrivate.» Miranda si fermò davanti a una Mercedes. «Lei è stata veramente molto gentile, grazie. Se capita dalle parti di Sanremo venga a trovarmi. Le mostrerò la mia vigna. Le piace il vino?»

Adeline annuì più per educazione che per vero interesse. In realtà, in quel momento, avrebbe voluto trovarsi molto lontano, in un luogo dove i figli non scomparivano senza lasciare tracce, dove le madri sapevano sempre come ritrovarli...

«Sono felice di averla conosciuta, lei è un angelo, mia cara.» Un istante dopo Miranda la circondò con le braccia stringendola a sé.

Sorpresa, Adeline restò immobile. Calore, profumo di fresie, affetto. Le girava la testa. Chiuse gli occhi, il capo posato su quella spalla sconosciuta e accogliente. Cercò di respirare, ma aveva la gola chiusa, e fu colta da un improvviso desiderio di piangere.

«Mi dispiace di non esserle stata utile», mormorò.

«Lo è stata invece. La gentilezza, mia cara, è una virtù dell'anima, nasce da lì e nonostante alcuni la scambino per debolezza in realtà ci rende migliori, si fidi di me.»

Adeline non riusciva a distogliere l'attenzione dagli occhi brillanti della donna. Indietreggiò, fermandosi sul marciapiede poco distante, mentre lei entrava in macchina.

«A presto!» Miranda agitò la mano, poi, dopo un sorriso, partì.

Adeline seguì con lo sguardo la vettura che si avviava verso l'uscita del parcheggio, poi, a un tratto, iniziò a correre. «Aspetti!»

Stupita, la signora rallentò fino a fermarsi e poi abbassò il finestrino. Adeline si chinò in avanti, gli occhi nei suoi.

«La nascita di ogni bambino viene registrata.» Lo disse in fretta, le dita aggrappate al vetro. «Questa prima identificazione stabilisce la sua esistenza come cittadino. È evidente che, nel suo caso, non è stata seguita la procedura corretta. Suo figlio, però, non può essere scomparso nel nulla... Va solo cercato nel posto giusto.»

L'espressione di Miranda si fece attenta. «Crede che potrei ritrovarlo?»

Adeline si irrigidì. Non le avrebbe dato false speranze... sapeva cosa avrebbe significato, una lunga, estenuante, inutile sofferenza. «Vale lo stesso per i decessi...» concluse con un filo di voce.

«Non posso arrendermi. Non voglio. Io sento che mio figlio è vivo.»

La capiva quella determinazione, Adeline la sentiva nelle ossa quella disperata necessità di risposte. Per un istante le sembrò di essere al posto di Miranda. Poi la realtà spazzò via tutte le illusioni. Non poteva fare nulla per quella donna, non poteva fare nulla per sé stessa.

Certe cose potevano solo essere accettate.

«Le auguro di trovare ciò che sta cercando. Buona serata, signora.» Si allontanò rapidamente, il cuore in tumulto.

2.

Tutte le odierne varietà della vite discendono dalla Vitis vinifera. *Ritrovamenti archeologici di ottomila fa anni testimoniano come la sua coltivazione abbia influenzato la storia, l'economia, la scienza e la tecnologia, e sia dunque legata al progresso umano.*

A metà strada tra il municipio e il ristorante in cui era attesa, Adeline rallentò, poi tornò sui suoi passi. Attraversò il viale attenta al senso di marcia delle vetture, raggiunse l'area pedonale e seguì il muro di cinta che portava alla scalinata per il castello. Sbucò su un'ampia piazza. Da lì poteva ancora vedere il mare; la luce della luna che si rifletteva sulle acque nere e pesanti sembrava danzare. Distolse lo sguardo e accelerò.

Intorno a lei c'era ancora molta gente. Non come a Parigi, naturalmente. Da quel punto di vista, Nizza si era rivelata una città più discreta e allo stesso tempo piena di fascino, con le case della città vecchia proiettate verso l'alto, i balconi fioriti e le passeggiate sul mare. Si fermò davanti a un palazzo. Schiacciò uno dei pulsanti sul muro di mattoni e si guardò intorno.

«Sì?»

La voce la fece trasalire. «Ciao, sono io», si affrettò a rispondere.

«Non conosco nessun *io*, prova a essere più precisa.»

Suo malgrado sorrise. «La tua preferita.»

«Ah, quella. Mi chiedevo dove fosse andata a finire, pensavo di fare un appello alle autorità.»

«Se non ti decidi ad aprire sarà tutto inutile visto che morirò congelata!»

Una risata, poi Adeline, dopo il *clic* della serratura, spinse il cancello e salì le scale di corsa.

Damien Martinelle l'aspettava sul pianerottolo. «Spero

che tu abbia fame. Gaëlle», disse facendo cenno a sua moglie, «ha preparato una montagna di toast.»
Adeline ricambiò il suo sorriso.
«Stai bene?»
Avrebbe dovuto sapere che lui le avrebbe letto dentro.
«Sono stata meglio.»
La studiò un istante, la mano sulla porta e poi le cinse le spalle con un braccio. «Se non ci fossero le soluzioni non esisterebbero i problemi.»
Detta così era un po' contorta, ma andava bene lo stesso. Ricambiò l'abbraccio. C'era profumo di biscotti appena sfornati, risate e voci di bambini. Cose che l'avevano sempre riempita di allegria. In quel momento, però, il peso al centro del petto che le aveva lasciato l'incontro con Miranda si era come ingigantito. Faticava a tenerlo a bada. Per quello era lì. Aveva bisogno di... capire. Damien era scalzo e indossava una tuta. I capelli erano scompigliati, probabilmente stava giocando con i suoi bambini, pensò Adeline. Si rese conto che nonostante tutto non avrebbe dovuto piombargli in casa senza nemmeno una telefonata. Si mordicchiò un labbro. «Non vorrei disturbare», si scusò.
«Frasi di circostanza?» le disse precedendola nel corridoio. «Andiamo, puoi fare meglio di così.»
Lo sapeva, e quella disponibilità la riempiva di gioia, anche se, al contempo, la metteva in imbarazzo. Avrebbe voluto cavarsela da sola. Ma lui era sempre stato il suo porto sicuro. E quello che era accaduto era troppo... «Oggi al lavoro è successa una cosa.»
«Nel tempio della monotonia?»
«Ma non è assolutamente vero!» protestò, poi si accorse che Damien la stava prendendo in giro. «Non è divertente.»
Lui scosse la testa, sorrideva. «Continua.»
«Dicevo...» riprese, «che è accaduta una cosa molto singolare. Sono venuta a chiederti un'opinione.»
«E io che credevo di esserti mancato!»
Questa volta fu lei a sorridere, eppure si sentiva in colpa

perché nonostante tutto lui aveva ragione. Erano settimane che non passava a salutarli.

«Puoi aspettare o vuoi che parliamo subito?» Le indicò l'ambiente nel quale lei, durante i primi anni a Nizza, quando Damien era stato il suo supervisore nel programma di accompagnamento dei giovani che lasciavano la casa-famiglia, aveva trascorso così tanto tempo da conoscere a memoria ogni scaffale, il numero esatto delle mattonelle sul pavimento, persino le piccole crepe attorno alla griglia dell'aria condizionata. Era stata una bambina difficile, un'adolescente intrattabile. E poi aveva imparato. Damien l'aveva aiutata a rimettere insieme i cocci della propria esistenza e le aveva mostrato che a tutto c'era rimedio.

Gli rivolse un'occhiata affettuosa. «Hai parlato di toast?» Il suo sorriso si allargò. «Ottima scelta.»

Lo seguì in cucina nonostante morisse dal bisogno di raccontargli di Miranda. No... non di lei. Ma di ciò che quell'incontro le aveva provocato dentro: speranza e timore.

«Guardate un po' chi è venuta a trovarci, bambini?»

«Zia Adeline, zia Adeline.»

Fu inondata di parole, sopraffatta da manine che la cercavano e gridolini di gioia. Sophie andò verso di lei e le si aggrappò alle gambe. La prese tra le braccia. Restituì gli abbracci, i sorrisi e i baci.

«Cara, che bello vederti!»

Gaëlle si asciugò le mani nel grembiule e l'abbracciò.

«Come fai a essere sempre in splendida forma?» Era bellissima. Adeline ammirò i lunghi capelli ricci nerissimi raccolti sulla sommità del capo; gli occhi verdi risaltavano sulla pelle color caramello che le gemelle avevano ereditato dalla madre.

La moglie di Damien si accarezzò il ventre appena arrotondato. Adeline spalancò gli occhi. «Un'altra volta?»

«Sai com'è... la casa è grande! C'è spazio per tutti.»

Era davvero così semplice? No, e nessuno lo sapeva più di lei, ma Adeline le credeva. Perché Gaëlle era una donna piena d'amore. Quando l'aveva conosciuta, lei e Damien si erano appena sposati. Alexandra, la prima bambina era nata l'anno seguente. Poi era stata la volta di Jacques e in seguito erano arrivate le gemelline Sophie e Nicole. Se al principio la differenza d'età della coppia le era sembrata rilevante, nel tempo Adeline si era abituata e soprattutto ricreduta.

«Lascia fare a me», le disse prendendole di mano i piatti e distribuendoli sul tavolo.

«Grazie, cara. Allora, come va?»

«Oh, al solito.» Non le piaceva essere evasiva, ma non le avrebbe mentito. Sentiva gli occhi di Gaëlle percorrerla come una carezza. Le sorrise nuovamente.

«Appena te la sentirai, io sono qui per ascoltarti, okay?»

«Grazie. Sei un tesoro.» Aiutò le gemele con la cena, si sforzò di partecipare alla conversazione e sbocconcellò educatamente il suo toast anche se aveva lo stomaco serrato. Non vedeva l'ora di parlare con Damien, aveva come l'impressione che qualcosa le ribollisse dentro, trovava difficile persino rimanere seduta. Alla fine, Gaëlle ebbe compassione di lei e le tolse il piatto. «Metto a letto questi birbanti.»

Adeline le rivolse uno sguardo colmo di gratitudine, baciò i bambini e attese sulla porta finché si decisero a seguire la madre. Le ci vollero pochi minuti per riordinare la cucina, caricò la lavastoviglie, ripiegò la tovaglia e sistemò il centrotavola; Damien, che era appena rientrato dopo aver trascorso l'ultimo quarto d'ora al telefono, le sorrise.

«Scusami, una questione urgente. Che ne dici di spostarci in soggiorno?»

Adeline lo seguì, i pensieri le turbinavano in mente.

Le indicò la poltrona accanto al camino. La fiamma emanava nell'ambiente una luce confortevole. «Ti va bene qui o preferisci più riservatezza?»

«Adoro questo angolo, è bellissimo.»

«Grazie, ma dovrai sforzarti di più per farti perdonare la lunga latitanza.»

Lei ridacchiò. Damien sapeva sempre come alleggerire l'atmosfera, ma Adeline non riusciva lo stesso a trovare le parole giuste. Raccolse un trenino dal tappeto, poi fu la volta di una bambola che posò nella cesta dei giocattoli accanto a una pila di libri. Erano ovunque. *Psicologia applicata. Gli adolescenti in casa-famiglia. Assistenza all'infanzia. Il conte di Montecristo. Piccole donne.* Quell'ultimo era un suo regalo alle gemelle.

«La tua fiducia nelle mie capacità di leggere nel pensiero è commovente, Adeline, ma del tutto malriposta, prova con le parole.»

Rise nuovamente. Le era mancato da morire. Inspirò profondamente e poi decise di andare al punto. «Oggi una donna... una signora anziana, è venuta in municipio a cercare notizie sul figlio.»

Damien, che nel frattempo si era alzato, le porse una scatola. Adeline accettò il biscotto.

«Immagino che ci sia dell'altro...» La osservava con interesse, in attesa che lei concludesse il racconto.

«Le è stato detto che il bambino è morto poco tempo dopo la nascita, ma lei pensa che le abbiano mentito. Anzi ne è sicura.»

Lui continuava a tacere e ad aspettare. Adeline poteva quasi vederli, i suoi pensieri. Erano lì, acquattati in attesa. Si fece coraggio e riprese il racconto. «Non c'è traccia di lui nei registri dell'anagrafe. Né della sua morte. Potrebbe esserci stato un errore nella registrazione...»

Ancora silenzio, Damien non aveva abbassato lo sguardo nemmeno per un secondo. Adeline conosceva quell'espressione e poteva capirla: a prescindere dal fatto che era trascorso ben più di qualche decennio dal momento in cui erano accaduti i fatti, la storia di Miranda era quanto meno insolita. Incontrò i suoi occhi e Damien le sorrise. «Bel vestito.»

Istintivamente, Adeline lisciò la stoffa. Era morbida sotto i palmi, e calda. Un'intensa sfumatura di granato. L'aveva indossato quella mattina perché esaltava i suoi colori: l'avorio della pelle, gli occhi più grigi che verdi, il castano ramato dei capelli. Batté le palpebre. «Avevo un appuntamento per cena.»

Un'altra occhiata, ancora silenzio. Aveva come l'impressione che lui le stesse lasciando volutamente spago. Detestava quando faceva così. Distolse lo sguardo. Era inutile prendersela con Damien. Non era mai riuscita a ingannarlo: il cuore della questione era che lei, di venerdì sera, era lì per raccontargli la storia di Miranda invece di uscire a cena con gli amici.

«Se anche la questione di questo presunto figlio fosse vera, e ho qualche dubbio, cosa avrebbe a che vedere con te?»

Adeline batté le palpebre. Perché le faceva quella domanda? Damien conosceva il suo passato, sapeva che era stata abbandonata alla nascita. Sapeva anche che trovare la sua famiglia d'origine era stato il suo unico obiettivo per molto tempo finché...

«Un evento che si verifica una volta è comunque significativo, non puoi considerarlo a priori un'eccezione, non credi?» Lo disse piano, lentamente. Come un pensiero che prendeva consistenza. «Quella donna non era una pazza né una sciocca», aggiunse.

Damien le versò un bicchiere di limonata. Era amara come piaceva a lei.

«Questo non puoi saperlo e comunque, ammettendo che sia vero, erano altri tempi Adeline, altre situazioni, la sua storia non ha nulla a che fare con la tua.» Fece una pausa. «Il passato non conta. È sul presente e il futuro che devi concentrarti. È la regola che abbiamo stabilito insieme, ricordi?»

Per un istante pensò di opporsi, di dare voce all'emozione sorda che la spingeva a ribellarsi a quelle parole. Poi chinò il capo, le dita che si intrecciavano nervosamente. Spinse con la punta della scarpa una pallina, si chinò e la prese in mano stringendola forte. Damien aveva ragione. Era tutto vero quello che le aveva detto. Il passato non aveva importanza. Glielo aveva promesso. Lo aveva giurato quando si era lasciata Parigi alle spalle e aveva iniziato una nuova vita, là a Nizza. Incontrò i suoi occhi, ne percepì la carezza, e ricambiò il sorriso. All'improvviso si sentì in colpa, avrebbe dovuto avere più riguardo per lui. Dov'era andata a finire la sua gratitudine? Si aggrappò a quel pensiero e lo abbracciò con tut-

te le forze. Non avrebbe dovuto farsi coinvolgere da Miranda, pensò.
«Ti ho detto di recente quanto io sia orgoglioso di te?» Adeline socchiuse le labbra, profondamente emozionata. «Non devi...»
«Lasciami finire, per piacere.» Le sorrise. «Hai costruito la tua vita un pezzo alla volta, laurea con il massimo dei voti, lavoro importante, hai una casa tutta tua, persone che ti vogliono bene. Non te l'ho detto prima, ma credo che tu debba essere consapevole che sei diventata un esempio per gli altri ragazzi della comunità. Ora dimmi, Adeline, non vedi la meraviglia in ciò che hai fatto? Dovresti avere tutti i motivi per essere felice!»
«Ma lo sono!» esclamò, mentre una morsa le stringeva lo stomaco. Si obbligò a sorridere, rilassò le spalle. «Io sono soddisfatta della mia vita.» Dovette ripetere la frase più volte, riflettere su ogni parola e montarla in un disegno che la quietasse.
Aveva raggiunto tutti gli obiettivi che si era prefissata: un appartamento, stabilità, risparmi. Una posizione. Un lavoro che le permetteva di sentirsi al sicuro, protetta, all'interno di confini che conosceva, circondata da persone di cui si fidava.
«Sai che puoi contare su di me.»
La voce lieve, gentile, le chiuse la gola. «Sì.»
«Io ci sarò sempre.»
Quante volte le aveva detto quelle parole? «Va tutto bene. Davvero.»
Sorrise ancora. «Scusami, non avrei dovuto precipitarmi qui.»
«Non dire sciocchezze, Adeline, questa è casa tua.»
Non era un modo di dire, e lei lo sapeva; tuttavia, provò comunque un intenso e feroce senso di disagio. Perché, per quanto lo desiderasse, Damien non era suo padre, e di certo Gaëlle non era sua madre. Avrebbe dovuto essere felice del loro affetto. Conosceva molte persone meravigliose a cui non interessava l'identità dei propri genitori biologici. Erano immensamente felici delle famiglie adottive. Perché

non poteva essere come loro? Cosa c'era di sbagliato in lei? Perché sentiva quel vuoto dentro? All'improvviso aveva bisogno di aria fresca, di uscire all'aperto.

Damien le offrì un altro biscotto, ma lei rifiutò. «Devo proprio andare. Grazie per... tutto.» Prese la borsa e recuperò il cappotto.

«Va bene.» Lui l'accompagnò alla porta. «Concentrati su quello che hai, sogna, fai progetti, guarda avanti. Se ne senti la necessità, cambia, ma non permettere nuovamente alle storie degli altri di coinvolgerti. Tu hai la tua da costruire. Il passato è passato. Non pensarci più.»

«Certo!» Lo abbracciò e, quando lui la trattenne, si lasciò cullare dalla sensazione di benessere che le aveva sempre trasmesso. Damien rappresentava la sua sponda sicura, quella dove trovare la salvezza. Dopo l'incidente che l'aveva quasi uccisa, era stato lui a offrirle una possibilità. Una nuova vita. «Da' un bacio ai bambini e a Gaëlle da parte mia.» Con un ultimo cenno di saluto scese le scale, l'espressione tesa che si incupiva a ogni gradino.

Il cielo era nero, terso e gelido, punteggiato di stelle lontane. Il fiato si faceva fumo. Rabbrividì. Non voleva tornare a casa, non voleva pensare. Poteva raggiungere i colleghi. Le avevano inviato un messaggio. Si sarebbero trattenuti a bere qualcosa. Ecco, quella era una buona idea.

Chiamò un taxi e dopo aver dato l'indirizzo all'autista si abbandonò sul sedile. Si distrasse guardando le luci della città, mentre i pensieri le turbinavano in mente. Tornò a Miranda, allo sguardo che le aveva rivolto, alle sue parole appassionate. Sosteneva che qualcuno le avesse portato via suo figlio, e quello era un fatto. Ma la sua storia non aveva fondamento oggettivo, e anche quello era un fatto.

Apparentemente non c'era nessun nesso con il suo passato di bambina abbandonata. E allora perché si era precipitata da Damien a quel modo?

Voleva... rassicurazione, ecco cos'era andata a cercare. Desiderava ascoltare dall'uomo che considerava un padre parole capaci di dissipare i suoi dubbi più profondi. Di restituirle la serenità. Non doveva credere neppure per un momento di essere stata strappata alla sua famiglia come era accaduto al figlio di Miranda. Era irragionevole e fuorviante anche solo pensarlo.

Eppure, mentre Damien le stava dicendo esattamente quello che lei voleva sentire, qualcosa in fondo alla sua anima si era ribellato. Le aveva scalpitato dentro raggiungendo la superficie della volontà: speranza... brillante, profonda e potente. Suo malgrado si era sentita come in passato, mentre, nel buio della notte, circondata dai respiri degli altri bambini, immaginava che presto la sua mamma sarebbe corsa da lei e, dopo averla abbracciata, l'avrebbe riportata a casa. Al luogo a cui apparteneva, dove la sua famiglia l'aspettava. Ci aveva creduto così tanto che, non appena ne era stata capace, l'aveva cercata lei stessa, la sua famiglia. Per molto tempo quello era stato il suo unico obiettivo... ecco perché si era sentita così vicino a Miranda. In lei aveva visto sé stessa. Il medesimo tormento, lo stesso dubbio feroce.

Erano passati molti anni, eppure il dolore era ancora grande.

«Devi accettarlo e rassegnarti, prima avverrà meglio starai», sussurrò rivolta a sé stessa. Una lacrima le scivolò sul viso, lei l'asciugò; poi fece un respiro lungo e profondo. Non era più una bambina, non lo era da tanto tempo. Era una donna adulta. Meglio ricordarselo e comportarsi come si conveniva. Si tirò su, la schiena dritta, le labbra serrate. Doveva andare avanti.

Avrebbe mandato un messaggio a Damien per dirgli che andava tutto bene e che era felice. Lui aveva ragione, la storia di Miranda non la riguardava, non c'entrava nulla con lei.

«Siamo arrivati, signorina.»

«Grazie, tenga pure il resto.»

Prima di entrare tirò fuori lo specchietto dalla borsa. Cancellò con un po' di trucco le tracce delle lacrime. Acciuffare i pensieri e comprimerli affinché smettessero di tormentarla fu più complicato, ma riuscì a cavarsela. Lisciò le pieghe dell'abito e si sforzò di sorridere.

Il locale era gremito, ma i suoi colleghi avevano preso un

tavolo accanto all'ingresso, così li trovò senza fatica. «Ciao a tutti.»

Fleur indicò la sedia vuota al suo fianco. «Ti ho tenuto il posto.»

«Grazie.» Dopo aver consegnato il cappotto e la sciarpa al cameriere si sedette.

«Come te la sei cavata con quella signora?»

Adeline trasalì e poi si costrinse a sorridere. «Tutto bene.»

Fleur continuava a guardarla. Adeline accettò il bicchiere che Lucien, degli archivi correnti, le porgeva.

Ne aveva proprio bisogno. «Grazie.» Mandò giù un sorso d'acqua, poi si guardò intorno. La tavolata era occupata da una decina di colleghi che spesso si riunivano per trascorrere un po' di tempo insieme. A parte Fleur e Lucien, gli altri li conosceva a malapena. Rispose alle domande e partecipò alla conversazione finché il brusio in sottofondo si prese i suoi pensieri e lei iniziò a vagare nel nulla.

Ecco, alla fine era quella la soluzione, ignorare, distaccarsi da ciò che le procurava un turbamento innecessario. Mai lasciarsi andare. «Ognuno sceglie per sé stesso la vita che meglio si addice al suo modo di essere», bisbigliò.

«Hai detto qualcosa?» le chiese Fleur.

Adeline scosse la testa. «Che va tutto bene.»

3.

Se sull'Olimpo il dio del vino era Dioniso, a Roma si chiamava Bacco. In Egitto i contadini pregavano Osiride, mentre nel Nord Europa intonavano canti a Freyr. Fortemente legato alla fertilità, il culto del vino celebra la gioia di vivere, la caduta di limiti e inibizioni, l'unione tra l'umano e il soprannaturale.

Erano centonove i ragazzi di cui Damien si era occupato nell'arco di oltre vent'anni. Li ricordava tutti, con qualcuno era anche rimasto in contatto.

E poi c'era Adeline.

Lei era entrata nella sua vita in un momento particolare e, nonostante i tentativi di mantenere il rapporto all'interno dei confini stabiliti dalle istituzioni, ci si era annidata dentro e vi era rimasta. Non era la prima volta che Damien invece di dormire fissava il soffitto. Seguiva le luci intermittenti che filtravano dalle finestre come se potessero rispondere alle sue domande. Doveva farsi da parte? Era la scelta più ragionevole, Adeline era abbastanza adulta da vivere la propria esistenza. Ma lui? Era disposto a restare a guardare?

Un respiro, un pensiero, un altro pensiero e poi fu chiaro che non avrebbe ripreso sonno.

Si alzò attento a non disturbare Gaëlle, la coprì con il piumone e restò un istante a osservarla dormire. Allungò una mano verso il suo viso, ma poi la chiuse distendendola sul fianco. Il corridoio era buio, lui però non aveva bisogno di vedere, sapeva come muoversi, era cresciuto in quella casa. Dopo aver dato un'occhiata ai bambini, si diresse in cucina. La caraffa dell'acqua era sul tavolo, accanto a un bicchiere. Sorrise, avrebbe ringraziato la moglie più tardi. Dopo aver bevuto portò il vassoio con sé nello studio, lo posò e si sedette accanto alla finestra, gli occhi rivolti alla città che dormiva. In realtà c'era ancora qualcuno per strada. Adeline avrebbe scritto una storia per ognuno di loro... l'uomo che portava a spasso il cane nel cuore della notte, la

coppia che attraversava la strada con un'andatura barcollante dovuta ai baci e alle effusioni. Era così che lei esprimeva le sue emozioni più profonde, sfuggiva alla realtà, la controllava. O meglio, lo aveva fatto in passato...
Osservò per un poco i netturbini che ripulivano le strade. Un mestiere così utile alla società e così poco considerato, ma quelle erano le stranezze dell'epoca nella quale viveva. Il valore di un individuo era dato dall'apparenza, dalla sua capacità di fornire un contributo visibile nell'ambito di un'esistenza strutturata da regole precise, mostrando un aspetto accettabile, misurato. Controllabile.

Non è ciò che hai imposto a Adeline?

«Non ho avuto scelta», disse tra sé.

Si sentiva responsabile. Si sentiva colpevole. Ma lei era troppo sensibile, troppo fragile, troppo... in passato per rimetterla in piedi aveva dovuto prendere decisioni difficili.

Era consapevole di averla guidata passo dopo passo.

«L'ho fatto per il tuo bene, piccola...»

Il suono di una notifica lo allertò. Il cellulare era sul tavolo. Accese la lampada, gli occhi sulla porta. Era chiusa, per fortuna; dubitava che il suono si fosse propagato, ma lo avrebbe scoperto presto visto che le gemelle si svegliavano a ogni sussurro. Attese ancora un istante in ascolto e tirò un sospiro di sollievo, la casa dormiva. Tornò al messaggio. Chi poteva averlo inviato a quell'ora?

«Adeline», sussurrò leggendo il display. «Perché non dormi, ragazzina?»

Non la chiamò anche se moriva dalla voglia di farlo. Cliccò sul pulsante e scorse rapidamente il testo.

– Io sto bene, non devi preoccuparti per me. Sono felice, davvero. Grazie di tutto.

Damien si lasciò andare sulla poltrona. «Col cavolo», brontolò. Era peggio di ciò che aveva creduto. Nessuno si giustificava se era tranquillo. E adesso? Come poteva aiutarla? Eppure, immischiarsi nella sua vita di adulta avrebbe causato a entrambi solo un mucchio di problemi. Lui però aveva bisogno di dormire la notte e il pensiero di ciò che Adeline avrebbe potuto fare lo teneva sveglio per ore.

Era sempre stata creativa fin da piccola, nessuno sapeva combinare guai come lei.

Un ricordo lo riempì di brividi, un altro lo fece sorridere. Chinò il capo e scosse la testa. Era stata una bambina piena di coraggio e di così tanta rabbia... Le aveva insegnato a tenerla sotto controllo, a dominarla. Qualche volta pensava di esserci riuscito, poi c'erano istanti, c'erano momenti in cui il passato tornava in superficie, compromettendo gli sforzi di entrambi.

«Sei un idiota!» si rimproverò. Adeline era il suo orgoglio più grande, la prova che le opportunità potevano cambiare il destino di chi era nato sotto i peggiori auspici. Vagò con lo sguardo sulle pareti, i mobili, persino i quadri, perso nei ricordi, e poi lo vide, posato su uno scaffale. Socchiuse le palpebre, prese una sedia e la posò sopra il tappeto; era molto alto, ma gli serviva aiuto per raggiungere il ripiano. Nel momento in cui afferrò il vecchio quaderno fu percorso da una sensazione di disagio. Avrebbe dovuto restituirlo a Adeline tempo prima. Si chiese se sapesse che l'aveva lui. No, impossibile. Nel caso lo avrebbe voluto indietro. Non era una buona idea. C'era troppo dolore tra quelle pagine, Adeline doveva guardare avanti.

Cercò un panno e ripulì la copertina di cartone del quaderno ad anelli. Lo aprì e, nonostante conoscesse il contenuto, Damien iniziò a leggere.

La bambina doveva tornare nel luogo dove era stata lasciata dalla sua mamma, così lei l'avrebbe ritrovata.

Era un pensiero semplice, come lo era quel desiderio di ricongiungersi alla madre. Gli sembrò di rivedere Adeline da piccola: magra, con gli occhi enormi che assorbivano la luce, profondi come laghi, e i capelli intorno al viso che le si arricciavano come molle.

Era scappata dalla casa-famiglia due giorni dopo esserci entrata. Aveva cinque anni.

Quando le suore avevano chiamato la struttura per dire che era tornata da loro, il responsabile lo aveva incaricato di andarla a riprendere. Damien aveva trovato singolare la sua assenza di partecipazione emotiva. Una bambina di quell'età era riuscita a eludere la sorveglianza ed era tornata nel luogo in cui era cresciuta. A Parigi, nel traffico, tra tutta quella gente. C'era da far prendere uno spavento a chiunque.

«Ma come ha fatto a uscire indisturbata?» Il responsabile gli aveva rivolto un'occhiata gelida. «La smetta di porsi domande inutili. La vada a prendere e la riporti al suo posto.»

«Al suo posto?» gli aveva chiesto. «Come una... cosa?» L'uomo aveva continuato a scrivere chino sulla sua scrivania. «Lei è un sognatore, vero Martinelle? Non si preoccupi, tra un anno la sua discutibile propensione al coinvolgimento sarà scomparsa. Noi non siamo i genitori di quei bambini, noi dobbiamo assicurarci che i loro bisogni primari siano soddisfatti, questo è il nostro dovere.»

Dovere. Adesso a mente fredda capiva quanto Lamarck fosse inadatto a ricoprire il suo ruolo. La scelta dei vocaboli rivelava la sua grettezza. Purtroppo, all'epoca, non aveva gli strumenti per segnalare alla direzione quell'uomo spregevole. Ma Adeline era stata una delle prime bambine che gli erano state affidate. Poi aveva imparato.

Si era stabilito a Parigi dopo la morte della madre. L'anno seguente, quando anche il padre era mancato, aveva lasciato Nizza definitivamente. Aveva cambiato piano di studio, era diventato un educatore, e quella scelta gli aveva regalato una vita piena e intensa.

Voltò la pagina e una fotografia scivolò fuori, la raccolse e mentre la stava rimettendo al suo posto sorrise.

«Io resto qui.»

Adeline glielo aveva detto appena lui si era avvicinato.

«Non si può, tesoro, dobbiamo tornare a casa.»

Lei aveva tirato su con il naso. Aveva gli occhi arrossati, una suora la stava cullando. «È questa la mia casa.» Nonostante avesse il musetto sporco di panna l'espressione era torva. Davanti a lei c'erano una torta, dei biscotti, un caffellatte. E un battaglione di religiose che lo supplicava con lo sguardo di lasciarla con loro.

Ma era assolutamente impossibile. Lo aveva già chiarito

al suo arrivo non appena aveva consegnato una lettera di Lamarck che ordinava loro di affidargli la bambina.

Adeline però non voleva saperne.

«La mia mamma mi ha lasciato qui!»

Lo aveva urlato prima di nascondersi tra le lunghe gonne delle suore. Le tremava un labbro e le lacrime rotolavano giù per le guance. Damien non ricordava di averne mai viste di così grandi.

«Io resto con suor Marie, tu vattene via.»

Era stato allora che aveva capito. Quella bambina era convinta che sua madre sarebbe tornata a prenderla.

«Possiamo scrivere un biglietto con il tuo nuovo indirizzo, lei saprà dove sei e così ti troverà.» Non avrebbe dovuto alimentare la sua speranza, lo sapeva. Ma, diamine, quella creatura aveva solo cinque anni, non sarebbe stato di certo lui a spezzarle il cuore.

«Allora, che ne pensi?» aveva insistito inginocchiandosi davanti a lei in modo che i loro occhi si trovassero alla stessa altezza. «Un bel biglietto nel quale spieghi alla mamma che sei dovuta andare in una nuova casa dove ci sono tanti bambini.»

Adeline aveva tuffato il viso nella gonna di suor Marie. La superiora non era intervenuta né lo avevano fatto le altre, ma erano furibonde. Damien si era chiesto perché il responsabile avesse scelto un allontanamento così rapido. Era logico che la bambina ne avrebbe risentito.

«Pensaci, abbiamo tempo.»

In realtà Damien non ne aveva ancora molto, ma non aveva nessuna intenzione di portare via la bambina contro la sua volontà.

«Farfallina, quando la tua mamma verrà noi le daremo il tuo biglietto. Te lo prometto.»

Solo allora lei aveva annuito, continuando a tenere stretta la stoffa della gonna nel pugno.

«Mi serve un foglio.» Adeline finalmente si era allontanata dalla superiora attraversando il refettorio e si era diretta a uno scaffale. Il fatto che le suore avessero conservato il suo barattolo di colori e la carta aveva commosso Damien.

L'aveva osservata scegliere con cura un paio di colori, salire sulla panca con il suo foglio che sembrava un lenzuolo e scrivere. Sì, quella bambina sapeva già scrivere alla sua età. Con il labbro inferiore stretto tra i denti, l'espressione concentrata, aveva composto un breve testo: *Mamma ti aspetto, fai presto.* C'erano fiori tutto intorno, stelle e un sole. Aveva scelto il giallo, il verde e l'arancio. Poi lo aveva consegnato alla superiora.

«Stai tranquilla, Adeline, ci pensiamo noi. Vero?»

«Sì, non devi preoccuparti.»

L'avevano circondata di abbracci, una le aveva consegnato un pacchettino, un'altra aveva avvolto ciò che restava della torta mettendola in una scatola.

«Torna a trovarci presto.»

Lei aveva annuito, ma era triste. Sapeva che era un addio, lo sapevano tutti. Trascinava i piedi, il musetto imbronciato, gli occhi stanchi. Non si era opposta, alla fine, ma era rimasta inerte e alle sue domande aveva risposto con dei monosillabi.

«Come si chiama la tua mamma?»

Quella domanda lo aveva spiazzato. Damien si era sentito spogliato delle sue difese, messo all'angolo da quella bambina che lo osservava in silenzio. «Giselle. La mia mamma si chiamava Giselle.»

Lei aveva spalancato gli occhi, una manina si era posata sulla sua. «È andata in cielo?»

Aveva annuito, la gola stretta da un nodo. Non aveva pianto per sua madre, tutto sommato era riuscito a superare il momento, ma là dentro, nell'angolo di quella vettura, in compagnia di quella povera bambina, Damien aveva rischiato veramente di scoppiare in lacrime.

«Io non so come si chiama la mia.»

C'era una tale desolazione in quelle parole, una tale profonda sofferenza da farlo vergognare. «Puoi scegliere tu il nome.» Lei aveva annuito meccanicamente, poi aveva riportato gli occhi sul finestrino. Non gli credeva. Parole vuote, la gente le esprimeva senza pensare, come aveva fatto lui. Parole inutili. Damien aveva osservato le mani di Adeline, erano piccole, le dita intrecciate come a farsi compagnia. Era sola e lo sapeva.

Due giorni dopo Adeline era nuovamente scomparsa, ma le suore non ne sapevano nulla. Preso dal panico Damien l'aveva cercata ovunque insieme alle religiose e a una squadra di educatori. Lamarck non voleva che la notizia filtrasse, così si era unito anche lui alla ricerca. Era stata un'infermiera a notarla e a dare l'allarme. Era nell'ospedale accanto al convento, l'avevano trovata nella nursery della maternità, guardava i neonati. Le mani sulle sbarre di una culla.

«Credevo stesse osservando il suo fratellino», gli aveva riferito l'infermiera quando si era precipitato a riprenderla. «Invece mi ha detto che era nata lì. Voleva sapere come si chiamava sua madre.» Aveva fatto una pausa. «Una collega si ricordava di lei, era stata ricoverata in pediatria molte volte.»

«Perché?»

Lei si era stretta nelle spalle. «È nata prematura. Aveva molti problemi. Ci vuole tempo per ristabilirsi. Appena abbiamo capito chi era, l'abbiamo affidata alle suore. Si occupano loro del reparto. Si erano occupate loro anche della bambina.»

Quel giorno Damien l'aveva presa in braccio e Adeline si era abbandonata completamente. Era sfinita. La settimana seguente aveva chiesto di essere assegnato alla casa-famiglia. Era stato allora che le aveva portato il suo primo quaderno.

Il ricordo si sfilacciò. Qualcuno si era alzato, sentiva i passi lievi che si avvicinavano. Quando sua moglie socchiuse la porta le sorrise.

«Buongiorno, ti sei alzato presto.»

Posò il quaderno di Adeline sulla scrivania, si alzò e la raggiunse, abbracciandola. «Ciao, amore.»

Lei rispose al suo bacio. «Va tutto bene?»

«Niente che non si possa sistemare.» Era quello il suo motto: tutto aveva una soluzione.

Doveva solo trovarla.

4.

Esistono sostanzialmente tre categorie di vino: bianco, rosso e rosato.
Il colore è determinato dalle sostanze polifenoliche presenti nella buccia, come antociani e tannini che, durante la macerazione, conferiscono inoltre al vino complessità e struttura.

Nonostante il vento gelido, la piazza sulla quale si affacciava il retro del municipio era piena di gente. Adeline osservava quelle persone da dietro la vetrata con un senso di distacco.

Nei giorni precedenti si era immersa completamente nel lavoro. Aveva impegnato tutto il suo tempo finché la fatica aveva avuto ragione dell'inquietudine e lei era riuscita a recuperare le redini della propria esistenza.

Terminò di bere il caffè, sciacquò la tazza e scese al piano inferiore. Mentre entrava negli archivi, rispose al saluto di Valérie. La collega era più pallida del solito: bionda, sottile, sembrava sempre in ansia. «Tutto bene?» le chiese.

«Sì, grazie.» Posò una pila di cartelle sul tavolo delle riunioni. «Hai saputo la novità?»

Adeline scosse la testa, prese l'inventario e iniziò a scorrerlo.

«Hanno nominato un nuovo direttore, monsieur Dupont andrà in pensione.»

La voce correva dal momento in cui, due mesi prima, l'anziano signore che aveva diretto gli archivi del municipio per oltre quarant'anni era scivolato su un gradino, rompendosi una gamba.

«Spero si rimetta presto.»

«Era burbero, ma c'era qualcosa di rassicurante nel suo modo di fare. Mi mancherà», concluse Valérie.

«Anche a me.» Adeline era d'accordo. «È giusto che si riposi. Finalmente potrà fare ciò che vuole.» Negli ultimi tempi era davvero molto sofferente. Detestava la tecnologia. Un giorno che era in vena di confidenze, Dupont le aveva esposto il suo punto di vista. «Ho studiato testi scritti quando Parigi era ancora un villaggio abitato da barbari. Quei documenti hanno superato i secoli acquisendo fascino. Questi... circuiti, invece...» aveva indicato sprezzante uno dei server, «all'improvviso cesseranno di esistere, e tutto morirà con loro. Io non voglio assistere a quello sciagurato evento.» In quel momento Adeline aveva provato per lui un'intensa tenerezza.

«Chissà cosa ci toccherà affrontare. Ci saranno grandi cambiamenti. Sono nervosa, tu no?» riprese la collega.

Dupont aveva delegato quasi tutto, agli archivi si lavorava in grande autonomia. Adeline capiva i timori di Valérie.

«Non essere così negativa, le cose potrebbero anche migliorare.»

Ma la collega non aveva nessuna intenzione di arrendersi. «Ne dubito. Pare che il nuovo direttore sia un uomo molto severo.» Fece una pausa. «Si dice che abbia licenziato un collaboratore per un'infrazione al protocollo.» Si guardò intorno e poi abbassò la voce sporgendosi verso Adeline. «Certo, non si lascia una bottiglia di solvente aperta accanto a una pergamena, però può capitare a tutti.»

Lei rabbrividì. «Abbiamo la responsabilità della conservazione dei documenti.» Non poteva biasimare il comportamento di quell'uomo. Era curiosa. «Di chi si tratta?» chiese vagliando la corrispondenza sul tavolo.

«Un certo Janus Rohan.»

Spalancò gli occhi. «Cosa?»

«Lo conosci?»

Adeline ignorò la domanda. Riprese a esaminare i documenti. Janus... non riusciva a crederci. Valérie continuava a ciondolarle davanti. Sperò che non le chiedesse altro, ma si accorse della sua espressione.

«Che succede?»

«Non posso restare al lavoro e non so come fare per chiedere un cambio.»

«Di che si tratta?»

«L'ereditiera che vuole donare la documentazione della famiglia, te la ricordi?»
«Madeleine de La Fontaine?»
«Precisamente.»
Adeline annuì. Era stata lei a rispondere alla ragazza e a prendere l'appuntamento per visionare il fondo. «Qual è il problema?»
Valérie continuava a mordicchiarsi il labbro, lo sguardo sfuggente. Prendeva in mano degli oggetti e li spostava.
«Allora?» la incalzò.
Lei finalmente si decise a risponderle. «Sai che dovrei occuparmene io, ma quella donna abita davvero troppo lontano da Nizza, non riuscirei a tornare in tempo in città.»
In tempo? Sospirò. Evitò persino di chiederle a cosa si riferisse. Tutti sapevano che Valérie aveva grossi problemi con il compagno. Il fatto che avessero anche due bimbi piccoli rendeva la situazione molto delicata. Quasi tutti i colleghi si erano offerti di aiutarla con i turni, e Adeline ne aveva coperti la maggior parte. «Ci penso io.»
«Lo faresti davvero?»
Le scoccò un'occhiata paziente. Non lo aveva forse sempre fatto? «Mi daresti la scheda di acquisizione?» L'aveva già vista ma non ricordava i dettagli.
«È già sulla tua scrivania.»
La fissò per un istante. Gli spagnoli avevano un detto: *pan comido*. Indicava qualcosa di così facile da essere praticamente già fatto. Pane mangiato. Un gioco da ragazzi. Era così che la vedeva Valérie? Che la vedevano tutti? Il pensiero la indispose, ma davanti all'espressione dell'amica non riuscì a fare altro che mettere da parte il proprio disappunto. Si limitò giusto a scuotere la testa. Quella sera Adeline aveva in programma di andare al cinema, fare qualche spesa, chissà, magari anche cenare fuori. Pazienza, pensò, doveva rimandare tutto a un'altra volta. In ogni caso, non sarebbe riuscita a godersi la serata sapendo che Valérie era in difficoltà.
«Grazie, sei una vera amica, ci vediamo domani.» Afferrò le sue cose e uscì di corsa.
Pensierosa, Adeline la seguì con lo sguardo. Valérie era

così presa dai problemi familiari che il resto del mondo per lei non aveva importanza. Prendeva dove trovava, prendeva tutto senza il minimo scrupolo.

Ma non era forse quello che faceva chi cercava di sopravvivere? Si sedette sulla poltrona, allineò la penna, il taccuino e la clessidra che Valérie aveva spostato. Mentre si accertava che tutto fosse in ordine, ripensò al proprio passato. A Janus. E quello la innervosì. Per quanto avesse imparato a controllare le espressioni, i gesti, persino a tenere a bada i pensieri, il suo cuore agiva per conto proprio e in quel momento sfarfallava ricordandole emozioni intense, un'inquietudine buona e terribile allo stesso tempo. Com'era possibile che fosse ancora così coinvolta?

«Non essere ridicola!» si rimproverò.

Adesso vedeva chi voleva e quando voleva. Relazioni brevi, senza impegno. Il fatto che non ne avesse portata avanti nessuna non significava nulla. E comunque non aveva intenzione di sposarsi né tantomeno di mettere al mondo dei figli.

Eppure, mentre scorreva il rapporto che Valérie le aveva consegnato, erano gli occhi di Janus che vedeva, così blu da sembrare neri, il sorriso capace di addolcire lineamenti spigolosi, duri, di scaldarle l'anima. Gli altri non li ricordava nemmeno, lui però le era rimasto dentro. Si agitò sulla sedia. «Meglio sbrigarsi», borbottò. Voleva rientrare dal sopralluogo prima di notte. Per fortuna quella mattina era andata al lavoro con l'auto.

Un'ora più tardi, mentre procedeva verso villa de La Fontaine, si rese conto che per tutto il tragitto aveva pensato a Janus. «È una storia irrisolta, lasciata a metà», rimuginò. C'era anche dell'altro, naturalmente. Ma a quello, Adeline, non aveva alcuna intenzione di pensare. Così si concentrò sulla strada, obbligandosi a seguire le indicazioni del navigatore.

La residenza nobiliare alla quale era diretta si trovava in un remoto paesino delle Alpi Marittime; era maestosa e decadente come tutte le dimore che non potevano più contare su risorse e manutenzione costante. In seguito a una serie di fortunate circostanze, era appena stata ereditata da Madeleine de La Fontaine, la donna che accolse Adeline con un misto di curiosità e gentilezza.

«Venga, le mostro la casa.»

Il soffitto, decorato con modanature di gesso, era elegante e imponente al tempo stesso. Anche se la tappezzeria, i mobili e i tendaggi mostravano l'usura del tempo, nel complesso era davvero una bella villa. L'ambiente nel quale si trovavano era ciò che restava di una grande biblioteca. Gli scaffali erano vuoti, probabilmente i libri erano stati venduti. Al centro, sopra un pesante tappeto polveroso, troneggiava un lungo tavolo ingombro di fogli. Un massiccio camino di marmo in pessime condizioni era addossato a una parete. Sulla base del focolare, annerita dai secoli, si vedeva un mucchietto di piume. La traccia di qualche uccello che aveva nidificato sul comignolo.

«Che ne pensa, mademoiselle Weber?»

Adeline sollevò gli occhi sulla ragazza. Le stava sorridendo, era molto graziosa, ma ciò che la colpì fu l'espressione soddisfatta. Cosa si provava ad avere un tale passato a disposizione? si chiese.

«È una raccolta molto interessante. Posso chiederle come l'ha avuta?» Era sempre quello il punto: il modo in cui i documenti erano affiorati al presente con il loro carico di storia da raccontare.

«Le carte furono trafugate da una cameriera leale alla mia trisavola durante la Rivoluzione. Fu la nipote a riconsegnarle quando la mia famiglia tornò dall'esilio. Io le ho scoperte solo di recente, e ho pensato che fosse una buona idea donarle.» Si strinse nelle spalle, era compiaciuta.

Perché non avrebbe dovuto? si chiese Adeline: oltre a fare una buona azione avrebbe garantito al suo nome e a quello della sua famiglia un posto nella storia.

Pensò a Janus, quella cosa lo avrebbe divertito. Poi si incupì. Sarebbe stato così strano rivederlo dopo tanto tempo. Non riusciva a credere che sarebbe diventato il suo diretto

superiore. Anche se gli archivi avevano diverse sedi, avrebbe avuto a che fare con lui di continuo.
Il ricordo dell'ultima sera trascorsa insieme affiorò, accompagnato da un lungo brivido.
«Sono emozionata.»
«Prego?» chiese ritornando alla realtà.
Madeleine le rivolse uno sguardo paziente. «Dicevo: ho messo la casa a soqquadro per trovare altre notizie sulla mia famiglia.»
Rideva, ma c'era una luce di profonda emozione nei suoi occhi. Adeline osservò Madeleine con più attenzione. Aveva suppergiù la sua età, ma la loro somiglianza terminava lì. Mentre la ragazza disponeva di mezzi, fascino e uno straordinario passato, Adeline si limitava a studiarlo e cercava di conservarlo. L'altra era una protagonista, lei giusto una spettatrice. Un tempo, Adeline aveva sognato di essere come Madeleine. Un tempo aveva perfino finto di esserlo. Doveva smetterla, pensò. Si stava facendo tardi e lei non aveva nulla da spartire con quella ragazza.

Occupati dei documenti, svolgi il tuo compito e vattene. Non hai altro da fare qui. Era esattamente ciò che aveva intenzione di fare: separò le carte in gruppi, ognuno con un interesse storico preciso.

«Mi piacerebbe scavare più in profondità.» Madeleine osservava una fotografia in bianco e nero, poi la passò a Adeline. A giudicare dalla somiglianza doveva essere una parente.

«È sua nonna?» azzardò.

«Sì, da parte di mia madre, si chiamava Geneviève.» Sospirò. «Non possediamo un albero genealogico. Prima di ritrovare quelle», indicò le carte ordinate sulla scrivania, «avevo solo delle vaghe nozioni sulla mia famiglia.» Era sempre così, pensò Adeline. Più uno conosceva del proprio passato, più desiderava sapere.

«Non ci avevo mai ragionato prima, avevo dato tutto per scontato», continuò Madeleine. «Invece è così affascinante.»

Quello poteva capirlo. La storia annoiava tutti, finché a un tratto la consapevolezza di esserne stati protagonisti tra-

mite un ascendente offriva una nuova prospettiva. Allora si scatenava un interesse che non aveva precedenti, che si nutriva di orgoglio e di speranza. Ai propri successi si sommavano quelli delle persone da cui si discendeva, come una sorta di diritto morale retroattivo sulle loro gesta.
«Lei si occupa anche di genealogia?»
Adeline si irrigidì, finse di non aver sentito e cambiò discorso. «Ha già preparato le clausole di cessione?»
«Come? No, in effetti non ci ho ancora riflettuto.»
Stabilire i criteri di trasferimento all'archivio era un passaggio fondamentale. «Potrebbe preparare una lista con le sue condizioni, sulla base delle quali il direttore le proporrà un accordo.» Era una supposizione più che una certezza, ma Dupont aveva sempre agito a quel modo e immaginava che anche Janus si sarebbe allineato alla precedente gestione.
Nel momento in cui Madeleine afferrò uno dei fogli a mani nude, Adeline inorridì. Stava per prenderglielo ma riuscì a contenersi. Lasciò il carteggio alla ragazza e le porse un paio di guanti. «Se le viene voglia di esaminare le lettere li indossi. La nostra pelle, anche se perfettamente pulita, contiene sostanze che accelerano il deterioramento della carta.» Ignorò il disappunto sul bel viso di Madeleine e continuò a darle qualche consiglio, rifiutò il rinfresco che le aveva offerto e finalmente lasciò la villa.

Ognuno di noi ha due genitori, quattro nonni e otto bisnonni e questo schema di duplicazione si ripresenta a ogni generazione, così puoi conoscere chi ha partecipato all'unione di differenti individui che poi ha portato alla tua esistenza.

Era la prima regola che aveva imparato. A insegnargliela era stato un professore di storia, Salomon Picard. Per un paio di anni, i più belli della sua vita, lui e la moglie Yvette erano stati la sua famiglia. Adeline non sapeva perché l'avessero scelta. Quando li aveva conosciuti aveva quattordici anni, un'età in cui in genere si viene scartati a favore di bimbi più piccoli, che meglio incontrano le esigenze degli aspiranti genitori. Invece avevano voluto proprio lei e per quello li aveva amati fin da subito. Di «madame», così lei chiamava Yvette, ricordava la classe, la pacatezza, la mano dalle dita affusolate che trovava sempre il posto giusto dove posarsi. L'aveva ammirata e si era prodigata per conquistare la sua approvazione. Era stata diligente e aveva imparato a camminare in modo elegante, a esprimersi con calma, a vestirsi come si conveniva e soprattutto ad aspettare. Ma era verso Salomon che aveva sviluppato un attaccamento profondo.

Ogni giorno, mia piccola Adeline, tutto ciò che scegli, tutto ciò che pensi, tutto ciò che fai, è quello che diventi. Eraclito lo ha stabilito migliaia di anni fa. È una buona regola di vita. Il passato appartiene a chi lo ama, lo studia, ascolta i suoi moniti. Gli altri lo vestono senza comprenderlo. Sono ridicoli, non credi? Adesso asciuga quelle lacrime e vieni ad aiutarmi.

Il ricordo l'accompagnò per tutto il viaggio di ritorno. Dopo aver mangiato un boccone e fatto una doccia, proprio mentre stava scivolando nel sonno, si rese conto che il professore le aveva insegnato anche qualcos'altro.

Pensa in grande, Adeline, osserva il caos senza giudizio, cogli la sua bellezza. Ordinalo e scoprirai le opportunità che nasconde.

Il caos era legato all'ordine, era il suo esatto opposto. Per molto tempo quel concetto l'aveva affascinata. Un giorno però lo aveva messo in discussione: quando aveva capito di possedere la forza necessaria, aveva tracciato una linea netta, lasciandoselo alle spalle. Era cambiata, era diventata una persona nuova. Aveva accettato la sfida.

L'ordine in fondo era una questione di logica.

Doveva trovare un posto e dare un nome alle cose e alle persone.

Ed era brava a farlo.

5.

La Sardegna possiede oltre centocinquanta varietà di vitigni autoctoni, tra cui Vernaccia, Vermentino e Cannonau. Recenti scoperte hanno retrodatato la coltivazione della vite e la produzione di vino sull'isola, che risalirebbe a circa tremila anni fa.

C'era una leggenda su quel tratto di costa ligure che si affacciava a picco sul mare. Si diceva che un tempo fosse appartenuto a una donna che aveva perduto tutto. Le restava solo un terreno nel quale erano cresciute delle viti. Dal momento che non aveva nulla da fare, aveva iniziato a prendersene cura e un giorno, dalle uve in eccedenza, aveva ricavato un vino così straordinario che l'aveva resa famosa. In molti le avevano consigliato di incrementare la vendemmia, ma lei aveva proseguito come sempre, perché finalmente era felice. La vigna le aveva permesso di ricominciare da capo, riscoprire la bellezza delle cose semplici e autentiche, connettersi con la natura.

Inginocchiata sul terreno, sotto un sole insolitamente caldo per quel periodo dell'anno, Miranda osservava il mare e rifletteva sugli avvenimenti dei giorni precedenti. Si era lasciata soverchiare dall'impulsività e si era precipitata a Nizza alla ricerca di Nikolaj. Eppure sapeva che solo la pianificazione garantiva il successo. Ma non aveva retto alla sorpresa, al dubbio. No, c'era anche dell'altro, e lei era abbastanza onesta da riconoscerlo. Rimorso... oh, non per qualcosa che aveva fatto, ma per ciò che non aveva fatto per suo figlio.

Il pensiero era così doloroso che dovette lasciarlo andare. Si concentrò sulla storia della vigna della felicità. Era piccola, rigogliosa perché poteva contare su una cura costante; produceva un vino denso e profumato ottenuto da uve raccolte sotto le stelle. Le aveva offerto un nuovo scopo, le aveva restituito la speranza.

Staccò un ciuffo di erbacce e lo ripose in un cesto. A poca distanza, le onde sciabordavano dolcemente, sprigionando un intenso profumo di salsedine. Inspirò a fondo e sollevò il viso. Alcuni gabbiani si levavano alti nel cielo prima di lasciarsi cadere a picco nell'acqua. Erano liberi, leggeri, per un istante li invidiò, poi sorrise. Anche lei aveva i suoi metodi. Afferrò la piccola zappa e si rimise all'opera.

Non c'era niente di meglio del lavoro manuale per arrestare il flusso dei pensieri, per liberarsi dal loro peso.

Era stata Assunta, una delle vecchie contadine che lavoravano alle dipendenze dei suoi zii, a raccontarle quella storia. Una vigna speciale, un vino unico, una donna che aveva trovato la felicità nella perdita. A quel tempo, lo ricordava con precisione, anche lei non aveva più nulla, a parte un immenso dolore per la morte del figlio e una piantina di vite. Un dono che languiva in un vasetto.

«Sembra che sia il giorno dei ricordi», borbottò mentre si toglieva i guanti.

Dopo la scomparsa dei genitori, era fuggita da Capodistria. In tutta la regione infuriava una guerra feroce che non risparmiava nessuno. Era stata accolta in un centro profughi di Trieste, in seguito trasferita in Sardegna, ad Alghero. Un viaggio di oltre due mesi, terminato a Fertilia, dove aveva trovato affetto, amicizia e qualcuno di speciale che si era preso cura di lei, Ianira Saba: una vecchia, piccola e sorridente, con un nome importante. L'aveva accolta nella casa di pietra in cui abitava da sempre, circondata da vigne che affondavano le radici nella sabbia, sopportavano i venti impetuosi e talvolta le mareggiate. Eppure dai grappoli che cadevano nel suo cesto Ianira produceva un vino pregiato. Anche lei, come la donna della leggenda, si occupava personalmente delle sue viti.

Miranda infilò le mani nel terreno, e dopo un lieve strato di sabbia gelida incontrò quello solido. Lo grattò finché si dischiuse, accogliendola e riempiendola di soddisfazione. Anche quello glielo aveva insegnato Ianira. A parlare con la terra. E lei le aveva raccontato il segreto del figlio che le cresceva dentro e che la riempiva di gioia e terrore allo stesso tempo. Qualche mese dopo, una dipendente della Croce Rossa le aveva consegnato una lettera: alcuni zii che vivevano a Nizza le avevano chiesto di raggiungerli. Ianira l'aveva spronata a proseguire con la sua vita. Quando si erano salutate, la donna si era congedata regalandole una piantina di vite. Voleva che lei portasse con sé qualcosa che le avrebbe sempre ricordato il potere della speranza, la fiducia nella natura e nel domani.

Miranda tornò al giorno in cui Assunta le aveva intimato di prendersi cura di ciò che le era rimasto. Adesso che ci ripensava con lucidità immaginava che intendesse spronarla a rimettersi in sesto, lei invece aveva pensato alla piccola vite, a come riuscire a salvarla perché per molto tempo l'aveva trascurata; non restava altro che un ramo quasi secco e privo di foglie.

Così, aveva ubbidito all'ordine della contadina, perché era ciò che faceva a quel tempo; nello stesso modo, aveva ubbidito agli zii che, dopo aver lasciato Nizza, l'avevano condotta in Riviera, nella tenuta di famiglia. Lì, le avevano detto, avrebbe superato il lutto e si sarebbe ristabilita.

Eseguire senza pensare... Mettere un istante davanti all'altro, un giorno, una settimana. Tempo di cui non le importava. Era stato un modo come un altro di vivere.

Aveva scelto uno spiazzo sopra la spiaggia. Là, al riparo dalle tempeste ma esposta al sole, la piccola vite era cresciuta fino a ricoprire il terreno tra la roccia e le onde. Prendendosi cura di quella pianta, un poco alla volta, Miranda si era presa cura di sé stessa ed era guarita.

Si fermò per riprendere fiato. Erano anni che non ci pensava. «È facile dimenticare quando tutto procede per il meglio.»

Un'ombra passò nel suo sguardo. Non aveva fatto altro che rievocare l'attimo in cui, durante la premiazione al castello, aveva incontrato gli occhi di quell'uomo, e mentre il mondo come lo conosceva crollava aveva capito che Nikolaj era vivo. Le emozioni l'avevano travolta e lei, in preda allo shock, aveva guardato gli eventi con un misto di gioia, disperazione e orrore.

Continuò a muovere il terreno lentamente, rincalzando le radici affinché non patissero il freddo previsto per i giorni seguenti. Accarezzò il tronco nodoso, soffermandosi sulla corteccia. Guardò il cielo solcato da nuvole scure. Poteva anche piovere, ormai non aveva importanza perché aveva completato il lavoro.

«Avrei dovuto immaginare di trovarti qui.»

La voce la strappò ai suoi pensieri e, quando suo marito le posò una sciarpa sulle spalle, sorrise. «Hai fatto un buon viaggio?»

«Al solito, immagino che tu abbia un'ottima ragione per stare qui al freddo, sola e a quest'ora.» Le porse il braccio come aveva fatto tante altre volte, e lei dopo averlo afferrato si alzò, spazzolandosi con la mano la vecchia gonna.

«Pensavo.»

«E naturalmente non potevi farlo a casa.»

Sollevò la testa, gli occhi nei suoi, invitandolo a chinarsi. La bocca di Riccardo era calda, morbida sulle sue labbra. Sapeva di caffè.

«Ci sono cose che devo fare in un certo modo.»

«Lo so.» Lui lanciò un'occhiata ai filari. Erano ancora spogli, ci sarebbe voluta la primavera per rinverdirli. «Non ti chiederò da quanto sei qui.»

Lei scrollò le spalle. «Va bene, e io non te lo dirò.»

«Né tantomeno voglio sapere perché, pur disponendo di una squadra di operai decisamente molto esperti e qualificati, tu abbia voluto fare comunque tutto da sola.»

Miranda si lasciò scappare una risatina. Fece per raccogliere il suo cesto, ma lui la precedette.

«Dammi la mano, ho bisogno di te», le disse abbracciandola.

Un altro bacio, lieve e dolce. «Quanti anni sono trascorsi dal momento in cui sei entrato nella mia vita?» gli chiese.

A lui brillavano gli occhi.

Dio quanto amava quell'uomo!

Camminavano uno a fianco all'altra. Il vento continuava a rubarle i capelli dal nastro che li teneva insieme. Riccardo era ancora in tenuta da viaggio, giacca, camicia e cravatta,

un cappotto elegante che gli arrivava al ginocchio. «Troppo pochi.»
«Oggi sei insolitamente romantico.»
«Sai com'è... la vecchiaia ammorbidisce il cuore.»
«Solo se lo possiedi.» E lui ne aveva uno immenso. Lo aveva dimostrato nel tempo, conquistandosi la fiducia di Miranda e il permesso di accedere ai suoi segreti, al suo passato. Solo allora lei aveva accettato di sposarlo.
Erano sul terrapieno quando le indicò una panca di pietra. «Ti dispiace?»
Miranda si accigliò. «Va tutto bene?»
«Sì, certo. Voglio solo sapere cosa è successo, e visto che sei in vena di segretezza e che nessuno è al corrente del tuo viaggio, puoi raccontarmelo qui, lontano da orecchie indiscrete.»
Stupita, gli rivolse uno sguardo interrogativo. «Come diamine lo hai saputo?» Non aveva detto a nessuno che sarebbe andata a Nizza a cercare notizie di Nikolaj.
«Vuoi davvero che ti risponda?»
Sospirò. No, non ce n'era bisogno. Lui la conosceva bene. Sapeva che non si sarebbe data pace finché non avesse scoperto quello che era accaduto al figlio, ed era presumibile che la città dove era nato sarebbe stata il primo posto in cui lo avrebbe cercato.
Si sedettero insieme, le mani ancora unite. Intorno a loro la tenuta era in piena attività. Operai che andavano e venivano, trattori che scendevano lungo la collina diretti ai vigneti, furgoni che partivano per consegnare il loro carico alle cantine e ai ristoranti. La vita continuava, ignara del tormento interiore della donna che aveva realizzato tutto quanto la circondava.
«Non c'è traccia di Nikolaj nei registri dell'anagrafe.» Lo disse all'improvviso, quasi volesse cacciare via quelle parole. Le era costato tenere sotto controllo il tono di voce, e un po' si sorprese di come adesso le sembrasse tutto più accettabile. «È scomparso, come se non fosse mai esistito, e questo non riesco a sopportarlo», conclude. Appena fu certa di poter continuare, sollevò la testa, cercando i suoi oc-

chi. «Sono stata maleducata, ho persino urlato. Ti saresti vergognato di me.»
Lui le circondò le spalle con un braccio, premendole le labbra sulla tempia. Adesso le sorrideva. «Posso darti manforte se intendi tornarci.»
L'espressione di Miranda si ammorbidì, ma le labbra continuavano a tremare. «Ho quasi fatto venire un attacco di nervi alla povera impiegata prima che una ragazza accorresse in mio aiuto.»
«Aiutare te? Questa la voglio proprio sentire.»
Lei guardò il cielo, l'espressione assorta. «Temo di averle fatto passare un brutto quarto d'ora. Dovrei tornare a scusarmi.»
Riccardo sospirò. «E se invece stabilissimo una strategia? Voglio dire, i bambini mica scompaiono... Ragioniamoci sopra con un po' di calma e poi vediamo cosa fare.» Si era alzato e le porgeva nuovamente la mano. Miranda osservò il sole che, dietro di lui, si era liberato dalle nubi e si stagliava nel cielo, riflettendosi sul mare. La distesa d'acqua era di un azzurro così brillante che faticava a tenere gli occhi aperti.
«Tu non credi che sia possibile ritrovarlo.»
Non era una domanda, così lui non si prese la briga di rispondere. Avevano fatto già un pezzo di strada insieme verso casa quando d'un tratto Riccardo inclinò la testa e le sorrise. «Vedi, Miranda, non ha la minima importanza quello che penso io. Però posso assicurarti che qualunque cosa tu intenda fare, io sarò al tuo fianco. Se decidi di tornare al municipio per cercare tuo figlio io sarò con te, e se invece sceglierai di lasciar perdere e proseguire la nostra vita così come abbiamo fatto finora, non dovrai fare altro che dirmelo.»
Miranda restò un istante senza parole. «Mi ero illusa, sai? Credevo fosse più semplice. Pensavo: ecco, vado lì, chiedo il certificato di nascita e scoprirò finalmente cosa è accaduto.» Scosse la testa. «Invece non c'è traccia di Nikolaj. È come se mio figlio non fosse mai esistito.» Fece una pausa, inspirò a fondo e lo guardò. «Quella ragazza... mi ha spiega-

to che tutti i bambini vengono registrati e che, se non ci sono tracce, vuol dire che è accaduto qualcosa. Funziona allo stesso modo anche in caso di morte.» Riuscì a terminare la frase anche se aveva gli occhi lucidi e, mentre lui le accarezzava una mano, spostò l'attenzione sulla villa, seguendone il profilo su fino alle torrette.

Quando raggiunsero i gradini dell'ingresso si sentiva più calma. Riccardo aprì la porta. Il trolley era in mezzo all'atrio, come se lui l'avesse abbandonato lì in tutta fretta quando si era accorto che la moglie non era in casa.

«Che ne dici di prenderci il resto della giornata?»

Miranda si lasciò abbracciare. Era quello il rimedio per un cuore spezzato: l'amore e gli abbracci. E lei, per fortuna, li aveva entrambi. Così, mise da parte la disperazione che continuava a stringerle la gola, la relegò nel luogo in cui l'aveva confinata anni prima, nel momento in cui aveva deciso di vivere. Continuava a sentirla, naturalmente. Era là, ai limiti della coscienza. Ma ora al dolore profondo e antico della perdita si era unita un'ombra, vischiosa, oscura e gelida; erano l'incertezza, il sospetto e il dubbio che qualcuno le avesse portato via suo figlio.

Ma perché? Chi avrebbe potuto farle una cosa tanto crudele? Non riusciva a concepire una tale mostruosità. Forse le cose erano andate diversamente. Forse c'era una spiegazione. E poi comprese che non le importava. Voleva solo ritrovare suo figlio.

«Basta adesso, hai bisogno di una tregua, cerca di rilassarti, ne verremo a capo insieme, te lo prometto.»

Miranda inspirò profondamente. Riccardo aveva intuito il corso dei suoi pensieri. Lo faceva sempre. Racimolò la forza necessaria a sorridergli. «Portami in un bel posto.»

Le baciò il dorso della mano e lei riconobbe la solida presenza del suo appoggio incondizionato.

Più tardi, mentre il marito le versava da bere nel loro ristorante preferito, Miranda pensava a Adeline. C'era un non so che in quella ragazza che l'aveva colpita, una fragilità profonda che l'aveva coinvolta in un modo che non sapeva spiegarsi. L'aveva abbracciata perché non era riuscita a trattenersi, un gesto istintivo, probabilmente fuori luogo; ma quando, dopo un primo istante di riluttanza, la giovane si era abbandonata come una bambina alla sua stretta, aveva capito che era stata la cosa giusta.

«Vorrei fare qualcosa per Adeline.»

«Chi?»

«La ragazza che mi ha aiutato al comune di Nizza.»

«Perché?»

Ci pensò su. «Non lo so con certezza.» «Potresti inviarle un mazzo di fiori.» Miranda aggrottò la fronte. No, non era ciò che intendeva. «Credo meriti di più.»

Il pensiero tornò ad Assunta, a Ianira. Alcuni incontri cambiavano la vita di una persona. Non c'erano spiegazioni razionali, era così e basta. Era accaduto anche con Adeline? Un'idea prese forma. Stava osando, ma aveva come la sensazione che fra tutte le cose che avrebbe potuto fare per ringraziare quella ragazza ciò che aveva in mente fosse il dono più bello. Non solo raccontava di chi era e quello che faceva, ma comprendeva molto altro, qualcosa che si perdeva nel tempo e come un filo rosso aveva unito molti destini.

6.

I vini possono essere fermi, frizzanti o spumanti. Questi ultimi sono caratterizzati dalla presenza di bollicine che li rende vivaci e beverini. L'effervescenza è un fenomeno ottenuto tramite rifermentazione in bottiglia (metodo classico) o in autoclave (metodo Charmat).

Adeline controllò l'orologio. Mancava ancora qualche minuto alla chiusura. Era stanca, desiderava solo tornare a casa a leggere un libro. Le ci voleva un buon sonno, le ci voleva... non terminò il pensiero. Tuffò le dita tra i capelli e li raccolse in un nodo. Per fortuna era riuscita a ottenere un'intera settimana di ferie, le serviva un po' di riposo. Questa volta non aveva previsto una meta: sarebbe andata all'avventura, una novità nel suo mondo perfettamente organizzato.

Dopo aver radunato i fogli sparsi sul tavolo della sala riunioni li infilò nella borsa. Mentre si guardava intorno le tornò in mente un'immagine. Un uomo, un sorriso. Janus... Il nuovo direttore era atteso da un giorno all'altro. Aveva già fatto un sopralluogo mentre lei era fuori sede per visionare i locali del nuovo archivio. C'era sempre bisogno di spazio per ospitare i documenti in modo adatto. Il pensiero che avrebbe dovuto discuterne proprio con lui le sembrava irreale. Se in principio l'idea che fosse Janus a occupare il posto di Dupont l'aveva incuriosita, adesso era tesa e preoccupata. Temeva il loro incontro. Cosa gli avrebbe detto? Era una situazione che la riempiva di imbarazzo e anche di qualcos'altro. Lo aveva conosciuto quando lei era solo una matricola e lui un laureando in archivistica e conservazione dei beni culturali. Avevano trascorso insieme un anno indimenticabile, e poi...

«Potrei sempre chiedere il trasferimento...» rifletté ad alta voce. Si massaggiò la fronte, gli occhi chiusi. Ricominciare da un'altra parte non sarebbe stato un problema. Una città più piccola, magari. Oppure poteva semplicemente ignorare quello che avevano condiviso una vita prima. No, non era passato così tanto tempo, ma erano comunque molti anni.

Perché tra tutte le persone disponibili a ricoprire il ruolo di direttore avevano offerto il posto proprio a lui?

Perché era bravo, perché era il migliore.

«Ciao, Adeline! Hanno consegnato questo per te!»

Trasalì, voltandosi verso la porta. «Come?» Lucien entrò seguito da Fleur. «Dove vuoi che lo metta?»

«Ci deve essere un errore.» Non aspettava nessun pacco e comunque lo avrebbe fatto consegnare a casa, certo non in municipio.

«No, no. È tutto a posto», cinguettò Fleur. «Si tratta di quella strana donna, te la ricordi?» La collega liberò il tavolo più ampio. «Mettilo qui, Lucien.»

Adeline era senza parole. «Come fai a saperlo?»

«L'hanno recapitato questa mattina, tu non c'eri, così ho firmato io al tuo posto e ho riconosciuto il nome. Non sei curiosa di scoprire cosa c'è dentro?» replicò.

Sì che lo era. «Fammi vedere.»

L'involucro si era strappato su un lato e lasciava intravedere una superficie levigata.

«Perché ti ha mandato una cassa di legno?»

Non ne aveva la più pallida idea. Adeline cercò un biglietto, qualcosa che potesse spiegarle perché Miranda Gravisi-Barbieri le avesse inviato quella cassetta. Ma non c'era niente, almeno all'esterno. Iniziò a rimuovere la carta da imballaggio.

«Posso aiutarti?» Fleur era come una bambina, le sue dita fremevano dal desiderio di toccare il pacco.

Adeline suo malgrado le sorrise. «Accomodati.» Le fece spazio e la ragazza ne approfittò per strappare via ciò che restava dell'imballaggio. Erano tutti impegnati quando entrarono gli altri colleghi: Valérie, Rodolphe, Chloé, che lavorava sul suo stesso piano, e François, l'ultimo arrivato.

«Ciao, venite a bere qualcosa con noi?»

«Magari più tardi», rispose Lucien.

Prima che potesse aggiungere altro Valérie si avvicinò.
«Cosa state facendo?»
«Apriamo un pacco.»
«Un regalo misterioso», precisò Fleur catturando l'attenzione di tutti.
«Per gli archivi?» chiese Chloé.
«No, è per Adeline.»
Non le piaceva essere al centro dell'attenzione, così ignorò gli sguardi dei colleghi e si concentrò sulla cassa. Sul lato superiore si distingueva un marchio impresso a fuoco. Ne seguì i contorni con le dita chiedendosi per l'ennesima volta perché quella donna le avesse inviato un dono. Era paradossale, pensò. Aveva cercato di tenersi alla larga da Miranda, dalla sua storia, e adesso di fatto c'era rientrata, e in grande stile.

Non badarci, vattene, lascia tutto e tornatene a casa.
Il pensiero la tentò. In fondo non era troppo tardi per ignorare quel pacco, qualunque cosa contenesse.

Non hai bisogno di ulteriori complicazioni.
Come minimo avrebbe dovuto scrivere un biglietto di ringraziamento. La sola idea la fece agitare. Non per il gesto in sé, ma per ciò che quella donna rappresentava. Guardò la porta, doveva solo varcarla e lasciarsi tutto alle spalle.

«Dai, Adeline, spetta a te aprirla. Guarda, il coperchio si sfila, spingi da quella parte.»
«Come vorrei essere al tuo posto!»
Al mio posto? Era una frase così assurda! Eppure, non era la prima volta che qualcuno le diceva una cosa simile... Si guardò intorno, era circondata dai sorrisi, tutti aspettavano una sua mossa.

«Su, Adeline, cosa aspetti?»
Allora si mosse. Allungò il braccio e posò le dita sul pannello. Nel momento in cui terminò di farlo scorrere lungo la guida, apparve il contenuto della cassetta. Impressionata, spalancò gli occhi. «Ma cosa...?»
«Non ci credo!» L'esclamazione di Lucien catturò l'attenzione di tutti. «È una bottiglia di Under Water Wine.»
Vino sott'acqua, tradusse Adeline. Ma che senso aveva? Il

vino stava all'interno di barili di legno... o almeno era quello che aveva sempre creduto. Si riprese dallo stupore e indicò la valva di una conchiglia. La bottiglia ne era ricoperta. «Dunque quella non è una decorazione?»
Lucien scosse la testa, l'espressione estasiata. «Tu non hai idea di cosa contenga questa meraviglia, vero?»
«Immagino lo scoprirò presto.» Ricordava vagamente che Miranda le aveva parlato della sua vigna, o qualcosa del genere.
Lucien si lanciò in una descrizione dettagliata di quella tecnica di affinamento, caduta in disuso e rispolverata solo di recente. In pochi erano a conoscenza del suo passato di sommelier.
«Questa bottiglia ha riposato sul fondale sabbioso del mare, è stata cullata dal movimento delle onde, ha maturato il suo contenuto in assenza di luce, avvolta da una temperatura costante.»
Le sue parole erano ipnotiche. Adeline si accorse che tutti, lei compresa, stavano trattenendo il respiro. «Non ne avevo mai sentito parlare», disse sfiorando l'impronta di un corallo. Davanti all'espressione incantata di Lucien provò una sorta di imbarazzo. Le era capitato di bere del vino, ma non si era mai soffermata a pensarci più di tanto. Ne aveva apprezzato il sapore, ma tutto era finito lì.
«Sei molto fortunata ad averla ricevuta.»
Senza pensarci due volte Adeline si guardò intorno. «Dove possiamo trovare dei bicchieri adatti?» Non era una grande intenditrice, ma era pur sempre francese.
«Vuoi aprirla?» le chiese il collega sbalordito.
Lei inarcò un sopracciglio. «Pensavi davvero che me la sarei portata a casa per scolarmela tutta da sola?»
«Ci penso io», si intromise Valérie. Uscì di corsa, come se sapesse esattamente dove trovare calici adatti, a quell'ora e in un luogo istituzionale come un municipio.
«Che bello!»
«Non ho mai assaggiato nulla di simile!»
«Guardate, sembra uscita da un relitto!»
«Grazie, Adeline.»

Le rivolsero tutti grandi sorrisi. La decisione di condividere il vino aveva riscosso un grande successo. Nessuno di loro si era mostrato altrettanto felice quando in passato aveva coperto i loro turni festivi. A quanto pare aveva sbagliato strategia, pensò in un misto di sorpresa e divertimento.

Valérie entrò portando un vassoio con scintillanti bicchieri da vino, accompagnata da Moreau. «Buonasera a tutti.» L'usciere sorrideva soddisfatto e si strofinava le mani.

«È venuto a rimproverarci per il ritardo?» gli chiese Adeline con un mezzo sorriso. Non era la prima volta che si riunivano lì dopo l'orario di lavoro, di fatto era la loro sala relax. L'uomo le rivolse un sorriso bonario. «C'è sempre tempo per un buon bicchiere di vino.»

«Assolutamente vero!» rispose François.

Valérie posò il vassoio sul tavolo accanto a Lucien, che osservava con attenzione il collo della bottiglia spogliato dallo spesso strato di cera che lo aveva protetto.

«Tieni.»

Fleur gli porse un cavatappi. Anche quello lo aveva portato l'usciere.

Lucien lo prese e il brusio cessò. Un silenzio pieno di aspettativa e di riverenza accompagnava i suoi gesti. Puntò l'elica al centro del tappo e iniziò ad avvitarla. Gesti misurati, lenti e pacati. Un vero rituale. Adeline percepiva il rispetto e la solennità. Intorno a lei cresceva l'attesa. Lentamente Lucien iniziò a sollevare il cavatappi strappando il sughero alle pareti interne del collo. Si levò un suono simile a un sospiro seguito da uno schiocco secco. «Ecco, ci siamo.» Posò il tappo sul vassoio continuando a fissare la bottiglia, poi, dopo aver atteso qualche minuto, prese con delicatezza il primo calice e iniziò a versare il prezioso liquido.

Per prima cosa Adeline percepì il profumo, era lontano, antico, di legno e di roccia. Ma subito la sua attenzione fu tutta per il colore: scuro, intenso, con sfumature cremisi esaltate dalla luce. Lucien terminò di servire tutti. «Lasciatelo riposare un istante», disse. Lo roteava lentamente nel suo calice, imitato dagli altri. «È stato in fondo al mare, ha tanto da raccontarvi del suo lungo viaggio.»

Raccontare? Lucien intuì la domanda di Adeline e sorrise. «Un vino ha molto da dire a chi sa ascoltare.» Poi avvicinò il bicchiere al naso e inspirò. «Ha un profumo ricco. Frutta matura. Prugne, scorze di agrumi.» Fece una pausa, chiuse gli occhi come se non volesse permettere a nulla e nessuno di interromperlo durante quel momento così solenne. «Una sottile nota iodata si sviluppa proprio al centro, celebrando la complessità. Sento anche frutti rossi.» Sospirò. «È magnifico.»

Come se quello fosse il segnale, ognuno di loro si portò il bicchiere alle labbra. Adeline seguì l'esempio del collega, annusò e poi sorbì il liquido scuro. Lo tenne in bocca un istante e infine lo mandò giù. Era buono, forse un po' acidulo per i suoi gusti. Lucien si era seduto e continuava a gustare il vino. Moreau era immerso nella contemplazione del suo calice. Fleur chiacchierava con Valérie, Chloé invece sembrava chiusa in sé stessa, gli occhi fissi sul fondo del bicchiere.

«È notevole.»

Il commento di François cadde nel vuoto. All'improvviso era come se tutti, lei compresa, avessero proiettato una parte di sé stessi all'interno di quel bicchiere. Si sentiva strana, malinconica. Persino triste. Aveva come l'impressione che il sangue fosse rovente, lo percepiva mentre si spostava nel suo corpo.

Che le stava accadendo?

Allarmata, Adeline spinse il calice in avanti, lentamente, con la punta dell'indice.

Il vino continuava a scorrerle nelle vene, portandosi dietro immagini che aveva cancellato dalla sua mente, ricordi sepolti: rabbia, delusione, abbandono… amore.

Era spaventata dall'intensità delle proprie emozioni. Respirò a fondo, contò persino, ma era un fascio di nervi. Pensò a Damien e a ciò che le aveva detto. Si aggrappò alle sue parole come a una zattera: la sua zattera di salvataggio. «Ho tutto ciò che desidero, va tutto bene. Sono felice.» Lo disse e continuò a ripeterlo come un mantra, finché vide le parole sgretolarsi davanti a sé, disperse come cenere al vento da una folata immaginaria.

Lei non era felice. Aveva tutto ciò che poteva desiderare, ma la mattina faticava ad alzarsi. Aveva tante cose, ma nemmeno un briciolo di gioia. La sua era un'esistenza vuota, monotona, grigia. Quella consapevolezza la scosse nell'animo. Ripensò a quelle che fino a poco prima erano certezze. Il lavoro. Le piaceva la storia, l'amava.

Certo, perché non ne possiedi una tua e ti illudi che appropriandoti di quella degli altri il tuo gelo interiore scompaia.

Cercò di respingere il pensiero, di rimandarlo indietro, ma non ci riuscì perché era vero. Come era vero che non le piaceva lavorare agli archivi. Catalogare i documenti l'annoiava a morte. Né le piacevano gli abiti che indossava, ma li metteva perché erano dignitosi, perché l'immagine era importante, facilitava i rapporti.

«Oddio, che mi sta succedendo?» si chiese. Le girava la testa, un suono profondo le rombava nelle orecchie. Le sembrava di stare sul dorso di un cavallo che sgroppava, che non la voleva, come non l'avevano voluta i suoi genitori quando si erano sbarazzati di lei perché non valeva niente. Come avevano fatto anche gli altri, quelli che dopo averla presa in affido l'avevano giudicata priva dei requisiti fondamentali per entrare nelle loro famiglie e l'avevano restituita come una cosa, un oggetto rotto. Anche il professore, anche Yvette. Tutti.

Ansimò, il dolore era lì, si muoveva dentro di lei. Cercò di recuperare il controllo, di razionalizzare. Conosceva quella sensazione di vuoto, l'aveva accettata. No, anche quella era una bugia. Aveva solo nascosto una ferita che non avrebbe mai smesso di farle male. Si guardò intorno. Sorrisi, chiacchiere. Normalità.

Adeline si tirò su di scatto, la sedia cigolò alle sue spalle. Sentiva gli occhi dei colleghi su di sé. Batté le palpebre, confusa. Che diamine ci facevano lì, alla fine del turno di lavoro, a bere? Non avevano famiglie da cui tornare? Non c'era nessuno che li aspettava a casa chiedendosi dove fossero finiti? Guardò Fleur: era evidente che il lavoro all'anagrafe non faceva per lei, eppure per necessità proseguiva a testa bassa. E poi c'era Valérie, che si approfittava di tutti perché preferiva cedere alle richieste del compagno piuttosto che far valere le proprie ragioni. Lucien aveva sacrificato ogni aspirazione per stare più vicino alla famiglia, ma trascorreva ogni istante libero lontano da casa. Non conosceva abbastanza Moreau, François, né tantomeno gli altri. Che ci faceva lì con loro?

«State tutti bene?» chiese, la voce fioca.

«Mai stato meglio!»

«Al settimo cielo!»

«Questo vino è un'esperienza, grazie per averlo condiviso.»

Lei invece stava per sentirsi male, doveva uscire.

«Scusate, io... io devo andare.» Ignorò i richiami, corse giù per le scale, raggiunse il pianoterra, poi scese ancora di un piano. Davanti all'ingresso degli archivi digitò il codice e attese che le porte si aprissero. Poco dopo, fu avvolta dall'odore familiare di carta e inchiostro. La luce soffusa rischiarava appena l'ambiente. Raggiunse la sua postazione e si rannicchiò nella poltrona, il cuore continuava a galopparle nel petto. Era come se il controllo che aveva sempre esercitato su sé stessa si fosse dissolto, la sua mente era un mare in tempesta. Lanciò un'occhiata disperata tutt'intorno alla ricerca di qualcosa cui aggrapparsi.

«Adeline?»

Trasalì. «Janus. Che ci fai qua?»

«Potrei farti la stessa domanda.»

7.

I contenitori destinati all'affinamento del vino cambiano nome a seconda della capacità. La barrique tiene duecentocinquanta litri, il tonneau circa novecento, mentre la botte può contenere decine di ettolitri. Costruiti in legno, cedono al liquido che custodiscono al loro interno aroma e personalità.

«Va meglio?»
Annuì, gli occhi sulla tazza colma, le volute di vapore che le accarezzavano il viso. «È buono.» Adeline lo disse perché non sopportava più il silenzio. In realtà lui qualche parola l'aveva pronunciata e le aveva anche preparato una tazza di tè, la sua soluzione a ogni problema. Lanciò un'occhiata allo studio di Dupont, che adesso era di Janus. «Non hai fatto grossi cambiamenti.»
L'ambiente era come lo ricordava, a parte il bollitore e la selezione di infusi su uno dei ripiani sotto la finestra. Eleganti scaffalature con riconoscimenti istituzionali, preziose carte geografiche incorniciate alle pareti, tappeti e tende pesanti. Un cavaliere medievale di bronzo con la lancia protesa al centro del tavolino. Le poltrone erano lucide, morbide. Un sentore di cera d'api che proveniva dai mobili aleggiava nell'ambiente.
«Sono appena arrivato.» Le sorrise, sembrava rilassato, a suo agio.
Adeline si accigliò e suo malgrado sollevò gli occhi su di lui. «Sei cambiato.»
Zigomi affilati, ombre sotto gli occhi. I capelli sulle spalle lo facevano sembrare più magro, la fossetta sulla guancia, ricordo di una brutta caduta da bambino, gli dava un aspetto severo.
«Immagino sia normale. Non ci vediamo da quanto?»
«Sette anni.»
Lui la fissò in modo strano. Poi il sorriso si allargò. «Il tempo è volato.»

«Ti trovo bene, Adeline.»
La sorpresa balenò sul suo volto. Il loro era stato più che altro un rapporto fisico. A quel tempo lei centellinava ogni cosa e la sua vita era fondata sul concetto di sottrazione, un costante annullamento di tutto ciò che la turbava e ostacolava il suo percorso di vita. C'era chi riempiva la propria esistenza e chi, come lei, rinunciava. Quando Janus era diventato troppo importante, quando lei aveva capito che la loro relazione richiedeva sincerità, qualcosa che andava ben oltre la semplice devozione, aveva sperato che il suo passato scomparisse. Ma si era sbagliata, e quindi lo aveva lasciato.
«Sei diventata più... bella.»
C'era molto di più di un banale apprezzamento fisico in quelle parole. Janus era capace di riempire i discorsi di emozioni, lo faceva attraverso la voce, gli occhi, l'espressione del viso, il movimento delle mani.
«Grazie.» Adeline si agitò nervosamente sulla sedia ma continuò a osservarlo. Era elegante nella sua camicia bianca. Una giacca blu notte era poggiata sulla spalliera della poltrona. Nessuna cravatta, detestava che qualcosa gli stringesse il collo. Ricordava molte cose su di lui, fin troppe, pensò.
«Cosa ti è successo poco fa?»
Era la seconda volta che glielo chiedeva e lei continuava a non trovare le parole. «Troppo lavoro.» Distolse lo sguardo. «Ho solo bisogno di una vacanza.»
L'espressione di Janus si schiarì. «Già... stare dietro a vecchi documenti può essere sfiancante.»
Adeline socchiuse le labbra, gli occhi nei suoi. Lui scoppiò a ridere e suo malgrado anche lei sorrise.
«Andrà meglio.»
Lui continuava a sorridere. «Ne sono certo.»
Adeline si inumidì le labbra. «Come mai sei qui? Hai sempre detestato chiuderti in un ufficio.»
Janus scosse la testa, un po' del suo buonumore era scomparso. «Ho bisogno di un... cambiamento.»
«Capisco.»
In realtà non lo aveva mai capito veramente. Lo aveva

ammirato, persino invidiato. Janus era l'erede di una facoltosa famiglia, un uomo alla costante ricerca di novità. Sapeva quello che voleva e cercava di ottenerlo. Tutto ciò che lo circondava lo incuriosiva. Non gli sfuggiva nulla, si buttava a capofitto nelle cose senza mai curarsi delle conseguenze, con un entusiasmo e un'energia che l'avevano sempre intimorita.

Avrebbe voluto fargli altre domande: all'improvviso si sentiva coinvolta, interessata.

Janus stese le gambe sotto il tavolo, lasciando che le lunghe dita accarezzassero il bordo della scrivania. Lei amava le sue mani, sapevano fare magie. Rabbrividì, i ricordi erano intensi, scomodi. Non riusciva a liberarsene. Forse non voleva farlo.

«Sei sempre stata capace di badare a te stessa, cosa è successo per ridurti così?»

Adeline si accigliò. «Prego?»

«Poco fa. Eri talmente sconvolta che per un istante ho pensato mi avresti abbracciato.»

Adeline avvampò e voltò la testa. La sua risata la colse di sorpresa e la turbò. «È complicato.»

Si era sporto nella sua direzione, i gomiti sul tavolo.

«Dammi una possibilità, potrei sorprenderti.»

Un sospiro. Poi le parole trovarono la strada come se fossero dotate di volontà propria. «Ho preso delle decisioni, ci credevo molto, pensavo fossero quelle giuste.» La sofferenza affiorò e lei non riuscì a tenerla a bada. Si asciugò le lacrime rabbiosamente. «Scusa.» Perché glielo aveva detto? Perché si era messa a nudo davanti a lui? Possibile che non riuscisse a controllarsi? Dov'erano le sue difese? Voleva coprirsi con le braccia, nascondersi, perché i confini che l'avevano sempre protetta all'improvviso non c'erano più e quello la spaventava a morte.

«Come posso aiutarti?»

Lo fissò.

Non avrebbe dovuto essere così sorpresa. Lui l'avrebbe fatto davvero, l'avrebbe aiutata se lei glielo avesse permesso. Lo leggeva sul suo viso, nell'espressione intensa, con-

centrata, come se nient'altro per lui, a parte lei, avesse importanza.
Anche se con lui non si era comportata bene. Si era tirata indietro nella loro storia senza uno straccio di spiegazione. Ma Janus adesso era lì, disposto a darle una mano. «Perché?» Janus si acciglò, gli occhi nei suoi. «Perché no?» Fu la sua spontaneità a confonderla. Già, perché non avrebbe dovuto farlo? Fu invasa da un senso di profonda familiarità, come se invece di anni fossero trascorsi solo pochi giorni. E se si fosse confidata? Se si fosse liberata dal senso di colpa? Ma cosa gli avrebbe potuto dire? *Ho fallito?* Quello era chiaro. *Mi sono sbagliata su tutto?* Anche quello era chiarissimo. «Non lo so, è come se...» Un'altra pausa, le parole continuavano a sfuggirle. «Non ho più certezze. Tutte le mie convinzioni sembrano scomparse e al loro posto c'è un enorme vuoto.» La voce si ruppe, Janus si alzò, la raggiunse e si poggiò alla scrivania. Adesso la sovrastava. Gli occhi blu che l'emozione rendeva neri erano piantati nei suoi. «Qualche volta le cose ci sembrano più gravi di quello che sono realmente.» La sua espressione si addolcì. «Hai una grande forza di volontà, troverai la via d'uscita, fidati.»
Fidati di te... Era tentata di andare in fondo a quel pensiero, ma non riusciva a concentrarsi. Era stordita. Avvertiva l'odore familiare di sapone e dopobarba, percepiva il calore della gamba che sfiorava la sua. Janus aveva annullato la distanza fisica tra loro. Adeline lo sentiva ovunque, sotto la pelle, nel sangue.
«Grazie.» Si spostò. Non poteva più restare lì con lui, nella solitudine del suo ufficio. Desiderava... cose inopportune. Le emozioni stavano crescendo, si dilatavano, espandendosi nel vuoto che aveva dentro. «Devo andare.» Si alzò, allontanandosi, gli occhi faticavano a lasciarlo. Anche lui la guardava. Il cuore di Adeline sembrava impazzito.
Dopo un istante di silenzio Janus annuì. «Quando vuoi io ci sono.» L'accompagnò alla porta. «Ci vediamo lunedì.»
«Certo, lunedì.»

«Mi ha fatto piacere rivederti.»
«Anche a me.» Non ricambiò il suo sorriso, ma sentiva il suo sguardo che la seguiva.
Quanto potevano essere banali le parole, quanto era immenso e sconfinato ciò che nascondevano. Avrebbe voluto dirgli che le era mancato ogni giorno, che dopo di lui non c'era stato nessun altro con cui avesse voluto trascorrere più di una sera. Voleva dirgli che le dispiaceva per come era andata tra di loro e che con lui era stata felice. Invece si affrettò a prendere le sue cose. Allora sentì un lieve spostamento d'aria seguito dal tonfo della porta che si chiudeva.
La tentazione di tornare indietro e continuare a parlare con Janus era forte, troppo. Lui ci aveva visto giusto, era stata a un soffio da abbracciarlo.

Lasciò il municipio da una porta laterale. Gli altri dovevano essere andati via da un pezzo. Le sembrava che tutto fosse amplificato, i suoni che la circondavano, così acuti da spingerla a tapparsi le orecchie, gli odori intensi e penetranti, le luci così forti da farle chinare la testa.
Quel vino... possibile che fosse la causa del suo stato d'animo? Il mondo era pieno di stranezze. Continuò a camminare finché si ritrovò davanti alla banchina. Lo sciabordio delle onde era costante, lento e ipnotico. In genere le piaceva ascoltare le sirene e immaginare le navi che si allontanavano, le onde spumeggianti e leggere che accarezzavano la chiglia, il canto dei gabbiani e il sussurro gentile del vento.
In quel momento, però, era come se nulla avesse un senso. La sua vita, quella che aveva così meticolosamente costruito, era appena andata a rotoli. Al suo posto c'erano disordine, confusione e un enorme groviglio di emozioni. Non poteva fare nulla per arginare i pensieri. Sapeva che era oltre le sue possibilità, poteva solo assistere e quello le faceva paura.
Più tardi, nella solitudine del suo appartamento, ancora umida per la lunga doccia calda, faceva scorrere i palmi delle mani sulle lenzuola e ripensava al passato.
Dopo aver lasciato Parigi, aveva nascosto a tutti di essere

stata abbandonata, rifiutata. Aveva imparato a sue spese che la discendenza, un nome importante, lo status erano elementi che definivano le persone. Lei non li possedeva, così aveva deciso di ignorarli. Non aveva raccontato nulla neppure a Janus, soprattutto a lui. Non avrebbe sopportato di leggere sul suo volto la compassione, la pena... il sospetto. Lui era speciale, l'amava, e Adeline voleva che tutto restasse così.

Una sera, però, aveva accettato l'invito a cena dei genitori di lui. Ricordava bene come i due, pur con eleganza, l'avessero interrogata sul suo passato. Al principio aveva schivato le domande, le aveva eluse, poi aveva inscenato una farsa. Aveva finto di avere una famiglia: Damien, con un altro nome, era diventato suo padre; Gaëlle, che era poco più grande di lei, la sua giovane matrigna incinta di un fratellino. Aveva persino una sorella. E dopo i genitori, aveva fatto lo stesso con i nonni, attingendo a ricordi che non le appartenevano. Bugie che erano diventate grandi come montagne. E lei era crollata sotto quel peso.

Era sola, non doveva dimenticarlo mai. Poteva contare solo su sé stessa. «È il destino di chi non ha famiglia», si disse. Non c'era commiserazione nelle sue parole, solo una vaga tristezza.

Era stata amata e aveva amato a sua volta. Le suore dell'ospedale in cui era stata ricoverata da piccola, alcune delle assistenti sociali, i bambini con i quali aveva diviso la camera. Il professore e sua moglie. Damien. Ma a parte lui, gli altri erano scomparsi. Era stato un amore a tempo determinato.

Janus invece era stata lei a lasciarlo, perché aveva imparato che era meglio abbandonare piuttosto che essere abbandonati. Aveva capito che l'unica perdita che avrebbe potuto sopportare era quella che sceglieva consapevolmente. Doveva stare attenta con lui. Prima o poi avrebbe capito che gli aveva mentito, che fingeva di essere qualcun'altra. Doveva stargli alla larga. Guardò la notte e fece qualcosa che si era ripromessa di evitare: immaginò un finale diverso per quella strana giornata. Una storia in cui lei era felice e sorrideva a Janus, lui le raccontava la sua giornata, i suoi progetti, i sogni. Cose semplici, cose felici. Se avesse avuto con sé il suo quaderno delle storie l'avrebbe potuta anche scrivere, perché era bella, la faceva sentire bene.

Mentre stava cedendo al sonno, Adeline si accorse che c'era anche Miranda nei suoi pensieri. La donna l'abbracciava, le sussurrava qualcosa che però lei non riusciva a comprendere.

Chiuse gli occhi e si addormentò.

8.

La vendemmia è un rito che affonda le radici in un passato lontano. Come un mosaico, combina tradizione, innovazione, conoscenza e perizia. Mentre i grappoli cadono nei cesti, un intero anno di pazienza, cura, attesa e speranza trova il suo compimento.

Nei giorni seguenti, Adeline si immerse nel lavoro. Accettò tutti gli incarichi e trascorse il tempo libero sostituendo i colleghi. Tenersi occupata l'aveva sempre aiutata a superare i momenti peggiori, permettendole di disciplinare la propria inquietudine. Ma quella volta nulla riusciva a placare la sua agitazione; anzi, a differenza di quanto fatto in passato, ora metteva tutto in discussione.

Quel pomeriggio si era rifugiata in sala riunioni per recuperare il fiato, le serviva un momento per riordinare le idee, pensò. Solo un momento.

«Come stai?»

Sorpresa, sollevò gli occhi su Fleur: era sulla porta e la guardava come se non avesse ancora deciso se entrare o andarsene.

«Ciao.» Non le andava di parlare con nessuno, tantomeno con lei. Tuttavia le indicò una sedia. L'amica, però, restò dov'era. Adeline si sentì in colpa. Sapeva di meritarsi quella freddezza. Ultimamente era stata di umore tremendo. Avrebbe dovuto scusarsi, ma era stremata, così fece finta di nulla. «Va tutto bene. E tu? Come stai?»

Fleur attese un istante prima di rispondere. «Lo vuoi sapere davvero?»

Adeline si irrigidì. «Io… sì. Ma certo!»

Non le credeva, glielo leggeva in faccia. Fleur finalmente decise di entrare, si tolse il cappotto e lo posò accanto alla borsa. «Hai un aspetto terribile.»

«Non voglio che ti preoccupi per me!»

Fu più brusca di quanto intendesse, ma era molto a disa-

gio. Fleur la fissò in silenzio poi si rialzò e prese le sue cose. «Perdona il disturbo. Se ti serve qualcosa sai dove trovarmi.»
«Perché ti comporti così?» La collega si fermò sulla soglia e le rivolse un'occhiata senza voltarsi. «Avrei preferito che tu mi avessi raccontato tutta la verità.»
Adeline impallidì. «Non capisco», rispose. L'antica paura riaffiorò. L'idea che gli altri potessero venire a conoscenza del suo passato la sconvolgeva. «A cosa ti riferisci?» chiese con un filo di voce.
Fleur socchiuse le palpebre e sorrise. «Io volevo viaggiare, sai? Volevo scrivere diari di viaggio, consigliare mete adatte a turisti esigenti, rivelare gli aspetti sconosciuti o curiosi dei luoghi. Ma non ci si mangia, non si mantiene la famiglia così. E io ho due fratelli minori, mia madre da sola non ce la fa. Per questo ho fatto domanda in municipio. La prima volta che ho visto gli uffici volevo fuggire. Mi dicevo: "Adesso ti scoprono, lo sanno che sei qui per i soldi!". Non ero adatta, avevo preso il posto di persone più abili, motivate, valide.» Fece una pausa. «Avevo paura, una paura così grande... pensavo che mi avrebbero smascherata. Ti ricordi il nostro primo incontro?»
Adeline aveva intuito tutte queste cose, ma sentirle dalla voce di Fleur la toccava profondamente. La sua fiducia in lei la toccava. E la riempiva di vergogna. Annuì, in silenzio, gli occhi su di lei.
«Eravamo a quella riunione del personale, ti sei seduta accanto a me e mi hai tenuto compagnia.»
«Avevi tutta l'aria di aver bisogno di un'amica.»
Fleur le sorrise ancora. Ma restò comunque sulla porta. «Sì, ne avevo un enorme bisogno, la necessità di essere capita, di trovare conforto in qualcuno che sapeva cosa stavo passando, che voleva essere gentile. Quando mi hai aiutata ho capito che potevo contare su di te, che forse avevo trovato un'amica.» Fece un'altra pausa. «Ma tu non lo sei, Adeline. Non sei amica di nessuno. Non ti fidi.» Le rivolse uno sguardo colmo di tristezza. «Hai tanti di quei muri intorno

a te... ma mi ci ero abituata, sai? Lo avevamo fatto tutti. All'improvviso, però, sei cambiata. Sei diventata un'altra persona, sempre nervosa, triste, strana... Con sempre più muri intorno. Tieni tutti a distanza. Non so che cosa ti succede, se non me lo dici come posso aiutarti?»
Adeline era paralizzata. Si guardava attraverso gli occhi e le parole di Fleur, e ciò che vedeva non le piaceva per niente. «Io... è complicato. Non posso dirti di più...»
Lei annuì. «Certo... Buona serata.»
Non la richiamò indietro, però si alzò, la seguì e, quando varcò la porta del corridoio, lo trovò vuoto. «Io non ho amici», rivelò al silenzio. Tornò nella sala riunioni, si sedette, le mani stese sul tavolo, il cuore in gola. E poi i contorni degli oggetti divennero liquidi e lei si ritrovò in un altro luogo, in un altro tempo.
No! Non voleva pensarci, non poteva farlo. Si coprì il viso con le mani.

Tra le prime richieste di Janus vi fu quella di esaminare gli uffici. Al piano interrato, gli archivi erano suddivisi tra deposito e corrente, mentre i documenti più antichi e di carattere storico erano custoditi in un altro edificio, nel quale Adeline, Lucien e Valérie si spostavano all'occorrenza. Al pianterreno venivano ricevuti i versamenti dei documenti amministrativi; seguivano smistamento, catalogazione, inventario e conservazione in centinaia di metri di scaffalature. In una sezione separata, c'era la sala di consultazione aperta al pubblico. Al piano superiore si accedeva all'ala riservata al personale con la sala riunioni in cui avevano bevuto il vino di Miranda, gli uffici e i bagni.
«Bene», disse Janus. «Funziona tutto alla perfezione, ma vorrei proporvi alcuni cambiamenti. Fisserò una riunione per la prossima settimana.»
Adeline lo osservò di sottecchi. Lucien annuì, era entusiasta della nuova attrezzatura informatica. Il vecchio direttore lo aveva sempre ostacolato. «Con quegli scanner piani e i supporti io e Valérie faremo un ottimo lavoro.»
«Ne sono sicuro.»

Lucien mostrò un prospetto alla collega e i due si allontanarono nel corridoio. Dopo un istante, Adeline li seguì in silenzio. Per tutta la visita non aveva quasi aperto bocca, rispondendo solo a qualche domanda.

«Possiamo scambiare due parole?» Janus le indicò il suo ufficio. Per una frazione di secondo lei pensò di cercare una scusa per sottrarsi, ma conosceva l'espressione che lui aveva sul viso. Non era contento, non lo era affatto. Evidentemente il sopralluogo non era andato così bene come tutti pensavano. Da quando si erano incontrati, lei aveva fatto in modo di tenersi alla larga e quella di fatto era la prima volta che restavano soli.

Alla luce del giorno l'ufficio le sembrò cambiato. C'era come un'atmosfera differente, i complementi d'arredo erano diminuiti, anche il tappeto persiano così caro al vecchio direttore era sparito. Al suo posto il parquet dava alla stanza un aspetto raffinato e molto elegante.

«Ho esaminato le tue schede.»

Adeline sapeva di avere un approccio personale. Qualche volta Dupont le aveva fatto notare che era più semplice attenersi al protocollo stabilito, ma lei amava immergersi nella lettura. In fondo interpretare i documenti era ciò che le riusciva meglio. «Posso correggerle se lo ritieni necessario.»

Lui si accigliò. «No, assolutamente, anzi volevo complimentarmi con te, le ho trovate... illuminanti.»

«Davvero?»

Lui annuì, giocherellava con la penna. Ai tempi in cui si frequentavano, i suoi scarabocchi erano famosi tra gli studenti del corso di archivistica.

«Allora perché volevi parlarmi?»

La guardava perplesso. «Sei abbastanza qualificata da sapere che non solo le schede sono approfondite, ma presentano anche spunti di riflessione molto interessanti. Il tuo lavoro è preciso e accurato.»

Sì che lo sapeva, ma un conto era quello che pensava lei, un altro ciò che ritenevano gli altri. Aveva imparato a sue spese che fin troppo spesso la differenza di opinioni decideva incarichi e carriere.

All'improvviso Janus le sorrise. «Come stai?» Deglutì, aveva la bocca asciutta. «Bene.» Malissimo, non dormiva da giorni, le sembrava di essere esposta al mondo, tutto era immenso, forte, ingestibile. Le mancava Fleur, le loro chiacchierate, la sua allegria. La collega le rivolgeva a stento la parola, era fredda, distante. Adeline aveva nostalgia della sua vecchia vita, monotona e ordinaria, ma non poteva tornare indietro, non voleva farlo. «Sto bene», mormorò nuovamente. O meglio... Lo sarebbe stata al rientro dalle ferie.

Lui si strinse nelle spalle. «Se vuoi che mi faccia gli affari miei non hai che da dirmelo.»

«È solo un po' di emicrania», minimizzò. Non gli consentì di aggiungere altro, trovò la forza di sorridere, raggiunse la porta. «Prenderò un'aspirina e mi passerà.»

«Aspetta.»

Adeline si voltò, il cuore in subbuglio. Lui la guardava come se le leggesse dentro, come se riuscisse a vedere le parti che lei cercava disperatamente di nascondere, di riportare all'ordine, di ridurre al silenzio.

«Vorrei che ci fosse più interazione con il pubblico: coinvolgere scolaresche, associazioni, o anche solo appassionati di genealogia. Fare qualche corso per insegnare le basi. Pensa, Adeline, un ponte tra il passato e il presente. Tu sei la persona più adatta per gestire il progetto.»

«No!»

Lo disse prima di poterci pensare, e quando vide lo stupore sul viso di Janus, l'espressione delusa, desiderò fuggire. «Io non saprei come fare», si affrettò ad aggiungere. «E poi ci sono decine di siti sui quali trovare le informazioni. Basta inserire le credenziali e il gioco è fatto.»

Janus si alzò e la raggiunse. «Una volta mi hai detto che trovare la propria ascendenza, conoscerla, è un modo per mettere ordine nella propria vita.» Scosse la testa. «Quante persone vorrebbero sapere che fine ha fatto un loro congiunto? I rapporti familiari sono fondamentali, fragili e complicati. Quanti desidererebbero conoscere qualcosa di più sulla vita di chi ha lasciato loro un'eredità?»

Lui non poteva sapere... Adeline si costrinse a rilassarsi. Lo guardava, ma era un altro uomo che vedeva.

Parti dal nome, aggiungi quello di fratelli e sorelle, dopo inizia a fare lo stesso con i genitori... ecco, così, brava. Accanto scrivi i nomi dei nonni e fai attenzione alle date e ai luoghi di nascita. Devi essere precisa, Adeline, perché nelle famiglie ci sono spesso omonimi e noi non possiamo sbagliare. Ora continua. Sul foglio alla tua destra troverai i nomi e i dati dei bisnonni. Sono felice che tu abbia deciso di aiutarmi...

«Ci penserò.»

Lui annuì. «Fai con calma, non c'è fretta.»

Non aggiunse altro e lei gli fu grata. Chiuse la porta e attraversò il corridoio.

Le sale stavano aprendo al pubblico e lei non vedeva l'ora di uscire da lì. Raggiunse il pianoterra, salutò Moreau e uscì all'aperto. L'aria fredda la fece rabbrividire. Prese per il mare. Aveva voglia di fare una lunga camminata.

Era singolare come all'improvviso alcune cose le fossero chiarissime, mentre altre, quelle che avevano guidato la sua esistenza fino a quel momento, erano diventate fumose. L'unico stimolo che l'aiutava a mettere ordine nei suoi pensieri era il proposito di agire, riempire la giornata. L'appartamento era lustro, l'armadio e i cassetti sembravano quelli di un negozio di abbigliamento, la dispensa in perfetto stato. Aveva persino strappato le erbacce del giardino condominiale, e forse anche qualche fiore, non ne aveva idea. Non aveva mai fatto giardinaggio in vita sua, ma visto che tutti sostenevano fosse utile a calmare la mente ci aveva provato.

Nonostante fosse appena trascorsa l'ora di pranzo, le strade erano piene di gente. Adeline non aveva voglia di rinchiudersi in casa né voleva andare da Damien, che continuava a chiamarla. Non voleva che la vedesse così dopo avergli giurato che la sua vita era perfetta e che tutto ciò che lui aveva fatto per aiutarla l'aveva resa una donna migliore e risolta.

«Sei solo un'ingrata...» si rimproverò. Ma quelle parole

non sortirono alcun effetto né tantomeno la acquietarono; al contrario, qualcosa sembrava farsi strada nella sua coscienza e pretendeva attenzione. Qualcosa che la spingeva a ballare e a cantare, che le intimava di liberarsi di quegli abiti pesanti e scuri, che voleva i capelli sciolti sulle spalle e ridere... voleva ridere. Ma non c'era motivo per farlo. Si strofinò la fronte, gli occhi chiusi. Se la sua era pazzia, doveva essere di qualche strana forma che comprendeva una profonda consapevolezza. Sospirò e continuò a camminare, poi svoltò lungo il viale che conduceva all'ingresso dei giardini pubblici. Vi si inoltrò senza meta, finché iniziò ad avere freddo. Fu allora che scorse un tronco, contorto e annerito, che si allungava come una sorta di grosso serpente ligneo, dalla corteccia scrostata. «Una vite...» mormorò. «Una vecchia vite.» Non l'aveva mai vista prima anche se amava passeggiare per quei prati.

Guardò il cielo: era primo pomeriggio. Le nuvole sembravano enormi fiocchi di neve trasportati dal vento; sulle colline fuori città presto sarebbe fiorita la lavanda selvatica. Un passero cantò e un altro gli rispose dal boschetto accanto. L'aria era profumata, un sentore lieve e allo stesso tempo persistente. Non riusciva a scorgere i fiori, ma questo non significava che non fossero da qualche parte. I suoi pensieri, dapprima semplici e inconsistenti, si dilatarono sostituendosi alla realtà.

Non poteva continuare così.

Posò le dita sulla corteccia della pianta, seguì con lo sguardo le ramificazioni nascoste dalla vegetazione. Il pensiero seguì quella direzione e allora Adeline seppe ciò che doveva fare, adesso aveva una meta per il suo viaggio.

9.

La vite europea è una pianta rampicante appartenente alla famiglia delle Vitaceae, *specie* Vitis vinifera. *I suoi rami si allungano in cerca di supporti che la sostengano, diversi a seconda dei metodi di allevamento e potatura. Uno di questi è la pergola, ancora presente in molte vecchie case di paese.*

La Liguria era magnifica. Boschi, colline e prati. Spiagge e crepacci. Apparivano e scomparivano in un gioco di vuoti e pieni che in un momento diverso della sua vita Adeline avrebbe di certo apprezzato. Un colpo di testa, ecco quello che aveva fatto. Ma nonostante più di una volta durante il tragitto avesse avuto la tentazione di invertire la marcia e tornarsene difilato in Francia, continuava a guidare.

A un tratto, la città lasciò il posto alla campagna, le case si fecero più rade, sostituite da boschi e residenze secolari. Un pianoforte spandeva la sua melodia nell'abitacolo ma lei la udiva appena, concentrata com'era sulla strada. Non aveva idea di cosa avrebbe trovato nella tenuta di Miranda, non sapeva nemmeno cosa le avrebbe detto o come avrebbe giustificato la sua presenza. Sapeva solo che il suo vino l'aveva... cambiata. Per quanto fosse assurdo e illogico, quella donna era l'unica che poteva fornire una spiegazione a quello che le stava accadendo.

«Ecco», disse. Era arrivata. Rallentò fermandosi davanti a un ingresso monumentale. «Credo sia questo.» Parcheggiò e scese. Davanti a lei due massicci pilastri di pietra sostenevano un cancello di ferro battuto spalancato. Erano sormontati da un architrave con, al centro, uno stemma nobiliare. Era sbalordita, la testa piegata all'indietro, seguiva con gli occhi ogni rilievo, ogni scanalatura. Un passato familiare che aveva valicato i secoli, mantenendosi intatto. «Chi sei davvero, Miranda?»

Lanciò un'occhiata intorno a sé. Era tutto in ottime condizioni, curato e pulito. Si strinse nella giacca, aveva freddo, era sopraffatta dalle sue emozioni. Dal momento che non c'era un campanello parcheggiò l'auto all'esterno e iniziò la salita a piedi. La proprietà si estendeva su tutta la collina. Avendo cura di tenersi sulla strada sterrata percorse con lo sguardo i filari di viti: verdi e ondulati, correvano lontano, finché l'occhio si perdeva nella distanza. Davanti a ognuno c'era una pianta di rose che iniziava a mostrare timidamente qualche nuovo bottone. I tronchi sembravano grosse braccia bitorzolute che sostenevano rami coperti di tenere foglioline. Era sulla cima quando si accorse del vento: soffiava da ogni direzione, intenso, costante. Non ci aveva fatto caso, ora invece sentiva il suo abbraccio invisibile, un flusso di energia vivace che l'avvolgeva.

«Buongiorno.»

Trasalì. Un uomo alto e robusto dall'espressione gentile le andò incontro, ma lei era talmente impegnata a osservare il mare, una spiaggia e un promontorio sul quale era arroccata un'antica costruzione di pietra, che tardò a rispondergli.

«Posso aiutarla?» le chiese.

Indossava abiti eleganti, aveva una folta capigliatura che un tempo doveva essere stata castana come la folta barba.

«Mi chiamo Adeline Weber.» Il suo italiano scolastico era stentato, ma passabile. «Mi chiedevo se Madame Gravisi-Barbieri potesse ricevermi.»

Lo sguardo dell'uomo si illuminò, il bel volto si aprì in un sorriso. «Ma certo, mia moglie mi ha raccontato di lei.» Le strinse la mano. Adeline provò un'immediata simpatia per lui.

«Sarà qui a momenti.»

Come se avesse avvertito la sua presenza l'uomo si voltò. «Eccola», disse indicandola. «Vieni, mia cara, ci sono visite per te.»

Adeline sollevò la testa e nell'istante in cui incontrò gli occhi di Miranda comprese che lei l'aveva riconosciuta.

«Buongiorno, signora.»

«Che gioia vederla.»

Un altro sorriso, la mano che si chiudeva intorno alla sua avvolgendola con affetto.
«Come sta, mia cara?»
Adeline batté le palpebre. E adesso... cosa le avrebbe detto? «Bene. Io... volevo parlare un po' con lei.»
L'espressione di Miranda cambiò, si fece attenta. «Deve scusarmi, dimentico le buone maniere.» Accarezzò la spalla dell'uomo al suo fianco. «Riccardo, ti presento la mia amica Adeline. Lui, mia cara, è mio marito.»
«È un piacere conoscerla.»
Ricambiò il saluto e da qualche parte riuscì a trovare anche la forza di sorridergli.
«Cosa la porta da queste parti?»
Qual era la risposta giusta? Adeline tergiversò, poi decise di essere diretta. «Il vino che mi ha inviato.»
«Le è piaciuto?» Miranda era raggiante. «Lo facciamo qui da noi. È speciale, sa? Direi unico.»
Un vino unico... l'orgoglio di Miranda, della sua azienda. Quella donna le aveva inviato il meglio... All'improvviso, Adeline si sentì ridicola. Lei, le sue assurde motivazioni... tutta quella faccenda era ridicola.
«Lo affiniamo in fondo al mare per un periodo che va da un anno ai tre. Dipende dalle annate.»
Miranda continuava a raccontarle del vino, della tenuta. Di quello che facevano. Adeline ascoltava in silenzio.
Era tutto come avrebbe dovuto, pensò.
Che ci faceva lì? Davvero le voleva chiedere cosa aveva messo dentro il vino?
«Ha una lunga storia che si perde nel tempo. L'unione di più elementi vitali. Energie convogliate in un prodotto capace di donare grandi emozioni.»
Oh, su quello era d'accordo. Se non fosse stata sul punto di scoppiare in lacrime Adeline avrebbe persino riso di quella descrizione. «Non avevo mai visto una bottiglia di vino coperta di conchiglie.» Era un'affermazione sciocca, ma doveva pur dire qualcosa. La mano corse al polso e afferrò l'orologio. Da un lato, la sua indole razionale la spingeva a inventare una scusa e a fuggire; dall'altro, le emo-

zioni l'ancoravano al terreno perché sentiva che era nel posto giusto. «È stato apprezzato... molto. Grazie, non doveva disturbarsi.»

Miranda sostenne il suo sguardo e le sorrise. «Che ne dice di fermarsi a cena da noi questa sera?»

«Come? Non credo sia il caso...»

«Un'ottima idea, mia cara.» Riccardo mise a tacere le proteste di Adeline garantendole che era la benvenuta. «Vado ad avvertire che avremo ospiti.»

Non aveva previsto di trattenersi, in realtà in quel momento non sapeva che fare.

Miranda le indicò un sentiero. «Le mostro la tenuta, venga.»

Adeline la seguì in silenzio. Costeggiarono la baia per un tratto, poi si fermarono. «È così bello...» disse. Guardava il mare, coperto di onde tranquille.

Miranda sorrise. «Sì, lo è.» Il tono si era fatto ancora più profondo. «È da qui che sono ripartita quando pensavo non mi fosse rimasto più nulla. Oh, non parlo delle cose materiali, mia cara. Di quelle ne avevo fin troppe e ne avrei potuto fare a meno. Mi riferisco a Nikolaj. A quello che mi raccontarono di mio figlio.»

Il sole stava scendendo rapidamente, presto sarebbe scomparso. I loro sguardi si incontrarono.

«Ha scoperto qualcosa su di lui?» La voce sottile della donna tradiva un filo di speranza che fece avvampare di vergogna Adeline. Era logico che lo pensasse. Per quale altro motivo si sarebbe presentata da lei in quel modo senza nemmeno avvisare? Scosse la testa. «Mi dispiace.» Era stata a tal punto assorbita dai suoi problemi che non aveva riflettuto sulle conseguenze del suo gesto. Non riusciva a guardare Miranda, così si voltò verso il mare e una folata di vento le si insinuò sotto la giacca. Rabbrividì.

Un errore. Andare lì era stato un errore.

Miranda sembrò intuire il suo disagio. «Lei è stata molto cara con me, è stata anche franca. Mi dica, Adeline, cosa posso fare io per lei?»

La guardava con dolcezza e quello la fece sentire anche peggio. Cosa avrebbe dovuto risponderle?

Dille che vuoi acquistare del vino.

Bugie, ma erano accettabili. Dopo sarebbe andata via con una parvenza di eccentricità, certo, ma conservando un'immagine socialmente plausibile.

Oppure potresti essere sincera e dirle la verità.

Deglutì, il freddo era diventato gelo e le si era insinuato dentro le ossa. «Il vino...» cominciò, gli occhi nei suoi. «Cosa c'era dentro il vino che mi ha inviato?»

Ecco, l'aveva detto, le sembrava che il cuore le scoppiasse nel petto.

Miranda la guardò per un istante. «La vera domanda, mia cara, è cosa ci ha trovato lei.»

Adeline spalancò gli occhi e lentamente, un passo alla volta, indietreggiò. «Cosa... cosa significa?»

Miranda non le rispose subito, si limitò a indicare il cielo. «C'è ancora un po' di luce, venga con me. Voglio mostrarle una cosa.»

La seguì in silenzio. Si era aspettata che ridesse di lei, che si offendesse persino. Si era aspettata che la mettesse alla porta. Invece le aveva risposto con una domanda ragionevole e ora Adeline aveva l'impressione di essere stata travolta da un'ondata di gelo.

Camminarono verso un terrapieno e si fermarono a una delle estremità.

«La vede quell'ansa laggiù?» Le indicò un punto ancora illuminato dalla luce del sole al tramonto. C'era una vigna che terminava sulla spiaggia. Adeline non aveva mai visto nulla del genere. «Sì, ma... le onde non bruciano le viti?»

«Potrebbero farlo, ma c'è un sistema che le protegge. Impedisce alle mareggiate e al sale di raggiungere le piante, che crescono a un livello più alto. Da qui non è possibile vederlo. Ma questi sono aspetti tecnici secondari. Quello che desidero mostrarle è altro.» L'espressione era cortese, ma Adeline percepì un'emozione profonda, qualcosa di così intenso che la sconcertò.

«Il vino che le ho inviato è prodotto a partire da un viti-

gno che ha più di duemila anni. È un dono, sa? Un regalo. È solo una piccola produzione riservata. A me ha cambiato la vita: in esso ho trovato forza, determinazione, un futuro che all'epoca credevo impossibile. Una nuova vita.» Miranda tacque, adesso la guardava, in attesa che lei dicesse una parola.
Cosa hai trovato nel vino, Adeline? La domanda le risuonava dentro, la incalzava, non riusciva a respingerla. Non riusciva a ignorarla.
«A me è accaduta una cosa diversa», disse dopo un istante, perché non poteva continuare a restare in silenzio. «Ho visto la mia vita, ho visto il presente, cosa mi aspetta.» Si passò le dita tra i capelli. «Non mi è piaciuto.»
Miranda aggrottò la fronte e poi la sua espressione si addolcì aprendosi in un sorriso. «Siamo noi a dare un senso alle cose che accadono, amica mia, non c'è nient'altro, glielo assicuro.»
La frase penetrò nella mente di Adeline come una lama, separando i pensieri, ordinandoli. Le sembrò che il terreno si muovesse e tornasse al suo posto esattamente come tutto il resto. D'un tratto si sentì così stanca che anche solo respirare le pesava. Non aveva fatto altro che combattere, cadere, rialzarsi e gettarsi ancora una volta nella mischia per poi essere nuovamente respinta. Mandata al tappeto all'infinito.
Ma chi è il tuo vero avversario? Contro chi stai combattendo?
Si guardò intorno, come se da qualche parte ci fossero le parole giuste, le parole capaci di spiegare cosa l'avesse spinta a cercare Miranda, poi tornò a concentrarsi su di lei. «Ho pensato che il mio stato di... agitazione fosse causato dal vino...» mormorò. «Volevo chiederle...» Si strinse nelle spalle. «Non lo so di preciso... Ho sentito il bisogno di venire da lei.» Fece una pausa. «Ho pensato che mi avrebbe aiutato a comprendere.»
Non avrebbe pianto. Non di nuovo.
«C'è dell'altro, bambina, giusto?»
Annuì, la gola che le doleva per lo sforzo di trattenere le lacrime. «La sua storia, quella di suo figlio.» La voce si ruppe.

«Sono qui, sono con te, Adeline. A me puoi dire tutto.»
Poteva fidarsi? Lei, che non si era mai fidata nemmeno di sé stessa, poteva confidarsi con quella donna? Pensò al primo momento in cui l'aveva vista, a ciò che aveva provato, a quella sorta di assurda attrazione che aveva sentito per il suo dramma, quando aveva immaginato che fossero unite dal medesimo crudele destino. «Non ho mai saputo chi fossero i miei genitori. Sono cresciuta in una casa-famiglia.»
Il silenzio le avvolse in una bolla separandole dal resto del mondo. Adesso c'erano solo loro due.
Si capivano perché erano uguali.
Una madre che cercava suo figlio, una figlia che cercava sua madre.
Non fu compassione quella che Adeline lesse sul volto di Miranda, era ben altro. Se l'amore avesse avuto un volto sarebbe stato il suo. Eppure la donna non si avvicinò di un passo, non la toccò e di quello le fu infinitamente grata. Perché era al limite e, se qualcuno l'avesse anche solo sfiorata, si sarebbe frantumata.
«Vieni, passiamo di qua, c'è una bella vista.»
La seguì perché sapeva che Miranda era l'unica persona al mondo che non l'avrebbe giudicata, lo sentiva con certezza anche se di fatto era solo la seconda volta che si incontravano. E anche quello era folle. Poi vide il cielo e il mare senza confini, una vastità immensa che correva lungo la linea opalescente dell'orizzonte.
«Ci si sente piccoli davanti a un tale spettacolo, vero?»
Annuì. D'un tratto il respiro era più regolare e il vento le aveva rubato i pensieri, lasciandola più leggera.
Siamo noi a dare un senso alle cose.
"Noi", pensò. "Io. Non c'è nient'altro."
Adesso le era tutto chiaro.
Aveva fallito.
Il suo piano così ben escogitato, lo schema al quale attenersi per vivere una vita degna di quel nome, si era rivelato un errore.
E lei era andata alla deriva.

Il vino in fondo al mare non le aveva fatto nulla. Non aveva operato nessuna magia.

Certo che no, sciocca che sei. Anche solo pensarlo è un'assurdità. D'un tratto, tutto era di nuovo comprensibile, tutto era logico. Era come se finalmente avesse scoperto di quale malattia soffriva. Solo che non provava alcun sollievo, nessuna gioia. Nient'altro che una cupa tristezza. E paura.

«Ogni volta che mi fermo a guardare il tramonto tutto il resto diviene insignificante.» Miranda rise. «Mi fa sentire bene, riporta le cose nella giusta prospettiva.» Dopo un'ultima occhiata al panorama, affrettò il passo. Quando furono tornate nello spiazzo da cui erano partite poco prima, Adeline si guardò intorno. Il viale che aveva percorso per arrivare era illuminato da piccoli lampioni. Non avrebbe avuto difficoltà a tornare alla macchina. Chinò il capo un istante, le mani che si cercavano.

«Adeline?»

«Mi dispiace di averla importunata con i miei problemi. Io... è meglio che vada. Non voglio causarle altri fastidi. È stata fin troppo paziente con me.» Fece qualche passo, poi Miranda la fermò.

«Ti sbagli», si affrettò a chiarire la donna. «Mi sono anche permessa di darti del tu, vedi? È come se ti conoscessi da sempre. Ascoltami, per piacere. Mi hai giusto preceduta di qualche giorno. Avevo intenzione di tornare in municipio. Desideravo parlare ancora con te perché non so da dove iniziare a cercare mio figlio, né come muovermi. Rimani con noi, davvero. Non andartene.»

Adeline era incatenata ai suoi occhi. Percepiva la sua supplica, continuava a chiedersi perché quella donna la volesse ancora accanto dopo quello che aveva fatto.

«Dovrebbe essere delusa dal mio comportamento.»

Lei spalancò gli occhi, sorpresa. «Al contrario, sono felice che tu sia venuta da me. Forse quando ti ho mandato il vino in un certo qual modo desideravo proprio rivederti.»

Lei guardò nuovamente il sentiero. Poteva tornare indietro, perdersi nel passato, continuare a galleggiare sulla superficie della sua vecchia esistenza, oppure poteva andare avanti.

Cosa vuoi fare?

Restare, lei voleva restare in quel luogo, con quella donna. Non avrebbe saputo spiegare il motivo, probabilmente non c'era.

«Ceniamo insieme, Adeline, ho così tante cose da chiederti.»

Anche lei aveva tante domande. «Va bene», mormorò. «Grazie.» Afferrò la mano che Miranda le porgeva e mentre camminavano insieme provò nuovamente un'intensa paura e allo stesso tempo si sentì più serena.

10.

In vino veritas, *l'antico adagio latino tradotto da un aforisma greco attribuito al filosofo Zenobio, racconta che il vino possedeva la capacità di sciogliere la lingua, liberando le persone dalle inibizioni e favorendo la verità. La frase ha suscitato un tale interesse che per anni è stata oggetto di attenti studi psicologici.*

Il castello – perché di quello si trattava – apparteneva alla famiglia di Miranda da così tanto tempo che l'area circostante aveva preso il suo nome. Pareti di solida pietra che avevano riparato, custodito, difeso i suoi abitanti proteggendoli da battaglie sanguinose, tempeste del tempo e della vita. E che di fatto continuavano a farlo.

«È incredibile!» disse Adeline. «Bellissimo!»

«Lo penso anch'io. Questo luogo per me significa molto. Abbiamo conservato il più possibile le condizioni originali.» Miranda appoggiò le mani sul muro, quasi volesse accarezzarlo. Stavano scendendo insieme lungo una scala alla quale era stato aggiunto un corrimano e, dalla parte opposta, un parapetto di cristallo – motivo di grande sollievo per Adeline, che soffriva di vertigini.

«Dopo... Nikolaj, quando mi fui ristabilita, i miei zii decisero di trasferirsi a Parigi, ma io non accettai. Questa è la mia casa.»

Si vedeva che l'adorava e che, in qualche modo, la rappresentava.

«Di qua, mia cara.»

Adeline la seguì lungo un corridoio impreziosito da una serie di ritratti. Sbucarono in una grande sala con il soffitto a volta, dove un fuoco vivace ardeva nel camino. A giudicare dal crepitio doveva essere stato alimentato di recente. Accanto al camino, era apparecchiato un tavolo per tre. Malgrado la vastità dell'ambiente l'atmosfera era intima, accogliente. Riccardo fece gli onori di casa. «Prego.» Le indicò il posto a capotavola.

«Grazie», rispose lei accomodandosi. Intorno, c'erano arazzi, specchi, tappeti. I pochi mobili erano antichi ed eleganti. Un enorme lampadario di cristallo pendeva dall'alto soffitto, e una vasta libreria copriva un'intera parete. Adeline si guardava intorno, a disagio.
«Non si lasci intimidire.»
Sollevò gli occhi su di lui, si notava così tanto?
Riccardo le sorrise e le riempì il bicchiere. «La prima volta che sono entrato qui dentro c'era persino un'armatura. Autentica, sa? Apparteneva a non so quale antenato di mia moglie. L'abbiamo spostata di sopra, era una questione di sopravvivenza.»
Miranda rise di gusto. «Non dargli retta, mia cara. Lui adora questo posto.»
«Mi piacerebbe conoscere la sua storia.»
Riccardo guardò verso la vetrina alle sue spalle. «Da qualche parte ci deve essere un libro che la racconta.»
«Davvero?»
«Sì. Il castello è stato edificato sulle rovine di una torre medievale, non ricordo i dettagli.» Si rivolse a Miranda. «Lo hai visto da qualche parte, tesoro?» Attese una risposta, poi sfiorò il gomito della moglie. Lei si riscosse e gli sorrise. «Scusami, ero distratta.»
Adeline si chiese se stesse pensando a quello che si erano dette poco prima di entrare in casa. La osservò ancora un momento. Anche Riccardo la guardava. «Non importa, lo troverò», le disse come se volesse tranquillizzarla.
Miranda si concentrò. «Credo sia nell'altra libreria, darò un'occhiata.» La conversazione riprese come se nulla fosse accaduto.
Mentre Riccardo continuava a raccontare aneddoti dei suoi primi giorni al castello, Miranda aggiungeva piccoli episodi del passato. Poi passarono al vino, alla storia della tenuta, a ciò che volevano realizzare.
Cercavano in tutti i modi di metterla a suo agio. Ci tenevano a lei, volevano che stesse bene.
Adeline si sentì in colpa, lei era andata lì solo per avere

risposte mentre Miranda e suo marito la riempivano di attenzioni e gentilezze.
Terminata la cena, si spostarono in una sala attigua con una straordinaria vista sul mare. Su un lato, la distesa nera era solcata da un sentiero di luce che compariva per poi sparire un istante dopo. Un faro, pensò affascinata.
«Pare che sia stata una cannonata a ridurre così la parete; una nave giù nella baia durante non so quale guerra.» Miranda le mostrò il varco irregolare chiuso da una spessa vetrata. «Una decina di anni fa abbiamo deciso di sistemare quest'ala e di mantenere l'apertura così. Era un modo per ricordare gli eventi.»
Invece di riparare la parete l'avevano lasciata com'era, valorizzando un difetto e trasformandolo in un pregio. Una scelta che diceva molto dei padroni di casa. Adeline continuò ad ascoltare le loro storie, a osservarli. Era rilassata, si sentiva meglio e in loro compagnia stava bene.
«Guarda come abbiamo fatto tardi. Che ne dici di restare a dormire qui?»
Prima che potesse rispondere, Miranda le indicò il corridoio da dove era uscito il marito. «Abbiamo un'ala per gli ospiti. Per un periodo, Riccardo ha accarezzato l'idea di trasformare la tenuta in una specie di resort, così il castello dispone di alcune camere.»
L'istinto le diceva di andare via, ma c'era un sentimento nuovo, come una sorta di caparbia curiosità in lei. No, era altro. Volontà. Comprese di voler restare.
«Allora, che ne dici?» Miranda le porse la mano.
Adeline impiegò qualche secondo a rispondere, poi le sorrise. «Va bene. Grazie.»
Soddisfatta, Miranda si voltò verso il marito che era appena rientrato con un vassoio tra le mani. «Adeline rimane da noi questa notte.»
«Ottimo, adesso che ne dite di un buon caffè?» Lo versò nelle tazze.
«Mia cara, gradisce?»
Aveva un profumo divino. «Sì, grazie.»
Si accomodarono su un divano di velluto. Tra una chiac-

chiera e l'altra, Adeline scoprì che era stato Riccardo a cucinare l'ottima cena. In particolare aveva gradito l'antipasto, una sorta di pane, pomodoro e cipolla che le aveva ricordato il *pan bagnat*. Era fresco, leggero. Lo ringraziò e rise quando lui le raccontò delle prime volte che aveva quasi fatto andare a fuoco la cucina.

«Ma non mi sono arreso!»

Continuarono a raccontarle storie legate alla tenuta, piccoli eventi, aneddoti. Il tempo sembrò volare. A un tratto Adeline sbadigliò.

«Devi essere stanchissima.»

«Un po'...» ammise.

«Seguimi, mia cara, ti mostro la tua stanza.»

«Ci vediamo domani.» Riccardo le augurò la buonanotte. Lei lo ricambiò con un sorriso e seguì Miranda.

«Domani mattina, se ne avrai voglia, ti racconterò la storia del vitigno da cui nasce il vino che ti ho mandato. La donna che me lo regalò abitava sulla riva del mare, in Sardegna, e non lasciò mai la sua isola. Mi ha insegnato tutto quello che sapeva sulla coltivazione della vite, ma non si è limitata alla tecnica: "Tutto quello che viene curato con amore ha un sapore diverso", mi diceva sempre.»

«È una storia bellissima», disse Adeline affascinata.

«Sì, lo è.»

Si fermarono davanti a una porta.

«Dormi tranquilla. Qui, te lo assicuro, sei tra amici.»

Amici.

«Grazie di tutto, a domani.»

«Buonanotte, Adeline.»

Dopo essersi chiusa la porta alle spalle, risentì l'intenso profumo di fresie che aveva percepito al loro primo abbraccio, e sorrise. Nonostante fosse esausta, si infilò nella doccia e restò sotto il getto dell'acqua finché non le sembrò di essere sufficientemente calma. Non le avevano fatto domande, non le avevano detto nulla che avrebbe potuto metterla a disagio. Anche in quello erano stati gentili. Prima di coricarsi, Adeline guardò nuovamente il faro che proiettava la sua luce nella distesa buia. Ebbe l'impressione che quel segnale l'avesse condotta fino a Miranda.

La mattina seguente si svegliò all'alba.

Ci mise un istante a raccapezzarsi, poi i ricordi della sera prima tornarono e lei lasciò andare il lenzuolo. «Va tutto bene», si disse. Non era vero, naturalmente. Non andava tutto bene. Fu travolta dalle emozioni della giornata precedente, dai discorsi, da quello che era accaduto con Miranda. Si strofinò la fronte, seduta sul letto. Le chiavi della macchina erano sul comò, accanto alla borsa, le vedeva bene. Scosse la testa. «Non puoi andartene così», borbottò tesa. Perché tutto le sembrava... difficile? In fondo la sera prima era stata bene! Si alzò e andò in bagno guardandosi allo specchio. «Non scapperai come una ladra nella notte, toglitelo dalla testa.» Si sciacquò il viso. Indossò i pantaloni e la maglia, azionò il bollitore e si preparò un caffè solubile. Quando uscì all'aperto si strinse nella giacca. Il cielo era terso, inspirò l'aria fredda del mattino e lanciò un'occhiata ai dintorni.

«Buongiorno, signorina.»

Ricambiò il saluto di un operaio che trasportava un mucchio di tralci e si avviò verso il terrapieno. C'erano molte persone all'opera. Alcune lavoravano tra i filari della vigna, altre caricavano casse su dei furgoni, altre ancora andavano spedite da una parte all'altra di un ampio edificio con in mano cataloghi e bottiglie. Al suo arrivo non ci aveva fatto caso, presa com'era dal fascino del castello. La costruzione era molto diversa dall'antica dimora di pietra. Squadrata, moderna, dalle linee semplici e pulite, era circondata da un prato verde brillante. Ampie vetrate offrivano la visuale sui vigneti. Un cartello posto all'ingresso del vialetto indicava che lì si trovavano gli uffici, la sala degustazione, un ristorante, la terrazza e la cantina. Non ne aveva mai vista una, pensò Adeline. Non aveva nemmeno mai visitato un posto del genere. Aveva sempre vissuto in città. Le uniche cose legate alla natura che avesse mai fatto erano passeggiare nei giardini pubblici e nei parchi, bagnare qualche pianta di tanto in tanto, ammirarne la bellezza. Anche in quello aveva preferito osservare.

«Posso aiutarla?» Una ragazza suppergiù della sua età le si era avvicinata, teneva al guinzaglio un cagnolino agitato che guaiva in continuazione.

«Io... sto cercando Miranda.»

«Può trovarla sul terrapieno.»

Adeline diede una rapida carezza al cane e poi si rialzò.

«Grazie.»

Mentre si allontanava percepì il suo sguardo. Si chiese chi fosse. Probabilmente una collaboratrice che si era giustamente domandata cosa ci facesse lì una sconosciuta a quell'ora del mattino. Il panorama, però, spazzò via ogni pensiero. Il mare brillava alla luce del sole; un sole che le sembrava più vivace di quello della Costa Azzurra, più intenso. Si guardò intorno e riconobbe qualche dettaglio. Se non ricordava male, da qualche parte doveva esserci un sentiero che l'avrebbe portata alla vigna. E allora la vide. Miranda era poco lontano, infagottata in un largo giaccone. Si prese un po' di tempo per osservarla finché lei la scorse e le fece un cenno di saluto con la mano.

«Buongiorno, Adeline, hai fatto colazione?»

«Ho preso un caffè in camera, grazie.»

Lei schioccò la lingua in segno di disapprovazione. «Ecco perché sei così pallida, ragazza mia.» Non le lasciò il tempo di replicare. «Ti va di accompagnarmi?» Indicò la spiaggia. «Oggi raccoglierò le marze.»

Adeline restò un istante interdetta. «Non ho capito», mormorò.

Miranda rise. «Taglierò dei pezzi di rami. Si scelgono le gemme dalle quali nasceranno i nuovi germogli e si applica un taglio netto alle due estremità del tralcio.» Fece una pausa. «Ci vuole più tempo a spiegarlo che a mostrartelo.» Le porse un paio di forbici. «Nel capanno degli attrezzi ci deve essere un grembiule della tua taglia.»

«Ma io non sono capace.» Non aveva nemmeno la più pallida idea di cosa le stesse dicendo.

«Nessuno lo è prima di imparare.» Miranda le fece cen-

no di seguirla. «Coraggio, sarà una bella camminata fin laggiù.»
Era inutile protestare. Adeline aveva capito che a Miranda non mancavano di certo né la decisione né la capacità di persuasione. Non avrebbe sentito ragioni. Camminava con una sicurezza che poteva derivarle unicamente da una lunga conoscenza di quel percorso. Adeline invece si teneva saldamente al corrimano.
«Su dai, rilassati. Vedrai che ti piacerà la spiaggia.»
Non era quello a preoccuparla, ma ciò che avrebbero fatto. Miranda ignorava che lei non aveva la minima dimestichezza con le piante. La osservò pensierosa. Aveva coperto i capelli con un fazzoletto, indossava un paio di vecchi stivali di gomma. Era agile per essere una donna di oltre settant'anni.
«La tenuta si estende per circa cinquanta ettari, sparsi per la zona. Qui ne abbiamo una quindicina che seguono gli operai, ma quella», disse indicando la piccola vigna, «la coltivo io alla vecchia maniera.»
Adeline le rivolse uno sguardo interrogativo.
«Diserbo con le oche, uso gli insetti antagonisti per avere ragione dei parassiti, interrogo il mare che mi dice quando ci sarà tempesta.»
Lei era sbalordita. «Davvero?»
Miranda scoppiò a ridere. «Ma no, abbiamo una stazione meteorologica molto avanzata che è piuttosto precisa.»
«E le oche?»
«Quella parte è vera, le teniamo in una fattoria qui accanto, al momento giusto mangiano tutte le erbe infestanti e i germogli inutili. Loro sono felici e noi evitiamo di fare il diserbo.»
Affascinata, Adeline ascoltava le spiegazioni di Miranda, i suoi progetti e i piani. Percepiva la forza di quelle parole, la sua grande voglia di vivere, il suo entusiasmo.
Una volta giunte alla spiaggia furono investite dal suono della risacca, c'erano tracce di una recente mareggiata. In alcuni punti, ciuffi di posidonia decoravano la sabbia.
«Quando ero giovane ce n'era in abbondanza, la si ado-

perava per dare forza alla terra. Adesso, invece, è raro incontrarla. Il progresso richiede un alto prezzo e si nutre di contraddizioni, mia cara. Indossa il tuo grembiule e mettiamoci al lavoro.»

Il camice era di spessa stoffa verde e in ogni tasca c'era un attrezzo. Adeline si vedeva goffa e ridicola con quella cosa addosso, ma allo stesso tempo... libera. Mentre seguiva Miranda attraverso i filari, sentiva il terreno sabbioso cedere sotto i piedi. Si chiese come sarebbe stato togliersi le scarpe e affondarvi dentro.

«Abbiamo avuto un inverno molto rigido e questo ha spostato di qualche settimana il periodo della potatura. Le piante reagiscono al clima, noi possiamo solo osservare e agire al momento opportuno. Non esiste certezza quando si lavora con la terra.»

Adeline era affascinata. Tutto, intorno a lei, era nuovo, semplice e complesso allo stesso tempo.

«Vedi qui?» Miranda le mostrò i tralci. «Questi sono dell'anno passato, ancora in riposo vegetativo.» Tagliò le estremità con sicurezza e una rapidità sorprendente. «Adesso viene il passaggio più delicato.» Scelse un pezzo di ramo e praticò un taglio netto; dopo lo posò in un grosso contenitore posizionato in mezzo ai filari. «Le marze sono molto importanti, Adeline. Da questi segmenti di ramo», disse mostrandole quello che aveva appena tagliato, «nasceranno le nuove piante, identiche alla madre. In questo modo si preserva la continuità.»

«Come una talea.» Aveva letto qualcosa a riguardo.

«Precisamente. Quando metteranno radici diventeranno barbatelle. Un nome grazioso, non trovi?» Afferrò un ramoscello: era lungo, liscio e con qualche rigonfiamento. «Ecco, cerca le gemme, ne bastano due, ma io preferisco sceglierne tre. Poi taglia così.» Le mostrò come fare. «Prova, è facile.»

«È sicura? Potrei combinare qualche disastro.»

«Perché mai? Ti ho mostrato come fare, abbi un po' di fiducia nelle tue capacità.»

Titubante, a mani nude, Adeline scelse un ramo, guardò la superficie e individuò due possibili rigonfiamenti. Fece per tagliare ma si fermò lanciando un'occhiata a Miranda: teneva gli occhi chiusi e lasciava che a trovare il punto fossero le dita. Adeline la imitò. Da principio non accadde nulla, poi fu come se una nuova certezza le suggerisse cosa e come farlo. Aveva trovato i punti grazie alle dita, solo allora aprì gli occhi, posizionò la forbice e tagliò. «Così va bene?» chiese preoccupata.

«È perfetto! Vedi? Lo sapevo che saresti stata bravissima.» Miranda la incoraggiò a continuare, quindi si concentrò sulla pianta successiva. I tralci cadevano uno dopo l'altro. Procedeva sicura, meticolosa e serena. Adeline, con il suo bastoncino tra le mani, la guardava incantata. Lo posò e seguì il suo esempio.

A un tratto i pensieri pesanti, i giudizi severi e i timori scomparvero, sostituiti dal respiro del mare. Individuava le gemme e dava due tagli secchi, poi deponeva la marza nella catasta. Sembrava un gesto ripetitivo, invece richiedeva attenzione, istinto, occhi e una buona dose di creatività. Quando si accorse che il suo mucchio era alto come quello di Miranda, sorrise. Non si era mai sentita tanto orgogliosa di sé stessa. E quella sensazione nuova, così emozionante, la portò a una riflessione. Prendersi cura della vigna probabilmente aveva aiutato Miranda a superare la perdita del figlio. Lei aveva creato a modo suo uno spazio di pace e bellezza.

All'ora di pranzo, mentre il sole splendeva alto, Miranda la chiamò.

«Muoio di fame e tu?»

«Anch'io.» Adeline le sorrise e lanciò un'ultima occhiata alle marze. Le avevano divise in fasci in modo che fosse più agevole trasportarle. Ci avrebbero pensato gli operai. Nei giorni seguenti le avrebbero trasferite in un luogo fresco, asciutto e buio.

«Andiamo?»

Risalirono verso casa parlando di cibo, frutta fresca e dolci; cose semplici. Adeline era rilassata e sorridente. In quel momento comprese veramente cosa avesse voluto dirle Miranda il giorno precedente. Anche lei aveva la sensazione di conoscerla da sempre. Era un'emozione curiosa, strana. Eppure piacevole. Restò un istante su quell'intenso senso di familiarità, comprese che lei era l'unica persona capace di capirla. Di capirla per davvero. Le aveva già rivelato che era cresciuta in casa-famiglia, le aveva confidato più di quanto avesse mai detto a chiunque altro. Ma c'era dell'altro, un peso che a un tratto non riusciva più a portare. Allora si fermò.

«Va tutto bene?»

Quando incontrò i suoi occhi scosse la testa. «Sono stata abbandonata. Non mi volevano.»

Ecco! L'aveva detto. L'aveva davvero detto ad alta voce. Per la prima volta lo aveva confidato a un'altra persona. Miranda l'abbracciò e Adeline si abbandonò a quel calore, alla sua amicizia. Alla sua immensa comprensione. Percepì il suo affetto, la sua umanità. E allora le parve che il grumo di dolore, gelido e scuro, all'interno del suo petto, iniziasse a sfaldarsi.

«Mi dispiace molto, mia cara. Mi spiace che la mia storia abbia riaperto vecchie ferite. Forse mio figlio pensa lo stesso... forse anche lui crede che io lo abbia abbandonato.»

«Le circostanze sono completamente diverse», protestò Adeline.

«Non puoi esserne certa. Tu stai guardando le cose dal tuo punto di vista, lui farebbe la stessa cosa. Entrambi, tuttavia, conoscete solo una parte della storia.» La fissava tenendola per le braccia, gli occhi nei suoi, l'espressione grave. «Un figlio, Adeline, è qualcosa di estremamente importante e prezioso, non si dà via a cuor leggero, credimi. Dietro, c'è sempre una ragione.»

Era prigioniera di quello sguardo, dell'intensità della voce di Miranda. Voleva crederle, desiderava ardentemente che fosse vero. Quando si erano conosciute, aveva creduto che la sua storia potesse somigliare a quella di Nikolaj. Aveva sperato che sua madre la stesse cercando, come faceva Miranda.

Damien, però, l'aveva riportata alla ragione.

Smettila, ricomponiti, ragiona. Le vostre storie sono diverse!

Inspirò lentamente. Si era lasciata dominare dalle emozioni: non bastava desiderare qualcosa per ottenerlo, lei lo sapeva. Ignorò il tremito interiore e trovò la forza per sorridere. «Ormai non ha più importanza. Ho una bella vita, un lavoro. Va tutto bene. Si deve guardare avanti.» Lo disse con calma e cercò di essere il più convincente possibile. Era stata una splendida mattinata, non voleva guastarla con pensieri cupi o amari.

«Ci sono cose immense, Adeline, che non si possono ingabbiare né mettere a tacere. Ci sono verità che il cuore saprà riconoscere sempre.»

Non le chiese di spiegarsi. Continuarono a camminare insieme e, a ogni passo, le parole di Miranda penetravano più in profondità. Nonostante tentasse di non pensarci, e rievocasse il monito di Damien, la lusinga del dubbio era troppo dolce, le scivolava dentro lungo sentieri dell'anima che credeva perduti per sempre. E allora, Adeline, suo malgrado, si sentì meglio.

11.

Negli anni Trenta, il tentativo di conservare i grappoli in un contenitore in assenza di ossigeno innescò un particolare processo, chiamato macerazione carbonica. Nacque così il vino novello, dal gusto leggero e fruttato, pronto da bere poche settimane dopo la vendemmia.

Adeline non aveva mai partecipato a una degustazione di vini. Miranda le aveva anticipato che cosa sarebbe successo, e lei si sentiva come dentro una festa. La tenuta era pervasa di allegria, piena di vita. C'era gente che chiacchierava e sorrideva, l'atmosfera era gaia, lieve. Un'ampia vetrata che circondava la terrazza dava un senso di continuità all'esterno, mentre dalla parte opposta un'orchestra di pochi elementi accompagnava un cantante. Tra gli ospiti passavano camerieri con vassoi pieni di calici.

Adeline osservava tutto con un misto di meraviglia e perplessità. Ad affascinarla era quello che leggeva sui volti, l'approccio alla vita di chi sapeva ciò che desiderava.

Riconobbe qualcuno che aveva visto quella mattina. Carlo, il sovrintendente, o, come le aveva spiegato Miranda quando glielo aveva presentato, il braccio destro di Riccardo. E Romina, la ragazza a cui aveva chiesto informazioni. Questa volta non aveva con sé il cagnolino.

Miranda, elegantissima in un allegro abito da pomeriggio, faceva gli onori di casa e chiacchierava con gli ospiti. In quel luogo c'era qualcosa di speciale. O forse era lei che per la prima volta percepiva qualcos'altro. Adeline non aveva idea di come chiamare l'ondata di soddisfazione che la investiva per ritirarsi subito dopo, lasciandola in uno stato di attesa per ciò che sarebbe arrivato. E quello la sconcertava perché non le erano mai piaciute le novità.

«Quel vestito ti sta d'incanto», le disse Miranda.

Lo aveva comprato in un momento di follia, e poi lo aveva messo in valigia ubbidendo all'istinto. Forse era un po' frivolo per quell'evento, ma a lei piaceva quella stoffa leggera piena di fiori arancioni.

Sorrise. «Grazie.» I complimenti la imbarazzavano, ma davanti all'espressione splendente della sua amica si sentiva felice.

«Ecco Riccardo.»

Il marito le fece un cenno con la mano, era in compagnia di un uomo alto e robusto, vestito in modo informale, che si guardava intorno come se registrasse ogni dettaglio. Da come si muoveva le ricordava Janus... si chiese cosa stesse facendo in quel momento.

«Tutto bene, cara?»

Trasalì, gli occhi lucidi. «Sì, era solo un pensiero.» Lasciò vagare lo sguardo intorno a sé e scorse alcuni visitatori che scendevano lungo una scala.

«Vanno a visitare la cantina.»

Ormai non la sorprendeva più la capacità che Miranda aveva di leggerle dentro. «Non ne ho mai vista una.» La divertì l'occhiata sbalordita che le rivolse. «Io sono una ragazza di città...» si giustificò ridendo della sua espressione.

«Andiamo, ti mostrerò il cuore dell'azienda, il nostro tesoro.»

La scala era ampia, comoda, le luci soffuse illuminavano i larghi gradini. Davanti a loro, un gruppo di persone era appena entrato e alle loro spalle la porta si era richiusa con un tonfo ovattato, seguito da un soffio d'aria. Adeline fremeva di curiosità. Miranda le camminava accanto, l'espressione orgogliosa che abbracciava le cataste di botti adagiate sui supporti, così alte da arrivare al soffitto.

«Qui dentro, mia cara, il vino dorme. Riposa. Il termine esatto è *affina*. La temperatura e la luce» – indicò il soffitto a volta – «sono controllate affinché il processo avvenga nel miglior modo possibile. Qui è tutto moderno, direi all'avanguardia.»

Adeline percepiva la solennità nel suo discorso e una certa dose di orgoglio.

Siamo noi a dare un senso alle cose.

Da quando Miranda le aveva detto quella frase, non era

riuscita a levarsela dalla mente. Continuava a galleggiare sulla superficie della sua coscienza e di tanto in tanto faceva capolino, spingendola a... partecipare. Ecco, quella era la parola esatta. *Partecipare* alla propria esistenza.

Un passo dopo l'altro, per Adeline fu come immergersi in una dimensione unica, totalizzante, dove nella penombra il protagonista era l'olfatto: note delicate e vegetali, un cuore fruttato e, verso la fine, il legno. Intenso, dominante. Era l'odore della cantina. No, pensò: era l'odore di un mondo.

Il mondo di Miranda.

«Qui conserviamo il vermentino, un vino ottenuto da viti a bacca bianca che crescono sui terrazzamenti. Là invece ci sono le botti di moscato, profumato e fruttato. Dalle stesse uve lasciate ad appassire sui tralci produciamo un mosto dal quale otteniamo il passito.»

Adeline era affascinata, continuava ad ascoltare Miranda che le illustrava una serie di coltivazioni e di procedimenti.

«Quelle arrivano fino a duecentocinquanta litri e si chiamano barrique.»

Le botti brune, dalle sfumature nocciola, erano impilate una accanto all'altra.

«Quelle, invece, che sono decisamente più grandi, sono i tonneau. E sì, la quantità di vino che possono contenere ne determina il nome.»

Ma fu su quelle disposte lungo la parete opposta della cantina che Adeline si soffermò. In loro c'era una sorta di maestosità. Notò la medesima meraviglia sulle espressioni degli altri ospiti che stavano visitando la cantina. Anche loro sentivano quell'energia irradiarsi dalle enormi botti, avvolgerli, affascinarli?

Miranda sfiorò con la punta delle dita il cerchio che teneva insieme il legno. C'era un grande riguardo in quel gesto, c'era rispetto.

«L'uomo coltiva la vite da millenni e siamo ancora qui ad ammirare come il mosto diviene vino», disse. «Non è incredibile?»

Sì, lo era. Per lei e per il resto del gruppo che si trovava in quella cantina a respirare quel profumo, a contemplare quello spettacolo.

Il pomeriggio volò via. Adeline alla fine aveva vinto la sua diffidenza e assaggiato i vini. Era affascinata dalle varie descrizioni, poesie, parole capaci di trasmettere emozioni. Perché era esattamente quello che accadeva quando si gustava il vino: ci si apriva a un mondo emozionale profondo. Qualcosa che non aveva nulla a che fare con la logica. Qualcosa che era pura sensibilità. Quando gli ospiti iniziarono ad accomiatarsi, Adeline si allontanò. Sentiva l'esigenza di raccogliere i pensieri, era... piena di emozioni.

«Sono stata bene», mormorò.

No, era stata ben di più. Era stata felice. Mentre camminava lungo il terrapieno, osservò il volo dei gabbiani che planavano sulla superficie del mare, poi scese con lo sguardo sui filari delle viti. Tutto sembrava ordinato, preciso, armonioso. Tornò su Miranda, la sua energia, la cortesia, la gentilezza. Quel suo modo di parlare, di pensare. Anche Riccardo era stato gentile. Adeline aveva trascorso ore spensierate in loro compagnia, aveva desiderato che non finissero mai. Era come se a un tratto qualcosa dentro di lei si fosse ricomposto. Ed era una sensazione piacevole e nuova.

"È così avere una famiglia?" Ci pensò su a lungo. Non ne aveva idea. Damien e Gaëlle si muovevano insieme, come se tra loro esistesse un legame ininterrotto che si completava con i bambini. Anche Miranda e Riccardo ne condividevano uno. Emozionata pensò che di tanto in tanto, durante il tempo che avevano trascorso insieme, le era parso che includesse anche lei.

«Sono sciocchezze.» Eppure continuò a pensare a loro, ai suoi amici. Quella parola era dolce, le portava alla mente qualcosa di prezioso. D'un tratto desiderò prodigarsi per lei, per entrambi. Ma cosa fare? Il pensiero corse a Nikolaj... Poteva aiutare Miranda a ritrovare suo figlio? L'idea l'attraeva e la spaventava allo stesso tempo.

Non le devi nulla.

Invece le doveva moltissimo, pensò respingendo quella voce. Le doveva la speranza.

«Lasciati andare», si disse. Solo così poteva dare un senso a quella storia. Solo abbandonando la razionalità, seguendo... altro.

Non era per senso del dovere che desiderava aiutare Miranda. Era qualcosa di insondabile, di impalpabile e autentico. «Io voglio farlo.»
Era vero, lei non doveva aiutare Miranda.
Lei *voleva* aiutare Miranda.
Restò un istante su quel pensiero, era tutto diverso da ciò che le era accaduto in precedenza. Gli altri le erano sempre interessati, ma più perché lo riteneva giusto, non perché fosse davvero coinvolta. In passato il suo comportamento era sempre stato subordinato a qualcosa. Adesso però c'era anche dell'altro.
La volontà. Delicata, brillante, forte.
Per la prima volta Adeline si sentiva legata a qualcosa e qualcuno senza condizioni. Senza accordi di alcun genere, o scambi.

Riordinò mentalmente ciò che sapeva sulla storia di quella nascita misteriosa e si rese conto che era davvero poco, troppo poco per iniziare una ricerca.

«Ho bisogno di una pista.» Un documento, una traccia. Qualcosa che le fornisse una direzione: da lì in poi avrebbe elaborato una strategia, un percorso.

Un documento è come l'anello di una catena, se lo segui troverai il precedente e così potrai andare a ritroso. In fondo, mia piccola Adeline, non è poi così difficile, ma questo tu lo sai già, hai un grande talento.

Fece suo quel ricordo, lasciò che si dilatasse, ne assorbì le implicazioni. Lo distese e lo esaminò. Sapeva che le avrebbe dato un'indicazione su come procedere. E allora le tornò in mente qualcosa che aveva solo dimenticato ma che adesso era lì, davanti a lei. Era l'entusiasmo della sfida, i fogli disposti sopra un'ampia scrivania, un vecchio computer in un angolo affinché non intralciasse la ricerca, matite perché l'errore, come le aveva spiegato più volte il professore, era uno straordinario punto di partenza.

Ognuno di noi ha un intuito, qualcosa che lo spinge nella giusta direzione. Bisogna capire quando lasciarsi trasportare.

Anche quello era nuovo, pensare con razionalità estraendo dal coacervo della sua mente ciò che poteva spianarle il cammino per raggiungere la meta. L'immaginazione arretrò lasciando il posto a un senso di realtà forte e potente. Sapeva come muoversi, conosceva le procedure e quelle che ignorava le avrebbe chieste, imparate, persino aggirate. Non si sarebbe fermata.

In quel momento, però, qualcosa sorse dal passato con il suo carico penoso di ricordi. Era sempre stato sufficiente a bloccarla, a suggerirle di fare altro perché la scoperta aveva un prezzo. Eppure Adeline reagì. «Non sei più una ragazzina, quello che è successo con il professore, con la ricerca che avevi fatto, non c'entra nulla», si disse. «Non significa nulla.»

Adesso era un'adulta, adesso sapeva come affrontare la legge, come esigere le risposte che in passato le erano state negate. Come gestire il dolore e soprattutto tenere a bada la sua parte irrazionale, quella che l'aveva spinta a commettere azioni... sciocche. Mentre elaborava quel pensiero si sentì più forte e si accorse che il senso di smarrimento che la tormentava da quando aveva bevuto il vino di Miranda, da quando aveva visto ciò che ribolliva sotto la superficie della sua coscienza, era svanito. Al suo posto adesso c'era... altro. Non sapeva definirlo. Alcune volte la spaventava. In alcuni momenti, invece, provava una connessione profonda con una parte di sé che aveva sempre accuratamente ignorato. Era come se in passato avesse voltato le spalle a sé stessa. E quello la riempiva di un dispiacere profondo.

Adeline attese ancora un po' prima di rientrare, lo sguardo che si posava sull'acqua.

Quando il vento si alzò, giocando con i suoi capelli, tornò verso la villa che iniziava a illuminarsi. Doveva parlare con Miranda, sapere tutto ciò che ricordava. Non sarebbe stato semplice e avrebbe costretto l'amica a una grande sofferenza. Era quello che accadeva quando si sollevava il velo del passato. Tutto aveva un prezzo, quello che richiedeva la verità era il più alto di tutti.

12.

Le piante di rose che i contadini coltivano davanti ai filari dei vigneti si chiamano sentinelle. L'antica usanza, come spesso avviene in natura, unisce bellezza e sapienza.

Adeline si fermò sotto una grossa quercia accanto al castello. Dal punto in cui si trovava vedeva chiaramente Miranda e Riccardo che salutavano gli ultimi ospiti. Per tutto il tempo in cui attese con pazienza il loro ritorno, visto che avrebbero cenato insieme prima della sua partenza, pensò a come procedere, a quali domande porre, a come muoversi. Poi Miranda la vide e le fece un cenno con la mano.

«Allora, che ne pensi? Ti sei divertita?» le chiese. Si era fermata poco distante, Riccardo le circondava le spalle con un braccio, anche lui sorridente. Erano entrambi molto soddisfatti.

Adeline sorrise. «Non avevo idea che potesse essere così.»

«Così come?»

«Pieno di vita.» In effetti era quello che più di tutto l'aveva colpita: il modo in cui la degustazione appassionava clienti e visitatori. Quel coinvolgimento sensoriale era nuovo per lei. Implicava un abbandono che l'aveva sempre spaventata, la volontà di aprirsi alle emozioni.

«È il vino, Adeline, come ti dicevo è ben più di una bevanda.»

Annuì. Stava per aggiungere qualcosa quando Riccardo le chiese se aveva fame.

«Non molta a dire la verità.»

«Niente formalità, mia cara, vieni entriamo. Ho preparato una cena leggera.»

«Va bene.» Era contenta, avrebbe avuto l'opportunità di parlare con entrambi. Miranda le disse che avevano ricevuto molti ordini, la serata era stata un successo.

«Siediti qui tra di noi, Adeline.» Riccardo le scostò la sedia.

«Grazie.» Sul tavolo c'erano focacce, torte di verdure e alcune ciotole di patate e insalata verde.

Adeline si servì della frutta. Dopo cena attese ancora un istante, le serviva tempo per scegliere le parole. Non voleva commettere errori.

«Quando abbiamo parlato di Nikolaj hai detto che saresti tornata in municipio.»

Miranda, sorpresa, posò il bicchiere sul tavolo.

«Sì. Voglio sapere cosa è accaduto a mio figlio.»

Lei annuì, pensierosa. «Mi piacerebbe aiutarti.»

Silenzio. Gli occhi di Miranda si riempirono di lacrime. La sua mano corse a quella di Adeline.

«Lo faresti veramente?»

«Sì.» Fu il suo turno di restare in silenzio. Sorrise, era emozionata.

«Grazie», rispose. «Per me significa davvero molto.»

Provava la stessa cosa, e in quel momento si rese conto quanto fosse importante. Avrebbe voluto aggiungere altro, dirle che la capiva, che la sosteneva. Ma era essenziale raccogliere informazioni. «Ti sei fatta un'idea di quello che può essere accaduto a Nikolaj?»

Miranda si irrigidì, ritirò la mano, posandosela in grembo, ma continuò a tenere lo sguardo fisso nel suo. «Credevo che fosse morto. Non ho mai avuto motivi di dubitarne.»

Adeline, pensierosa, si chiese se ci fosse dell'altro. Sentiva come una lieve reticenza in quella frase, come se le parole fossero state preparate. «Cosa ricordi di quel giorno?»

Miranda guardò verso il mare scuro, sul quale iniziavano ad accendersi le stelle, poi riportò l'attenzione su di lei. «A parte i momenti trascorsi con mio figlio, pochissimo, e anche quelli hanno richiesto tempo. Al principio, quando stavo male, credevo fossero sogni. Solo in seguito ho realizzato che era tutto vero.»

"Ecco il problema", pensò Adeline. La mente si sbarazzava di ciò che trovava intollerabile. «È comprensibile», le disse. «Non devi preoccuparti, andremo per gradi.» Un altro sorriso, un'altra pausa. Questa volta fu Adeline a incoraggiarla con una carezza. «Ci serve qualcosa di concreto, Miranda. Nomi, date, un documento. Qualcosa che ci permetta di partire.»

Riccardo coprì la mano della moglie con la sua, le rivolse un'occhiata affettuosa, poi guardò Adeline. «Temo che questo sia un problema. Abbiamo guardato ovunque. Non c'è nulla che riguardi Nikolaj.»

Possibile che non ci fosse proprio niente? Adeline provò da un'altra direzione. «Quando nacque tuo figlio i tuoi genitori erano presenti?»

La vide sbiancare, precipitare nel passato. L'osservò mentre raddrizzava le spalle e trovava il coraggio di rispondere.

«No... vedi, all'epoca io ero ospite in casa dei miei zii materni.» Fece una pausa. «Mia madre era una Châtillon, si trasferì a Capodistria dopo il matrimonio. Lei e mio padre furono vittime della guerra. Io mi salvai perché...» la voce si strozzò. «È passato troppo tempo, ne sono consapevole. Ma io voglio solo sapere se sta bene, se è felice.»

«E se ne parlassimo un'altra volta?» Riccardo porse un fazzoletto alla moglie che si tamponò gli occhi. Era di quelli veri, di tessuto, come si usavano un tempo. Adeline trovò molto commovente quel gesto.

«No, dobbiamo farlo adesso, ora. Non posso continuare a vivere con questo dubbio.»

Adeline provò un'ondata di rispetto per Miranda. Le sembrò di vederla, giovane, poco più di una bambina, affrontare il mondo. Invidiava il suo coraggio. E lei l'avrebbe aiutata. Era sempre più convinta, più motivata. Non aveva trovato la sua famiglia, ma avrebbe aiutato Miranda a cercare suo figlio. «Da qualche parte deve esserci un foglio di dimissione, una cartella clinica. Qualcosa che attesti la tua degenza e ciò che è accaduto.»

Riccardo scosse la testa e sospirò. «Mi dispiace.» La voce tradiva un'enorme stanchezza. «Abbiamo frugato il castello da cima a fondo e non abbiamo trovato nulla.»

«Vedi, Adeline», intervenne Miranda, «gli zii lasciarono Nizza e mi portarono qui, nella tenuta di famiglia. Dopo qualche anno, vendettero la casa di città per stabilirsi prima a Parigi e poi tornare a Sanremo. Temo sia andato tutto perduto nei traslochi.»
Sì, quello era possibile. Cosa poteva inventarsi?
«Senza documenti diventa problematico.» Se fosse stato un evento più recente avrebbero potuto provare con dei testimoni, ma dubitava ci fosse ancora qualcuno.
Miranda continuava a spostare il dessert da una parte all'altra del piatto. «Lo so che è difficile, so anche che forse non riuscirò a trovarlo, ma ci proverò con tutte le mie forze. Devo farlo prima di morire.»
«Non dire queste cose!» esclamò Riccardo.
Adeline scosse la testa, non le piacevano quei discorsi né tantomeno l'espressione di Miranda.
«Tutto quello che è importante sembra difficile da fare e da dire», continuò la donna, come se parlasse a sé stessa.
«Già, però io non ho mai capito se si tratta di una frase incoraggiante o qualcosa che suggerisce la rassegnazione», le rispose lui.
«Probabilmente entrambe le cose.»
Riccardo continuava a tenere la mano sopra quella della moglie come se quel gesto potesse infonderle forza. Erano bloccati in una sorta di impasse, pensò Adeline scoraggiata.
Parti da ciò che sai, fai il punto della situazione e agisci, mia piccola cercatrice.
Era una delle prime cose che le aveva insegnato il professore. Adeline ci pensò su.
«Dove avete cercato?» chiese.
«Come?» le chiese Riccardo perplesso.
«Non avete trovato nulla che riguardasse Nikolaj né tantomeno i referti di Miranda», sottolineò. «Ma dove?»
«Tra i documenti di mio zio. Ricevute, fatture, lettere. Un baule pieno. Tutta robaccia da buttare via.»
«Potrei vederli?»
«Se non ti spaventa la polvere... Sono in soffitta. Non è un posto della casa che mi piace.»

«Andiamoci subito!» esclamò Miranda. Riccardo sospirò. «Come vuoi.» Aiutò la moglie ad alzarsi, lei lo guardò negli occhi e poi gli carezzò il viso. Lui le sorrise e le baciò la fronte. «Andiamo.»

Mentre li seguiva, Adeline si chiese se un giorno anche lei avrebbe avuto qualcuno di così vicino al cuore. Una persona capace di comprenderla senza giudicarla, di seguirla nella sua follia come avrebbe fatto un vero complice. Le sarebbe piaciuto, pensò. In quel momento si rese conto di quanto si sentisse sola. Ma in fondo lo era sempre stata. Non indugiò nel pensiero di Janus, era completamente fuori luogo. Erano due estranei ormai. Lo erano da tanto tempo. Eppure, era lui che la sua mente le aveva mostrato. Il suo sorriso, la sua capacità di trovare il lato positivo anche nelle situazioni più complesse.

Una ripida scala a chiocciola dava accesso al solaio; una volta dentro, Adeline si guardò intorno: penombra a parte, era uno spazio molto ordinato. Miranda fece scattare un interruttore e l'ambiente fu inondato da una luce potente. Mobili, quadri, tappeti, qualche poltrona e persino un pianoforte. Rapita, Adeline si guardava intorno con gli occhi spalancati. Era il sogno di qualsiasi antiquario, pensò aggirandosi tra innumerevoli oggetti. Chissà dov'era il baule di cui le avevano parlato.

«Posso dare un'occhiata in giro?»

«Certo.»

Iniziò ad aprire e chiudere gli sportelli delle credenze, poi passò agli armadi. Abiti, porcellane, argenteria. Niente che sembrasse utile alla sua ricerca. Continuò a camminare lasciando vagare lo sguardo su soprammobili impolverati, tavolini e ripiani, e proseguì verso il fondo della stanza, passando accanto a una finestrella dalla quale pendevano spesse ragnatele. Le spostò con il dorso della mano e ammirò il pianoforte. C'era anche un violoncello. Chissà a chi appartenevano. Tirò via un lenzuolo. Eccole! Una serie di valigie era addossata alla parete. Alcune sembravano molto vecchie, altre più recenti.

«È quello.» Riccardo indicò il baule più grande. Si insinuò

tra gli oggetti ammucchiati trascinando il pesante bagaglio verso di lei. Era alto e con diversi scomparti, un lussuoso e antico baule-armadio, concepito per contenere tutto ciò che era indispensabile a un gentiluomo. Era bellissimo! Miranda lo sfiorò con la punta delle dita. «Apparteneva a mio zio Philippe», spiegò. Allargò il braccio. «Tutto questo in realtà gli appartiene. Avrei dovuto disfarmene tempo fa, ma non ho mai trovato il coraggio. Lui adorava le sue cose.»
«Quell'uomo non mi è mai piaciuto.»
«Ma se non l'hai mai conosciuto!» protestò Miranda con un sorriso.
Riccardo si strinse nelle spalle. «So leggere tra le righe.»
Adeline si chiese a cosa si riferisse. Di certo era accaduto qualcosa, il marito di Miranda era un uomo gentile, non lo aveva mai sentito parlare a sproposito. Tornò al baule.
Al posto di camicie, giacche e articoli da toilette c'erano schedari, raccoglitori, un orologio, penne e blocchi di carta.
«C'è una bibbia, guarda.» Adeline la porse a Miranda, e lei dopo averla osservata un istante gliela restituì.
«Non sono particolarmente devota.»
Non era per quello che gliel'aveva mostrata. Adeline la spolverò con la manica della maglia, le batteva forte il cuore. «Forse siamo fortunati», mormorò. Era un'antica consuetudine registrare nelle bibbie di famiglia eventi importanti come nascite, matrimoni e morti. L'aprì con attenzione. E poi sospirò felice. «Qui ci sono tutti i tuoi antenati.» La voce tradiva una grande emozione. «Guarda, Miranda. I nonni, i bisnonni, i trisavoli...» Non la stupì che si trattasse di una famiglia aristocratica. Adesso lo stemma all'ingresso della tenuta aveva un senso.
«Possono tornarti utili?» le chiese scettica.
Lo sperava, per quello sfogliava le pagine lentamente. «Questa sei tu... ma non c'è altro del tuo ramo familiare.»
Miranda la fissò, aveva un'espressione strana sul viso. «Lo zio ha aggiunto il mio nome, ma non quello di mio figlio. Sembra che Nikolaj non sia mai esistito...» disse con un filo di voce.

Riccardo le posò una mano sulla spalla. «Per lui probabilmente era così.»

Adeline le rivolse un'occhiata. «Perché?»

«Era un uomo particolare, amareggiato perché la guerra gli aveva strappato l'unico figlio e per la scomparsa della sorella minore, mia madre. Se n'era occupato lui dopo la morte dei genitori e non aveva preso bene il suo matrimonio con mio padre. In realtà non si sono più parlati...»

Miranda e Riccardo continuavano a guardare le fotografie che avevano trovato. Adeline invece proseguiva nella ricerca. Moriva dalla voglia di osservare ogni documento, di catalogarlo. La sua formazione storica aveva preso il sopravvento. Le persone non avevano idea di quanto fosse preziosa la testimonianza degli atti amministrativi. Se ne poteva trarre una miriade di informazioni. Sfogliò un blocco di fogli, poi passò a una scatola più piccola. Niente, non c'era nulla. Continuò a cercare e vide un mazzo di ricevute. Dubitava ci fosse qualcosa di utile, ma le esaminò una alla volta. «Cabinet Médical Saint-Rémy!» esclamò.

Miranda sollevò la testa. «Come hai detto?» Anche Riccardo si era avvicinato e osservava con attenzione il foglio.

Adeline si sedette sul pavimento a gambe incrociate. Il documento era ingiallito ma ancora leggibile.

«È una parcella medica a nome di tuo zio per una degenza ospedaliera. Maggio 1949.» Le date corrispondevano a quelle che le aveva fornito Miranda. Sollevò gli occhi su di lei. «Pensi possa trattarsi dell'ospedale dove sei stata ricoverata?» Era strano che non ci fosse il suo nome, ma forse dal momento che era lo zio a saldare i conti lo avevano omesso. Adeline registrò l'informazione e la mise da parte.

«Io...» Miranda fece una pausa, sembrava smarrita. «Sì.» Annuì poco dopo. «Nikolaj è nato in quella clinica.» Era turbata, le tremavano le mani. «Ho rimosso tutto per tanto tempo, cercavo di non pensarci, e adesso fatico a ricordare. Mi dispiace...» mormorò. Mentre il marito l'abbracciava Adeline la rassicurò.

«Non ha importanza, Miranda. L'unica cosa che conta è

questa.» Picchiettò il dito sul foglio. «Abbiamo un nome, adesso possiamo richiedere la cartella clinica.»
«Credi basterà così poco?»
«È un buon punto di partenza. Conosciamo il nome della clinica, la data. Continuiamo a cercare, forse salterà fuori qualcos'altro.»
Miranda raccolse le fotografie e le osservò. Alcune erano a colori, molte in bianco e nero. Si soffermò su un'istantanea, piccola e piuttosto rovinata. Mostrava una bella ragazza bionda in evidente stato di gravidanza. Sorrideva, eppure Adeline scorse come un'ombra sul suo viso. Era tra due persone avanti negli anni, molto eleganti. «Sei tu?»
Miranda annuì. «Sì.»
«Ti somiglia.» Indicò l'uomo. Era biondo, alto, lineamenti delicati.
«È mio zio.»
«E lei chi è?» chiese indicando la donna.
L'espressione di Miranda si addolcì. «Charlotte, sua moglie. Mi voleva molto bene.» Posò la foto, visibilmente tesa. «È trascorso tanto tempo da allora… sembra tutto così irreale.»
Adeline comprese che Miranda era preda dei dubbi. Anche lei lo era. Molte cose non le erano chiare.
«Non c'è nulla su Nikolaj.» La delusione era palese sul suo volto.
«Continuiamo a cercare.»
Lei sembrò riscuotersi. «Sì, hai ragione.»
Ricominciarono da capo. Dopo aver esaminato nuovamente l'intero contenuto del baule Adeline si convinse che non c'era null'altro di utile.
«Va bene così. Comunque sia abbiamo una pista, adesso sarà più semplice.»
«Speriamo…» disse Miranda. Si scambiarono uno sguardo e si avviarono verso l'uscita, ognuna immersa nei propri pensieri. Riccardo le precedeva e aprì la porta. «Fate attenzione ai gradini», le avvisò.
Scesero in silenzio, era come se il passato fosse precipitato su Miranda e avesse coinvolto tutti. Adeline rifletteva su

quello che avrebbe potuto fare con gli elementi che possedeva. Una volta tornati in soggiorno spostò i soprammobili e posò la ricevuta dell'ospedale e alcuni altri fogli che aveva portato con sé sul tavolo. Si sedette, osservandoli con attenzione. Tastò la carta, controllò i timbri, persino l'inchiostro sbiadito. Intorno a lei c'era silenzio, Miranda e Riccardo aspettavano che dicesse qualcosa. Dopo un po' Adeline sorrise a entrambi.

«Possiamo richiedere la cartella clinica. Forse i documenti di tuo figlio sono stati conservati lì. Inoltrerò la domanda agli archivi se tu sei d'accordo.»

Miranda annuì, le brillavano gli occhi dall'emozione e dalle lacrime. Però sorrideva. «Grazie, Adeline!»

Lei ricambiò il suo sorriso, poi raccolse tutto, impilò i fogli e li rimise nella cartella. Quando la guardò qualcosa si agitava nel suo cuore: paura, entusiasmo, affetto. E una nuova volontà.

«Lo cercherò, Miranda, ti aiuterò a ritrovare tuo figlio. E ora raccontami tutto quello che ricordi.»

13.

Il vino più antico del mondo, ancora prodotto sulle alture dell'isola di Cipro, si chiama Commandaria. Rinomato come vino da meditazione e da dessert dalle dolci note di caramello, frutta cotta, spezie e cioccolato, è conosciuto con questo nome fin dall'epoca delle Crociate.

Damien controllò nuovamente il cellulare anche se sapeva che Adeline non aveva risposto ai suoi messaggi.

«Dove ti sei cacciata?»

Quella ragazza era più ostinata di una pietra quando ci si metteva. Chissà cosa diavolo stava combinando. Era tornata dalle ferie da qualche giorno. In genere passava sempre a trovarli...

Si dondolò sui talloni, gli occhi sul maestoso palazzo del municipio. Non era lì per ammirare il paesaggio, in realtà non sapeva nemmeno perché, dopo aver accompagnato le gemelle al nido, fosse passato da quella parte. Lanciò un'occhiata nei paraggi.

Attese ancora un istante, poi sbuffò. Era inutile girarci intorno, tanto valeva levarsi il problema.

Una volta all'interno del palazzo si diresse verso gli archivi. Salutò un paio di persone che aveva conosciuto quando collaborava con l'ufficio tutela minori del comune, e dopo aver bussato alla porta non attese la risposta ed entrò.

«Ciao, Adeline, passavo da queste parti e ho pensato di venire a salutarti.» Si sedette come se fosse una sua abitudine piombare all'improvviso nel suo ufficio.

«Damien?»

Sorrise della sua sorpresa, poi la osservò. Rispetto all'ultima volta che si erano visti la trovò meglio.

«È successo qualcosa?» mormorò lei. «Gaëlle? I bambini?»

«Ma no, va tutto benissimo. Perché devi sempre pensare al peggio?»

Lo fissò. «Tu non passi per caso nei posti.»

Era vero, e lei lo conosceva abbastanza da sapere che era andato lì con uno scopo preciso. Giocherellò con la clessidra di cristallo che Adeline teneva sulla scrivania. «Come stai?»

Lei lo scrutò per un attimo, riallineò i soprammobili e sospirò. «Non lo so con precisione.»

Quella sincerità avrebbe dovuto rassicurarlo, invece provò una sensazione di allarme. «Vuoi parlarne?»

Scosse la testa. «Ho bisogno di riflettere su alcune cose.» E voleva farlo da sola. Il messaggio era chiaro. «È per questo che non hai risposto alle mie chiamate?»

Un altro sospiro, ma questa volta, quando incontrò il suo sguardo, Damien si accorse che aveva gli occhi lucidi. Prima che potesse allungare un braccio per toccarla, Adeline gli sorrise.

«Non preoccuparti... davvero, non è il caso.»

Era accaduto qualcosa, lo sentiva. Qualcosa che lei non aveva ancora deciso di condividere.

«Stai facendo delle ricerche?» Le indicò il grosso tomo dalla spessa copertina verde al centro della scrivania. Aveva tutta l'aria di essere un registro, un vecchio registro.

«Routine... niente di particolare.»

In quel momento qualcosa in lei cambiò ancora. Damien non avrebbe saputo dire di cosa si trattava, forse la linea dritta delle spalle, o il mento che si sollevava, o forse fu come lo guardò. Salda, determinata. Avrebbe dovuto essere contento della sua reazione, invece era ancora più preoccupato.

«Sto facendo una verifica.»

Cosa gli stava nascondendo? «Qualcosa di vecchio...»

«Sì, più o meno sessant'anni fa.» Adeline si alzò. «Vuoi un po' d'acqua?» Riempì un bicchiere e glielo porse.

«No, grazie. Ho preso un caffè poco fa.»

Lei sorseggiò il suo e si sedette nuovamente.

«Ti ricordi la donna che ha perduto il figlio?»

Damien si irrigidì. «Credevo avessimo liquidato la questione.» Tamburellava le dita sul ripiano, gli occhi nei suoi.

«Ho deciso di aiutarla.»

La fissò. «Perché?»

«Ho potato le viti, mi è piaciuto molto.»

Per un istante pensò di aver capito male. «A quali viti ti stai riferendo?»

«Ho trascorso qualche giorno vicino a Sanremo, a casa di Miranda.»

«Cosa?» le chiese con un filo di voce.

«Miranda, la donna di cui ti ho parlato, ha una tenuta e mi ha ospitata. Ero andata lì per chiederle di un vino che mi ha regalato.» Fece una pausa. «È una storia lunga e un po' contorta.» Sospirò. «Non so come spiegarmi, ma vedi, Damien, ho capito che c'è dell'altro nella mia vita oltre a... questo...» Indicò l'ambiente circostante e fece una pausa. «Qualcosa che ho trascurato. Io posso fare... qualcosa per chi mi sta accanto, per migliorare le cose.»

Rigido, lui annuì, continuava a scrutarla come se a forza di occhiate potesse capire ciò che le passava per la mente.

«Voglio fare qualcosa per aiutare quella donna, per ricambiare la sua gentilezza. Solo una verifica, non mi costa nulla.»

Il fatto che si giustificasse con lui, però, significava che non era sicura, non del tutto. Forse poteva fare ancora qualcosa per riprendere il controllo della situazione, pensò.

«Stai commettendo un errore», disse lui con un tono più aspro di quanto avrebbe voluto. Si pentì subito di quelle parole. Non c'era niente di più efficace di un divieto per spingere qualcuno nella direzione che si voleva evitare. «Voglio dire, non la conosci nemmeno. Non farti coinvolgere, pensa a te stessa, al tuo benessere.»

Adeline restò per un poco in silenzio, lo osservava accigliata. «Quanti anni avevo quando ci siamo conosciuti?»

Damien si agitò nella sedia. «Eri piccola.»

«Ne avevo cinque, lo so perché li avevo appena compiuti. Suor Marie mi aveva preparato una torta.»

«Un convento non è il posto ideale per far crescere un bambino.»

Lei annuì. «Forse, ma ti assicuro che, dopo avermi trasferito in una casa-famiglia, le mie condizioni non sono cambiate. Regole, ancora regole. Al posto delle suore c'erano assistenti sociali, infermiere, educatrici. Avevo un tetto sulla testa, cibo a sufficienza, vestiti che spesso passavano dai più grandi ai più piccoli, niente di veramente mio perché tutto era condiviso.» Fece una pausa e poi riprese a parlare. Damien continuava a fissarla. «Per la prima volta vivevo con altri bambini, ma nessuno voleva davvero sapere come stavo, come mi sentivo. Se avevo un problema minimizzavano. "Pazienza" era la parola più utilizzata. La risposta a ogni quesito. Ognuno, là dentro, aveva un compito e lo svolgeva. Non c'era spazio per altro, e tu lo sai.»

Damien si strinse nelle spalle. «È il limite dello stato, si agisce per priorità. Tu sai bene come funziona, con il tempo si arriva a tutto.»

Lei sospirò, un sorriso triste. «Già... il resto.» Fece una pausa. «Tu sei l'unico a cui sia mai importato qualcosa.»

Si guardarono. «Non capisco dove tu voglia arrivare.»

Lei si inumidì le labbra. «A Miranda importa di me, e a me importa di lei. Non so spiegartelo, forse è per via di quello che ci accomuna.»

«Niente, non avete nulla in comune voi due.» Ancora rabbia, ancora polemica. Damien si chiese che gli fosse preso. Stava facendo esattamente il contrario di quello che avrebbe dovuto. Ma era troppo agitato, il cuore gli batteva forte. Stava accadendo quello che temeva.

«È strano che proprio tu mi dica questo. Sappiamo entrambi che cosa ha significato la tua esistenza nella mia vita, sappiamo dove sarei finita se tu non mi fossi stato accanto.»

«È qui che ti sbagli, Adeline. Era già tutto dentro di te. Non avevi bisogno di nessuno, solo che non lo sapevi.» La stava perdendo, Damien lo vide nello sguardo che gli rivolgeva, nel modo in cui le sue dita si aggrappavano a quel maledetto libro che teneva sul tavolo. Dominò il bisogno di strapparglielo dalle mani. «Le hai raccontato di te?» Decifrò la risposta sul suo volto e rabbrividì. Niente univa più di un dolore condiviso.

Odiava avere ragione... il punto, però, adesso era un altro. Cosa poteva fare per liberare Adeline da quel vincolo emotivo? Non voleva che fosse fagocitata dai problemi di quella... donna.

«Perché vuoi farlo?»

«Perché posso, e lei ne ha bisogno. Perché me lo sento dentro, perché mi dà uno scopo e mi riempie di gioia e di paura.» Fece una pausa. «È successo qualcosa mentre ero sua ospite, non saprei spiegarti bene, è più che altro una sensazione, ma ho tutte le intenzioni di andare a fondo della questione.»

Dopo un lungo momento, Damien annuì. «Va bene. Hai qualcosa che possa dare un inizio a questa ricerca?»

Lei spalancò gli occhi. «Vuoi aiutarmi?»

«Non è quello che ho sempre fatto?» Le sarebbe stato accanto, certo, lo avrebbe fatto perché in caso contrario Adeline lo avrebbe escluso. E lui quello non poteva permetterlo. «Hai qualche documento?»

«Un nome. Ho una fattura del Cabinet Médical Saint-Rémy.»

Damien ci pensò su. «Se non ricordo male quella clinica ha chiuso una decina di anni fa.»

Adeline annuì. «Sì, purtroppo. Infatti ci sono problemi nell'accesso alla parte amministrativa.»

Dunque era a quello che stava lavorando, pensò lui. Il volume doveva essere un registro degli archivi della struttura. Ammirò la sua pazienza: la mente di Adeline era prodigiosa quando si trattava di cercare e organizzare i dati di una pratica.

«Dove credi sia andata a finire la documentazione?»

Adeline gli mostrò un foglio. «Ho fatto un po' di telefonate. Una parte è stata riversata negli archivi, ma lì non c'è nulla della gestione giornaliera della clinica. Il resto pare sia irrecuperabile. È ancora nel vecchio edificio che la ospitava.»

«Hai già qualche idea in proposito?»

«No, devo vedere ciò che è rimasto nel magazzino dell'ospedale e poi capire come procedere.»

Le rivolse un'occhiata interrogativa.

Adeline sospirò. «Non è la migliore delle prospettive, ne

sono consapevole, immagino che per essere stati giudicati irrecuperabili i documenti abbiano subito danni da incuria e abbandono, o magari è accaduto qualcosa di grave. Potrebbero essere andati distrutti. Comunque sia devo andarci di persona, Damien.»
«Stai scherzando, vero?»
Lei sorrise e scosse la testa. «Dovresti guardarti, credo che ti si siano sollevati persino i capelli dalla preoccupazione. È il mio lavoro, perché ti stupisci tanto?»
«Ti accompagno.»
Lei inarcò un sopracciglio. «Non è assolutamente necessario.»
L'uomo si sporse in avanti, allungando le mani sul tavolo. «Lo so, ma ci voglio venire lo stesso.» Fece una pausa. «Conosco quella clinica e ti potrei esserti utile.»
«La conosci?»
Lui annuì, poi distolse lo sguardo fissandolo su un punto alle sue spalle. «Mia madre è morta lì.»
Adeline socchiuse le labbra. «Mi dispiace, non lo sapevo.»
Lui si stampò un sorriso sul viso. «Allora è deciso. Fammi sapere quando intendi andarci e io sarò il tuo assistente.»
Comprese che l'aveva convinta quando vide la sua espressione distendersi. Si lasciò abbracciare.
«Grazie, Damien, per me è molto importante che tu mi capisca.»
Lui annuì. «Lo so, piccola.» La baciò sulla fronte. «Chiamami appena hai notizie, in questo periodo sono più libero, ma devo comunque organizzarmi.»
«Certo, ci vorrà ancora qualche giorno, sto aspettando le autorizzazioni.»
Un altro abbraccio e poi se ne andò. Mentre si avviava all'uscita, Damien avvertì un'ondata di rabbia. Avrebbe trovato il modo di convincere Adeline a lasciar perdere quell'assurda ricerca. Avrebbe trovato anche il modo di allontanarla da quella donna.

14.

Nell'epoca tra la partenza delle caravelle di Colombo alla volta dell'America e il regno di Elisabetta I d'Inghilterra, un contadino sloveno piantava una vite di varietà Žametovka a Maribor. Secoli dopo, a dispetto della fillossera che a metà dell'Ottocento sterminò le vigne europee, la si può ammirare ancora oggi sulla facciata della dimora che la sostiene. Il suo vino è così prezioso da poter essere unicamente regalato.

Quando, quel pomeriggio, Adeline aprì al pubblico la porta degli archivi c'era una discreta fila. Entrando, rispose ai saluti e precedette i ricercatori. In genere era Chloé a occuparsene, ma la collega aveva avuto un imprevisto e lei, come sempre, si era resa disponibile. Era agitata. La conversazione con Damien l'aveva turbata, lui non era contento che avesse deciso di aiutare Miranda. Inoltre c'era la questione della clinica. Per esperienza sapeva che quando gli archivi venivano scartati erano praticamente irrecuperabili.

«Buongiorno, posso chiederle un'informazione?»

Adeline sorrise alla ragazza che le stava davanti. «Certamente, come posso aiutarla?»

«Sto cercando notizie sul mio prozio. Si chiamava Carmin Ardant. È scomparso durante la guerra. Ho con me il suo foglio matricolare, può esserle utile?»

Adeline annuì. «Naturalmente.»

La ragazza le porse un documento. Adeline lo scorse. Nato in Bretagna, a Saint-Malo. Volontario a diciassette anni, nel 1937, aveva fatto la scuola aviatori e poi era stato assegnato alla base aerea di Reims-Champagne. Continuò a leggere. C'erano vari incarichi, licenze emesse e ritirate finché il ragazzo era scomparso in missione qualche anno dopo. Non rientrato alla base, irreperibile, disperso in guerra. Aveva ventitré anni.

«Cosa sta cercando di preciso?»

Lei si strinse nelle spalle. «Qualsiasi cosa ci aiuti a capire. Vede, la mia bisnonna non ha mai smesso di sperare, ha atteso il suo ritorno fino all'ultimo respiro. Carmin era il suo figlio minore e aveva un gemello morto in tenera età. La mia bisnonna stravedeva per lui. Quando è partito di nascosto le ha spezzato il cuore. Non lo ha mai più rivisto.»

«Mi dispiace, è una storia terribile», commentò Adeline impressionata.

La ragazza annuì. «C'è giusto qualche lettera che lui inviò, ma non si sa altro. Un giorno si è alzato in volo con la sua squadriglia ed è scomparso.»

Adeline percepì il suo bisogno, l'ansia, il desiderio di scoprire la verità.

«Mi faccia fare una ricerca generica negli archivi.» Aveva nome, grado, assegnazione. «Iniziamo con questi e dopo vediamo cosa riusciamo a scoprire.»

«Grazie, mademoiselle.»

Adeline ricambiò il sorriso. «Le conviene attendere in sala d'aspetto, ci vorrà un po'.» Tornò al suo banco. Un'altra madre che non si era data pace, una famiglia che non sapeva dove fosse sparito il suo caro. Non era importante quanto tempo fosse trascorso, la gente aveva bisogno di verità, di chiarezza. Di un posto dove piangere.

Si passò una mano sul viso, mordicchiandosi il labbro inferiore. Digitò nel database i dati per la ricerca e, mentre attendeva i risultati, pensò nuovamente a Damien. Provava una strana sensazione ogni volta che ricordava il loro incontro. In un certo senso sapeva di averlo deluso, era chiaro che il suo coinvolgimento con Miranda non gli faceva piacere; eppure, si era offerto di aiutarla e quello la riempiva di vergogna. Era un uomo straordinario, buono, paziente e molto generoso, lei invece... non terminò il pensiero perché una serie di dati apparve sul monitor attirando la sua attenzione. «Eccoti qua, Carmin. Ti ho trovato!» Scorse rapidamente le informazioni per verificare che corrispondessero: nome, anno, genitori, c'era tutto. Provò un'intensa eccitazione mentre si delineava la storia di quel ragazzo. Era come se qualcosa al suo interno trovasse soddisfazione, no... era qualcosa di più profondo. Sollevò gli occhi e vide la ragazza, attendeva in corridoio, la stava fissando. Le fece

un cenno e lei si alzò e la raggiunse quasi di corsa. «Ecco.» Le porse il foglio che in breve confermava ciò che sapevano già. C'era giusto qualche nuova notizia che poteva essere utile. Lei lo esaminò rapidamente.
«Amava volare, sa?» disse con un sorriso. «Per questo si arruolò contro il volere della famiglia.» Adeline era affascinata da quella storia. Le sorrise incoraggiandola a continuare.
«Nella sua ultima lettera diceva che il comandante gli aveva promesso una licenza premio, era cosa fatta.» Una pausa, un sospiro. «Non è mai tornato, non abbiamo mai saputo cosa ne sia stato di lui.»
Era terribile! Come poteva aiutarla? si chiese. Era in possesso del foglio matricolare, dunque doveva già aver fatto una richiesta al Ministère des Armées... «Potrebbe estendere la ricerca agli archivi dei giornali. Circoscriva il periodo e si concentri su tutto ciò che attira la sua attenzione.»
Lei le sorrise. «Grazie mille.» Adeline cercò un foglietto sul tavolo, ci scrisse sopra il suo numero. «Se dovesse avere bisogno di aiuto mi chiami.»
La ragazza era sorpresa, infilò con cura il foglietto nella borsa. «Lei è davvero molto gentile.»
«Spero trovi le notizie che sta cercando», rispose, salutandola.
Adeline la guardò uscire, provava una strana sensazione. Le sarebbe piaciuto continuare la ricerca su Carmin, scoprire la storia di quel ragazzo. Gli eventi della sua vita avevano oltrepassato le barriere del tempo e influenzato le azioni della pronipote. Era l'infinito potere del passato. Le prudevano le dita dal bisogno di scrivere. Aveva l'abitudine di annotare tutto ciò che la colpiva. Le storie che voleva cambiare, quelle che avrebbe voluto vivere. Ma non aveva idea di dove fosse andato a finire il suo quaderno delle storie; forse un giorno ne avrebbe preso uno nuovo.
«Posso chiedere a lei?»
«Certamente! Mi dica pure, come posso aiutarla?»
«Avrei necessità di consultare il registro dei matrimoni.»
L'uomo le porse un documento.

Adeline lo esaminò con calma. Beaumont-Leblanc, la più famosa agenzia di genealogia francese.

«Immagino sia al corrente che per le ricerche recenti è comunque necessaria l'autorizzazione.»

Lui sorrise mostrandole un foglio. Era una delega che gli avrebbe permesso di agire in vece dell'interessato.

«Quali anni vuole esaminare?» chiese Adeline.

«Dal 1943 al 1945.»

Avviò la ricerca e, mentre attendeva la risposta del programma, riportò l'attenzione sull'uomo che aveva di fronte. Era alto, robusto, l'aspetto gioviale nascondeva uno sguardo diretto, franco. Il professore le aveva raccontato di come l'agenzia Beaumont-Leblanc avesse ricomposto famiglie disperse dalla guerra, recuperato opere d'arte, curato gli interessi di importanti dinastie europee, scovato eredi perduti. Fissò il bigliettino da visita che lui aveva lasciato sul tavolo. La carta color avorio, i fregi dorati. Un nome e un numero di telefono. Immaginò il proprio nome al posto di quello dell'uomo. ADELINE WEBER – GENEALOGISTA. Un fremito le si agitò nel petto. Le sarebbe piaciuto, la sola idea le apriva tutta una serie di possibilità.

Una nota musicale l'avvisò che la lettura dell'archivio era disponibile, e Adeline si alzò. «Mi segua, l'accompagno alla sua postazione.» Gli indicò un tavolo. «Sul pannello troverà ciò che ha richiesto.»

«Grazie.»

«Le mostro la procedura.»

Accese lo schermo e gli spiegò brevemente il funzionamento. Mentre lui si accomodava lei sbirciò la cartella che aveva davanti. «Sta conducendo una ricerca genealogica?» Non avrebbe dovuto impicciarsi, ma era più forte di lei.

Il sorriso dell'uomo si aprì. «Sì, una storia controversa.»

«Immagino non possa parlarne...»

«Non con chiunque.» Le strizzò un occhio e Adeline sorrise.

«Sembra soddisfatto.»

«Abbastanza. Ho trovato i legittimi eredi, avranno ciò che spetta a ognuno di loro. È un modo per rimettere le cose al loro posto.» Un altro sorriso. Adeline moriva dalla voglia di chiedergli altro, ma la fila al banco aumentava e lei non poteva ignorare gli altri utenti, così suo malgrado tornò sui suoi passi. Il numero di persone che faceva ricerche era notevole e la impegnava, ma di tanto in tanto tornava con lo sguardo all'uomo dell'agenzia: lui, i fogli che teneva davanti, il taccuino sul quale scriveva. Provava il desiderio di andare a vedere a cosa stesse lavorando. A fine giornata chiuse le consultazioni. L'agente era tornato da lei per ringraziarla e, mentre lo guardava uscire, provò una strana sensazione, come di rimpianto. Osservò nuovamente il biglietto da visita che le aveva lasciato e ripensò alle sue parole, all'espressione intensamente soddisfatta che gli aveva scorto sul viso. Anche lei voleva rimettere le cose a posto, anche lei voleva raddrizzare i torti. In fondo erano simili.

Alla fine del turno, Adeline radunò i suoi appunti e salì in sala riunioni. Aveva bisogno di pensare. Non sarebbe tornata subito a casa.

Perché il figlio di Miranda non era sul registro delle nascite?

Cerchiò più volte la domanda sul bloc-notes, aggiunse dei punti esclamativi e qualche scarabocchio. Ci picchiettò sopra con la matita mentre rifletteva.

I problemi vanno circoscritti, perché nella premessa troverai la soluzione.

I consigli del professore le stavano tornando davvero molto utili. Si chiese cosa avrebbe fatto lui al suo posto e sospirò. Aveva la sensazione che le stesse sfuggendo qualcosa. Troppo su cui riflettere, troppo da fare. Miranda, Nikolaj, Damien... Janus. No, non avrebbe seguito quel pensiero, non se lo poteva permettere. Respirò a fondo e si concentrò su Miranda: la rivide com'era nella foto, una ragazzina. «Ha bisogno di me.» Doveva trovare il modo per aiutarla. Ma come? Mordicchiò la punta della matita ed esaminò la lista che aveva stilato. Si era fatta un'idea, ma non era certa di affrontare la questione nel modo corretto. Anzi, in certi momenti temeva che la sua immaginazione la portasse fuori strada. Anche la parcella dell'ospedale poteva di fatto rivelarsi una falsa pista.

«Ciao», la salutò Valérie entrando. Si servì una tazza di caffè e iniziò a sorseggiarla.

Adeline ricambiò il saluto. Lei si avvicinò. «Stai ancora lavorando?» le chiese chinandosi per guardare i fogli sparsi sul tavolo. «Dovresti utilizzare le pause per riposarti, Adeline.»

«Immagino di sì», rispose lei con un mezzo sorriso. Era la prima volta che Valérie mostrava interesse per lei. «Sto conducendo una ricerca per un'amica. Lo faccio nelle pause.»

«Capisco. Di cosa si tratta?»

«Una probabile omissione di registrazione anagrafica.» Era meglio attenersi ai fatti per il momento.

«Nascita o morte?» Valérie le si era seduta accanto e sbirciava la lista con interesse.

«Nascita.»

«In genere, le mancate registrazioni delle nascite sono dettate da ignoranza delle procedure.»

«No, possiamo escluderlo. Il parto si è svolto in clinica. La madre ha avuto un malore, si è aggravata ed è stata trasferita in un altro ospedale.»

«Suppongo che ci siano impedimenti per richiedere la cartella.»

Adeline apprezzò la sua riflessione e annuì. «La struttura ha chiuso una decina di anni fa. Il parto è avvenuto nel 1949, ma negli archivi non ce n'è traccia. I dati che abbiamo acquisito risalgono al decennio successivo. C'è una finestra temporale molto ampia.»

Comprendeva lo stupore di Valérie. Era trascorso troppo tempo; la pista, come si diceva in gergo, era ormai *fredda*.

«Sto riflettendo su come procedere.»

«Alle volte la famiglia gioca un ruolo fondamentale, soprattutto se la madre è incapace di prendere decisioni. In fondo è sempre qualcun altro che registra il neonato.»

Era vero, Miranda aveva diciassette anni, dunque era minorenne all'epoca. Era anche molto malata. Probabilmente incosciente. Il padre non era presente, anche quello era un

punto a sfavore. Gli zii da quanto le aveva detto erano in viaggio. «Questo però non giustifica la mancanza, giusto? L'iscrizione del neonato sarebbe dovuta avvenire in ogni caso.»
«E allora cosa può essere accaduto?»
Già, cosa aveva impedito la registrazione della nascita o della morte di Nikolaj? A meno che... Adeline si alzò.
«Dove stai andando?»
«Devo controllare una cosa da Fleur, vieni?»
Mentre percorrevano le scale continuarono a parlarne. «Certe volte pensare alle motivazioni che hanno spinto qualcuno a compiere un'azione aiuta a focalizzarsi nella ricerca.»
Era d'accordo. Attraversarono il corridoio e ricambiarono il saluto di monsieur Moreau. Nonostante fosse impegnato a dare indicazioni a un utente, le aveva notate subito.
«Quell'uomo è inquietante, sa sempre tutto di tutti.»
Quel commento la divertì, ma Adeline non aggiunse altro. Quando entrarono nella sala dell'anagrafe, Fleur stava consegnando dei moduli a un ragazzo. Ricambiò il loro gesto di saluto, scambiò due parole con il responsabile e le raggiunse subito dopo. «Ho dieci minuti, mi fate compagnia per un caffè?» Lanciò un'occhiata a Adeline. «Sei abbronzata! Stai benissimo.»
Il complimento era così inaspettato che le ci volle un secondo di più per rispondere. «Grazie.» Dopo il leggero diverbio, si erano viste un paio di volte e i loro rapporti erano tornati amichevoli e distesi. Forse Fleur aveva capito che non era ancora pronta ad aprirsi, e quello le aveva fatto piacere.
«Eri in vacanza?»
Lo era stata? Sì, una vacanza dalla sua vita.
«Più o meno», rispose con un sorriso. «Sono stata in Liguria. Una parentesi bellissima.» In genere era più riservata, ma aveva riflettuto su quello che le aveva detto l'amica: c'erano cose che avrebbe continuato a tenere per sé, ma delle altre poteva parlare, anzi in quel momento ne aveva voglia, perché ciò che era accaduto con Miranda era molto importante.

«Hai un'aria... diversa.»

«Esattamente ciò che ho pensato anch'io.»

«Mare, buona compagnia.» Consapevolezza... Amici.

«Sono invidiosa.» Fleur inserì la moneta nel distributore automatico e, mentre attendeva il caffè, diede uno sguardo alla lista di Valérie. «State cercando qualcosa?»

«Secondo te perché qualcuno dovrebbe omettere di registrare la nascita di un bambino? Parliamo del 1949.»

Fleur increspò le labbra, pensierosa. «Di solito accadeva perché mancavano i documenti dei genitori o per la difficoltà di accesso ai servizi; il fatto è che a quell'epoca la maggior parte delle donne partoriva ancora in casa. C'era da considerare la questione dei costi, i conflitti, le barriere culturali. Ah... in alcuni casi l'adozione forzata.»

«Ma è illegale!» protestò Adeline.

«Certo, oggi abbiamo leggi che tutelano la madre e il bambino, ma in passato le cose andavano diversamente. Si tendeva a essere più... elastici, se mi lasci passare il termine.»

Adeline rifletté su ciò che sapeva di Miranda. Gli zii l'amavano, erano persone facoltose che si potevano fare carico di un bambino, senza contare che la loro famiglia esisteva da secoli. Santo cielo, avevano persino uno stemma! E poi avevano perduto un figlio in guerra, il nipote avrebbe significato molto per loro. No, quella strada non le sembrava percorribile.

Fleur finì il caffè e gettò il bicchiere nel cestino. «Si tratta di quella donna, vero?» le chiese all'improvviso.

«Sì, la sto aiutando.» Adeline era pronta a rispondere a ogni possibile obiezione come aveva fatto con Damien, ma Fleur non fece commenti. Allora riprese a ragionare a voce alta: «Pensavo a una cosa... Anche se il figlio di Miranda non figura nell'elenco dell'anagrafe, abbiamo i nomi di tutti i bambini che sono stati registrati, giusto?».

Lei annuì. «Sì.»

«È quindi possibile verificare quanti sono nati in quel giorno, chi erano i genitori, quali sono stati abbandonati e inviati negli orfanotrofi.»

«Sono informazioni molto delicate... diciamo che potrei dare un'occhiata. Cos'hai in mente?»

«Un'anomalia, qualcosa che non è andato come avrebbe dovuto. Se restringiamo il campo a tre o quattro giorni, persino a una settimana, e incrociamo i dati con quelli degli ospedali e delle cliniche, forse potremo capirci qualcosa di più.»

«In questo modo si andrebbe per esclusione.» Fleur si picchiettò il mento con il dito. «Potrebbe funzionare.»

Adeline era alla ricerca di un'incongruenza, di un dettaglio. Un errore nella registrazione che, se individuato, avrebbe permesso loro di capire dove era andato a finire Nikolaj. «Dovremo chiedere l'autorizzazione...» disse.

«Per iniziare basterà la richiesta della signora, le avevo consegnato i moduli da firmare. I certificati storici devono essere motivati. Darò uno sguardo alla normativa e vedrò come posso farti avere le informazioni.»

«Grazie, Fleur. C'è anche un'altra questione. Miranda è nata a Capodistria e ha lasciato la Iugoslavia dopo la guerra. Alcuni parenti, in seguito, l'hanno invitata a stare da loro a Nizza. Era in città da qualche mese, quando ebbe il bambino. Al momento del parto era sola.»

«Questo spiega molte cose...» commentò Valérie.

«Suo figlio però è nato qui.»

«Già...»

Salutarono Fleur. Mentre tornavano agli archivi, Valérie continuava a fare domande su Nikolaj.

«Se fosse nato morto potrebbe non esserci stata alcuna sepoltura. Qualche volta, all'epoca, i bambini venivano destinati alle fosse comuni.»

«Ma lui era vivo.»

«Speriamo che la tua fiducia nella memoria di quella donna sia ben riposta, io non ne sarei tanto convinta. Potrebbe essere il risultato di una suggestione, o della sua speranza.»

Adeline scosse la testa. «I dettagli sono troppo precisi. Credo che sia accaduto qualcosa.»

«È possibile.»

La statistica poteva aiutarle. Adesso avevano due piste. Una che seguiva i dati di cliniche e ospedali, una che procedeva tramite i registri delle nascite. Avrebbero battuto entrambe.
Adeline si sentì fiduciosa.

15.

La vendemmia verde consiste nel taglio di grappoli ancora acerbi. Nel caso del diradamento selettivo l'operazione viene eseguita manualmente con scrupolo e attenzione. La riduzione della quantità di uva migliora la qualità del raccolto finale poiché la pianta concentra le sue energie sui frutti rimanenti.

Quando, quel pomeriggio, Adeline lasciò il palazzo del municipio, decise di fare una passeggiata. Sentiva la necessità di riflettere. Era più serena, doveva ammetterlo: riflettere sul caso di Nikolaj insieme a Valérie e Fleur le era piaciuto molto, aveva reso tutto più vero, più importante. Era la prima volta che coinvolgeva le colleghe, in precedenza aveva sempre agito da sola. Guardò davanti a lei, un lieve sorriso le illuminava il volto. La città era in fermento, i turisti sciamavano ovunque, attratti dalle belle giornate e dall'aria tiepida delle ore centrali.

Dalle bancarelle che costeggiavano il viale si levava il profumo dolce della *socca*. Restò un istante a guardare quella più vicina, poi tirò fuori il portamonete e si avvicinò. «Posso averne un pezzo?»

«Da portare via o la consuma subito?»

«La mangio subito, grazie.» Stava morendo di fame.

Il venditore adagiò la torta di ceci sul tradizionale foglio di carta oleata e gliela porse. «Buon appetito, mia bella signora.»

Quel commento la divertì. Ricambiò il sorriso e si allontanò. Mentre soffiava sopra la fetta fumante per raffreddarla, si soffermò sulle persone che aveva davanti e che si fermavano di continuo per ammirare i dintorni.

Place Masséna l'aveva sempre affascinata. A parte il lungomare, era uno degli scorci di Nizza che preferiva. Forse era per le facciate rosso pompeiano degli edifici di chiara impronta italiana, forse per le linee pulite della pavimentazione geometrica a mattonelle chiare e scure. Era come

129

avere sotto i piedi un'immensa scacchiera. Mandò giù l'ultimo boccone, si pulì le mani e cominciò a saltellare di mattonella in mattonella fino a raggiungere il limitare della piazza. Conosceva quel gioco. Lo aveva fatto molte volte da piccola. "Oddio, ma che mi è preso?" si chiese: non c'era disapprovazione nella sua riflessione, solo semplice divertimento. Si guardò intorno un po' imbarazzata. Nessuno faceva caso a lei. In lontananza vide altri bambini giocare come lei sulle mattonelle. Erano così spensierati, così allegri. Cercò un luogo appartato nel quale fermarsi a osservarli. Aveva voglia di... non lo sapeva nemmeno lei, era come se d'un tratto vedesse cose nuove che di fatto non lo erano e ne fosse attratta. Aveva l'impressione di poter fare ciò che voleva, andare ovunque. Era una sensazione strana, sulla quale non era ancora pronta a riflettere. Mancava qualche minuto al tramonto, non aveva una meta, poteva stare lì. Di lì a poco, le sette statue di Jaume Plensa disposte a cerchio al centro della piazza avrebbero iniziato a brillare nell'oscurità. Si rese conto di essere lì per quello, per assistere all'istante in cui avrebbero preso vita attraverso la luce. Una rivelazione.

«Ciao, Adeline.»

Si voltò e sgranò gli occhi. «Janus?»

Ebbe un attimo di sconcerto, poi si riprese. «Ciao.» Gli indicò le statue. «Mi piace il momento in cui si accendono.»

Lui annuì. Teneva le mani in tasca, una sciarpa gli penzolava dal collo. «È molto suggestivo.»

Adeline non seppe dire se fu Janus a invitarla a fare due passi, ma a un certo punto si ritrovarono a camminare fianco a fianco. Era a disagio, continuava a sentirsi nervosa in sua compagnia.

«La mattina vai ancora a passeggiare?»

Gli lanciò un'occhiata sorpresa. «Tutte le volte che posso, mi aiuta a pensare.»

«Certo.»

Ancora silenzio, ancora imbarazzo. Anche Janus le sembrò nervoso e questa volta si prese un po' di tempo per os-

servarlo. C'era qualcosa di diverso in lui, lo aveva già notato in precedenza, ma quella sera le sembrò affaticato, zoppicante persino. «Cosa ti è successo alla gamba?» Lo chiese prima di rendersi conto che avrebbe fatto meglio a tacere. Non era il modo migliore di tenersi alla larga.
«Ho avuto un... incidente.»
«In moto?»
Lui scosse la testa. «Un recupero andato male.» A cosa diamine si riferiva? «Non capisco», disse.
Janus le sorrise. C'era qualcosa nella sua espressione che la turbò. «Non è stato un incontro casuale», le rivelò. «Ti sto seguendo da quando hai lasciato gli archivi.»
Era sbalordita. Non per ciò che le aveva appena confessato o perché non si fosse accorta della sua presenza. A preoccuparla erano il suo tono, la sua voce. Quel modo di guardarla, l'ombra sul suo viso.
«In genere non saltello sulle mattonelle della piazza, davvero», si giustificò.
Lui la fissò come se fosse impazzita e scoppiò a ridere. «Dio, quanto mi sei mancata!»
Si avvicinò lentamente, un passo alla volta. Se avesse voluto, avrebbe potuto fermarlo. Adeline lo sapeva e sapeva anche che non vedeva l'ora di sentire il profumo della sua pelle. Quando lui l'abbracciò, chiuse gli occhi abbandonando il capo sulla sua spalla.
«Anche tu mi sei mancato.»
Dopo un istante si separarono, la tensione tra loro tuttavia non era scomparsa. Ma d'altronde come poteva essere altrimenti? Di certo non sarebbe bastato un abbraccio né la volontà di sistemare le cose a spazzare via anni di silenzio...
«Vieni, sediamoci da qualche parte.» Le porse la mano e Adeline l'accettò. Le sedie blu della spiaggia, nonostante fossero gelide, andavano bene.
«È successo qualcosa?» All'improvviso si accorse che Janus era malinconico. Voleva che la sua tristezza sparisse. Voleva che lui le parlasse.
Ma appariva molto distante, gli occhi persi sul mare. «Ri-

pensavo a quando mi hai detto di aver preso decisioni sbagliate...» disse piano.

Adeline trattenne il respiro, le sembrava trascorso così tanto tempo da quella sera; invece era passata solo qualche settimana. «Non ti ho nemmeno ringraziato.»

«Falla finita, Ada, non ce n'è bisogno!»

La stupì quella reazione. Era sempre stato lui quello che sdrammatizzava, invece adesso sembrava di pessimo umore. Se ne stava lì, le dita intrecciate, l'espressione tesa. E per la prima volta Adeline lo sentì veramente vicino. Cosa gli era accaduto?

«La gente... noi», si corresse lei, «crediamo di essere il centro del mondo.»

Janus le lanciò un'occhiata perplessa. «Non ti seguo.»

Come poteva spiegarsi se lei stessa iniziava appena a comprenderlo? «Tutto ci appare pesante perché abbiamo un unico punto di vista.»

«Non ti sembra un po' radicale?»

Adeline scrollò le spalle. «Pensaci. Occupiamo un posto e vogliamo piegarlo alle nostre esigenze. Se non accade ci sentiamo ingannati.»

«Oppure semplicemente commettiamo errori e dopo non sappiamo come far fronte alle conseguenze.»

Lo osservò a lungo. Quindi gli posò una mano sulla spalla. «Come posso aiutarti?»

Era sorpreso e, quando le sorrise, Adeline capì che stava ancora pensando al loro incontro la sera del vino di Miranda, quando era stato lui ad averle offerto il proprio aiuto.

Janus le prese la mano, giocando con le sue dita. «Raccontami di te. Cos'hai fatto in questi anni?»

Adeline socchiuse le labbra. «Carriera... più o meno.»

«Eri molto brava, la migliore.» Guardò il cielo. «In pochi credono in quello che fanno, ma per te ogni cosa era importante, avrei detto personale.»

Il vento aveva ripreso a soffiare. Janus si era voltato verso di lei, le scostò una ciocca di capelli dal viso. Le sue dita erano calde. Continuava a fissarla.

«C'è qualcosa che non va?» chiese.

Lui scosse la testa. «Ti sto ammirando.»
«Anche tu non sei male.»
Risero insieme e Adeline pensò a ciò che le aveva detto Miranda, al suo atteggiamento sempre positivo, a quel genere di leggerezza che rende tutto più semplice. Avrebbe voluto aggiungere qualcosa, invece restò in silenzio a godersi il momento.
«Ti chiedi mai come sarebbe andata a finire?» riprese Janus.
Il suo sguardo si perse in lontananza. «Se io non mi fossi tirata indietro?» Perché non pensava prima di parlare? Ma non fece in tempo a rimproverarsi, Janus stava sorridendo.
«Diciamo che, all'epoca, le nostre priorità erano altre.»
Era abbastanza d'accordo, ma non aveva voglia di andare a fondo della questione. Si sentiva a disagio perché lui non sapeva cosa l'avesse indotta a mettere fine alla loro storia, non sapeva che lei era ancora molto coinvolta. Le sembrava di vivere di pause: prima quella con Miranda, alla tenuta; adesso quell'incontro. Erano fuori dal municipio, in quel momento lui non era il suo capo, era... non ne aveva idea. Ma le piaceva stare lì, in riva al mare, a parlare con Janus.
«Ti ho osservato parecchio in questo ultimo periodo, sei sempre in archivio.»
«Ho chiesto l'autorizzazione...» rispose perplessa.
Lui sorrise. «Sono solo curioso.»
«Di quello che faccio?» Era stupita.
«Tu mi interessi molto, Adeline.»
Schiuse le labbra. Il cuore aveva preso a battere più in fretta. «Sto aiutando un'amica a cercare suo figlio.»
Lui socchiuse le palpebre. «È scomparso?»
Scosse la testa. «È una faccenda complessa, da un certo punto di vista abbastanza strana.» Fece una pausa. «Temo che ci siano state delle irregolarità nella registrazione del parto.»
«In che senso?»
«Lei pensava che fosse morto, ma quando è andata a cercare i documenti non ha trovato alcuna traccia.»
«Di che anni parliamo?»

«Maggio 1949.»
Lui ci pensò su. Adeline poteva intuire i suoi pensieri. Erano tempi difficili: la guerra appena finita, migliaia di orfani, il sistema sovraffollato. Trovare una sistemazione a tutti quei bambini era la priorità, le procedure corrette venivano dopo.
«Sono trascorsi molti anni, sarà un'impresa trovare i documenti.»
Lei annuì. Si erano alzati, e adesso camminavano lungo il viale che costeggiava la spiaggia. Adeline guardò il mare oltre la banchina. Una distesa di sassolini bianchi li separava dalle onde. «Una volta mi hai detto che il mare cantava.»
Lui sgranò gli occhi, poi scoppiò a ridere. «Ero proprio fuori di me.»
«Lo eravamo entrambi.»
«Questo fine settimana sei libera?»
La domanda la colse alla sprovvista. I loro sguardi si incontrarono. «Scusami, non so nemmeno...»
«Ho un impegno con la mia amica», si affrettò a precisare. Aveva promesso a Miranda di tornare da lei.
«Quello dopo?»
«Libera.»
Janus annuì. «Perfetto!»
Avevano un appuntamento. Quasi non riusciva a crederci. Tornarono verso il centro, i ricordi erano inframmezzati da risate e aneddoti del passato, ma c'era anche qualcosa di nuovo. Le piaceva stare con lui, ascoltarlo. Le piaceva come parlava, come si muoveva, come la guardava. Le piaceva anche se era certa che l'uomo che le camminava accanto non era lo stesso ragazzo di un tempo.
Quello era un uomo, e lei avrebbe fatto meglio a ricordarselo.

16.

Il passito è un vino particolarmente dolce e intenso ottenuto da uve disidratate o appassite prima della vinificazione. Questo può avvenire sia sulla pianta con una vendemmia tardiva, ben oltre la maturazione dei grappoli, sia disponendoli su appositi supporti o appendendoli in luoghi ventilati.

Il Cabinet Médical Saint-Rémy occupava un intero isolato. Recintato da un muretto di mattoni scrostati che terminava con un'inferriata arrugginita, era composto da diversi padiglioni immersi in un giardino che l'incuria aveva trasformato in un'intricata foresta di rovi. Le pareti erano macchiate dall'umidità, le linee dritte e pulite che una volta erano state il fiore all'occhiello della moderna clinica erano segnate da profonde crepe. Damien rabbrividì davanti a tanta desolazione.

«Sembra che stia per crollare da un momento all'altro.»
«Ho visto di peggio.»
«E ci sei anche entrata?» le chiese stupito.

Adeline si allontanò senza rispondere. Damien sapeva ben poco di quel periodo della sua vita; aveva atteso paziente che lei si confidasse, ma non era mai accaduto. Accigliato, Damien la seguì lungo il marciapiede. Era insolitamente silenziosa, voleva sapere cosa le era preso, ma decise di rimandare ogni ulteriore approfondimento.

Il custode li aspettava fuori dal cancello. Scambiarono qualche parola, l'uomo indicò l'ingresso e Adeline annuì. Dal punto in cui si trovava, Damien non riusciva a sentire quello che si dicevano, così si avvicinò. Provava una strana sensazione di ansia. Un tempo quel luogo era pieno di gente, un viavai costante di umanità.

«La demolizione è prevista per il prossimo mese...» stava spiegando il custode.

«Gli archivi?» chiese Adeline.

135

L'altro si strinse nelle spalle. «Trasferiti in quello centrale», rispose.
«Non è rimasto nulla?»
L'uomo le rivolse un'occhiata paziente. «Lei non ha intenzione di arrendersi, vero?»
Damien comprese che era proprio quella caparbietà a renderla diversa. In lei c'era come una necessità nuova. Non si sarebbe fermata finché non avesse visto di persona ciò che era rimasto negli scantinati dell'ospedale. Lì, in base a quello che sapevano, c'era ancora qualcosa.
«Seguitemi, ma fate attenzione: ha piovuto molto e l'erba fitta potrebbe nascondere qualche ostacolo.»
Gli fece piacere che Adeline lo aspettasse. Adesso camminavano insieme dietro il custode.
Per fortuna lo spiazzo davanti all'ingresso principale era sgombro, il guardiano aprì la pesante porta, attese che entrambi entrassero e poi la richiuse dietro di loro. «Quella zona», disse indicando il corridoio alla sua destra, «è instabile. Meglio se restate vicino a me. Per di qua.»
Passarono accanto a una grande scalinata. Damien rabbrividì. Quel posto gli riportava alla mente il mese più buio della sua vita: lì, al secondo piano, terzo corridoio, quinta stanza, aveva trascorso le notti ad assistere sua madre gravemente malata, mentre suo padre Ambroise si occupava di accudirla durante il giorno. Giselle era stata una donna incline al sacrificio, quieta, paziente, e come aveva vissuto, così se n'era andata. In silenzio. Di lei, Damien ricordava il sorriso perpetuo e la mano sulla spalla che diceva più di tante parole. La calma imperturbabile anche nelle situazioni più complicate. Sua madre era stata anche il legante della famiglia. Dopo il suo funerale, aveva deciso di lasciare Nizza e si era trasferito definitivamente a Parigi.
Il pesante carico dei ricordi gli piombò sulle spalle: all'improvviso, voleva solo uscire di lì.
«Tutto bene?» Adeline gli sfiorò la manica.
«È molto buio.»
«Vediamo cosa possiamo fare», rispose il custode. «Teniamo tutto staccato per sicurezza.» L'uomo si avvicinò a un

quadro elettrico che sembrava un armadio, l'aprì e dopo aver esaminato l'interno trafficò con alcune leve. «Così dovrebbe funzionare.»
Entrambi fissarono con apprensione i pannelli sul soffitto, a un tremolio seguì una luce pallida e smorta. Damien si scambiò uno sguardo con Adeline. «Spero ne valga la pena...» disse cupo, e lei scosse la testa divertita.
Le scale che portavano allo scantinato erano ancora in buone condizioni, mentre scendevano aleggiava nell'aria un intenso odore di muffa e umidità.
«Attenzione, gli ultimi gradini sono scivolosi.»
La porta non voleva saperne di aprirsi, così il guardiano spinse finché i cardini cedettero con uno stridio assordante. «Andrebbero oliati, ma sarebbe uno spreco e comunque tra un po' non resterà più nulla. Peccato, io sono nato qua, sapete? E anche tutti i miei fratelli e sorelle. Abitavamo in questa strada, mia madre sosteneva che era il migliore ospedale della città.»
«Veramente?»
«C'erano i medici più capaci della regione.» Accese la luce e si fece da parte. Damien e Adeline smisero di ascoltarlo, attirati da ciò che stavano guardando. L'ambiente era interamente occupato da scaffali. Non si vedeva altro.
«Cos'è quella macchia sul pavimento?»
«Perdite, gliel'ho detto prima, mademoiselle. Qui dentro è tutto da buttare. Dicono che è colpa dell'umidità di risalita, per questo hanno lasciato qui questa roba. È irrecuperabile.» Procedendo con cautela, il guardiano li raggiunse, tirò fuori un faldone e l'aprì davanti a loro. Mentre scorreva le dita sui fogli la carta si sgretolò. «Cercate qualcosa di importante?»
Per un istante Adeline non rispose, poi gli lanciò un'occhiata irritata. «È tutto qui?» chiese.
«Le sembra poco?» Le indicò le lunghe file di ripiani che correvano per tutto il sotterraneo. Le scatole erano centinaia, impilate fino al soffitto.
Damien si chiese se fossero tutte nelle condizioni del faldone che aveva mostrato loro il custode, in quel caso la ri-

cerca sarebbe terminata prima ancora di iniziare. Probabilmente Adeline la pensava come lui. Si era spinta fino al primo scaffale, aveva aperto una scatola e l'aveva rimessa al suo posto. «Registri medici», disse prima di proseguire. «Qui invece c'è della corrispondenza, là i bilanci.» Andò avanti, infilandosi negli stretti passaggi. «Ecco. Qui ci sono le cartelle cliniche.» Damien si fermò davanti alla seconda fila. «Anno 1945.» Erano le più vecchie. Adeline nel frattempo aveva proseguito, calma, rapida, silenziosa. Era nel suo elemento. La scrutò con attenzione. «Trovato qualcosa?» chiese.
«Forse.»
Seguendo il suo esempio, Damien afferrò una scatola dal secondo ripiano, l'aprì, sussultò davanti alla fuga dei pesciolini d'argento e la richiuse subito. L'intero archivio doveva essere infestato. Si sfregò le mani sui pantaloni con una smorfia di disgusto. Sapeva che quegli insetti erano inoffensivi e si nutrivano di carta, ma era comunque a disagio all'idea di trovarseli tra le dita. Adeline iniziò a esaminare i contenitori che aveva di fronte; lui non aveva intenzione di perderla d'occhio, così si affrettò a seguirla.
«Il 1949, finalmente! Guarda, Damien...»
L'anno occupava un'intera sezione. «Ci vorrà tutto il giorno...» disse scoraggiato.
«No, se procediamo insieme.»
«Come ha detto?» urlò il custode, che era tornato nei pressi dell'uscita.
«Niente, va tutto bene», gli rispose Damien. Aveva sperato di procedere senza la sua supervisione, ma l'uomo era stato irremovibile e aveva chiarito che non avrebbero potuto portar via nulla. Proseguì la sua ricerca sforzandosi di leggere le etichette. «Gennaio, febbraio...» mormorò, benedicendo l'archivista per lo scrupolo con il quale aveva classificato ogni scatola. Procedeva in direzione opposta a quella di Adeline, che continuava a scandire i mesi ad alta voce. «Aprile... maggio... Eccolo!» esclamò a un tratto. «L'ho trovato!»
Si affrettò a raggiungerla. Le scatole che indicava erano

troppo in alto. «Ci vorrebbe una scala», disse valutando la distanza.
«Vista la situazione temo sia difficile trovarla.»
Adeline aveva ragione. «Vediamo di arrangiarci.» Lui inspirò profondamente e si arrampicò scalando i supporti metallici.
«Stai attento.»
Lui strinse i denti. Ce l'aveva quasi fatta. «In tutto sono tre.»
«Controlla quella al centro.»
Con la punta delle dita Damien la trascinò sul bordo, ma quando la sfilò e l'aprì si accorse che era andato troppo avanti. «Maledizione...» imprecò mentre ondeggiava.
«Scendi, provo io.»
Quasi scoppiò a ridere. «Tesoro, tu soffri di vertigini.»
«Stringerò i denti e guarderò su.»
Damien la ignorò, prese fiato, poi afferrò l'altra scatola.
«Passamela, la prendo io.» Adeline allungò le braccia.
Damien fece per passarle il contenitore, ma all'ultimo momento si rese conto che era troppo pesante. «Attenta!» urlò. Lei fece appena in tempo a tirarsi di lato. Con un tonfo poderoso il faldone atterrò sul pavimento.
«Ehi, tutto bene?» urlò il custode.
«Sì. È caduta una scatola.»
«Mi raccomando, rimettete tutto a posto.»
«Stai bene?» Adeline lo fissava preoccupata.
«Sì, e tu?»
Gli sorrise. «Diciamo che non vedo l'ora di uscire da qui.»
Lui non avrebbe potuto essere più d'accordo. «Troviamo quel documento e andiamocene alla svelta.» Scese cercando di evitare le carte sparse a terra. «Hai per caso una torcia?» L'illuminazione era pessima.
«Sì, aspetta.» Adeline frugò nella borsa e tirò fuori un piccolo cilindro. Accovacciato, Damien iniziò a raccogliere le cartelle impilandole una sull'altra. Al suo fianco Adeline le sfogliava con attenzione. Ogni tanto spostava la torcia, illuminando qualche dettaglio.

«Eccoti qua!» esclamò soddisfatta. Damien allungò il collo per vedere cosa avesse trovato.

Nonostante fosse sbiadita e appena leggibile, la carta all'interno del fascicolo era quasi del tutto integra. C'erano analisi del sangue, terapie, una diagnosi. «Niente di nuovo...» commentò Damien.

Adeline gli fece un cenno con la mano, era immersa nella lettura. «Aspetta.» Riprese a esaminare il contenuto, tirò fuori il cellulare e fotografò ogni parte.

Mentre impilava i documenti e cercava di rimetterli al loro posto, Damien si soffermò su un'altra cartella, l'aprì e iniziò a sfogliarla.

«Avete fatto?»

«Quasi», rispose Adeline.

«Vengo a darvi una mano?»

«Non è il caso, e comunque non c'è abbastanza spazio.»

Arrivato all'ultimo foglio, Damien si irrigidì e, accigliato, lo esaminò con attenzione. Lanciò un'occhiata a Adeline, che stava ancora scattando fotografie con il cellulare, poi rapidamente lo piegò in quattro infilandoselo in tasca.

«Ricordatevi che non potete prendere nulla.»

«Naturalmente.» La risposta di Adeline suonò secca.

Possibile che lo avesse visto? si chiese Damien allarmato. No. Non si era accorto nessuno. Rimise la scatola al suo posto e tornò da lei.

«Novità?» le chiese tenendo a bada l'agitazione

Adeline scosse la testa. «È troppo presto per dirlo, ma temo di no, almeno a prima vista. Comunque, ho fotografato ogni cosa. Esaminerò tutto al pc.»

Il custode li aspettava accanto all'uscita. Damien capiva la sua voglia di andarsene e la condivideva, mentre Adeline sembrava assorta in chissà quale ragionamento. «Andiamo?»

Lei annuì. «Sì, certo.»

Una volta all'esterno, salutarono il guardiano e, dopo un ultimo sguardo alla struttura, salirono in macchina.

«È stato un buco nell'acqua.»

Adeline sospirò. «Già, diagnosi e cure. Cose che sapevamo già.»

«Non c'è nessuna notizia del figlio.»
Scosse la testa. «No, nessuna.»
«E se il bambino fosse nato morto?» Damien fece una pausa. «Questo spiegherebbe tutto.» In passato, i neonati morti alla nascita spesso non venivano registrati.»
La sentì cedere, era tutto nel suo respiro, come se l'aria scivolasse lentamente via da lei. «Lo ha tenuto in braccio prima di essere colta dalla crisi...» mormorò.
Damien si irrigidì. «Magari lo ha immaginato, un ricordo che la sua mente ha confezionato per nutrire il senso di colpa.»
Pausa. «Perché avrebbe dovuto sentirsi colpevole?»
Lui si strinse nelle spalle. «I genitori si sentono sempre colpevoli. È la tattica della natura, li spinge a fare sempre meglio.»
Un altro sospiro. «Immagino sia così.»
«Vedrai quando toccherà a te.»
«No, io non avrò mai dei figli.»
Damien chiuse gli occhi un istante, poi sorrise, ma non provava né allegria né divertimento, solo una cupa tristezza. «Non hai idea di quanto sia facile cambiare idea su una cosa del genere. Non dipende unicamente da te, sai, tesoro?»
«Sì invece. Dipende unicamente da me.»
Lui ignorò la risposta come avrebbe fatto con i capricci delle gemelle. «Perché non vieni da noi domenica?»
Era combattuta. Lo percepì nell'esitazione della sua risposta, in quell'affermazione che nascondeva molte parole non dette. «Mi serve aiuto con le bambine.»
Adeline sbuffò. «Mi stai manipolando?»
«Vergognosamente.»
Un lungo sospiro. «Mi chiedo perché non ti piaccia Miranda.»
Damien strinse le labbra. «Ti sbagli, Adeline, quella donna non mi interessa affatto. È l'effetto che ha su di te a non piacermi, il tuo coinvolgimento. Quando scoprirà che non le sei di nessun aiuto si sbarazzerà di te. È gente fatta così, conoscono unicamente i loro interessi e si liberano del resto.»

«Parli come se la conoscessi.»
Damien si prese un istante per rispondere. «Conosco quelli come lei. Ne ho visti fin troppi nella mia vita.»
Un'altra pausa, un altro sospiro. «E se ti sbagliassi? Lei vuole solo scoprire cosa è successo a suo figlio. Vuole la verità!»
«La verità?» Gli scappò da ridere. «E qual è? Davvero credi che qualcuno le abbia portato via il figlio? Abbia falsificato l'atto di nascita a sua insaputa? Capisci che è impossibile? Volevi gli archivi, adesso li hai. Attieniti ai fatti. Quella donna cerca solo giustificazioni.»
«Tu non la conosci.»
«Andiamo, Adeline, non cadere nella sua rete. Non sai nulla di lei e io non sopporto vederti elemosinare il suo affetto.» L'aveva offesa. Chiuse gli occhi e sospirò. «Scusami, è stata una lunga giornata.»
Lei continuò a tacere. Damien poteva quasi sentire i suoi pensieri. Vedere il suo volto, la linea che le si formava sulla fronte mentre rifletteva, l'espressione cauta. "Idiota", pensò. "Così la perderai."
«Sei stato tu a insegnarmi a cercare la verità, a disfarmi dei pregiudizi e delle opinioni personali. È ciò che ho intenzione di fare... comunque sia, ti sono molto grata per il tuo aiuto.»
«Ti ho giusto tenuto compagnia. Hai fatto tutto da sola.»
«Grazie per essere venuto. Quel luogo era terribile.»
«Lo sai che puoi contare su di me!»
Parlarono ancora del più e del meno, Damien aveva l'impressione che lei volesse mantenere la conversazione su un terreno agevole per entrambi. Lui però pensava a ciò che aveva trovato, al pezzo di carta che teneva piegato nella tasca dei pantaloni. «Ti dispiace lasciarmi qui?»
«Sicuro? Non mi costa nulla riaccompagnarti.»
«No, va bene qui.»
Lei accostò. «Salutami Gaëlle e bacia i bambini. Domenica non posso, ma mercoledì sera se siete a casa passo a salutarvi.»
«Promesso?» Lo chiese perché non aveva nessuna inten-

zione di perdere terreno con lei. Non l'avrebbe ceduta a Miranda a nessun costo, soprattutto adesso che la ricerca, come immaginava, non era approdata a nulla.
«Promesso.»
Dopo un ultimo cenno di saluto la osservò andare via e si avviò verso l'ufficio. Una volta solo, tirò fuori dalla tasca il foglio. Lo esaminò con attenzione e con un'ultima occhiata lo accartocciò.

17.

L'Eiswein, il «vino di ghiaccio», è ottenuto dalla fermentazione di acini disidratati vendemmiati in pieno inverno, con temperature sotto lo zero. Sembra che alla fine del Settecento, in Germania, un'improvvisa tempesta avesse congelato i grappoli d'uva, compromettendo il raccolto. I contadini, però, li raccolsero comunque e con grande sorpresa ottennero un vino eccellente.

Adeline non aveva la più pallida idea di cosa stesse combinando Miranda inginocchiata sulla sabbia. Tuttavia, non aveva il coraggio di interromperla né di farle domande. Era andata da lei per dirle che la clinica si era rivelata una perdita di tempo, non aveva trovato altro di rilevante oltre a ciò che già conoscevano. Nessuna notizia di Nikolaj, niente che parlasse di suo figlio. Aspettava il momento opportuno per parlargliene e, nel frattempo, la osservava. D'un tratto, lei sollevò il viso, guardò verso il mare e poi, come se si fosse ricordata della sua presenza, si voltò e le sorrise.
«Ti ricordi delle marze?»
Certo che se lo ricordava, era stata una delle esperienze più gradevoli che aveva vissuto. Riposavano in un luogo asciutto e freddo, al buio, in attesa di essere utilizzate. Socchiuse le palpebre e intuì che cosa Miranda volesse dirle.
«Stai preparando il terreno per piantarle?»
«Esatto. Le metterò qui.» Indicò un lato del vigneto. «Quasi tutti ormai innestano su piedi americani, i portainnesti resistenti alla fillossera... ti ho già raccontato di quella malattia?»
Annuì. «Il flagello che distrusse quasi completamente il patrimonio viticolo europeo.»
«Si salvarono solo le vigne impiantate su terreni sabbiosi e quelle coltivate oltre i mille metri di altezza, per via delle temperature, sai? Troppo basse per il parassita.»
Sì, Adeline sapeva tutto. Miranda l'aveva affascinata con i suoi racconti sulla coltivazione della vite e su come si produceva il vino. La fillossera era stata un flagello. Era acca-

duto tutto a metà dell'Ottocento, il ricordo faceva ancora tremare gli anziani viticoltori. Eppure c'erano stati dei sopravvissuti. «Viti della sabbia...»

Miranda sorrise. «Non c'è nessuna differenza tra queste piante e quelle di duemila anni fa. Di fatto sono le stesse. Continuo a conservarle e a impiantarle affinché ci sia sempre un ricambio. Il vigneto vive attraverso le sue parti nuove, un patrimonio genetico che si rinnova costantemente.»

Adeline aveva imparato da Miranda che la vite aveva una produttività di qualche decennio, dopo declinava. L'innesto a marza, però, permetteva di continuare a produrre nel modo più naturale possibile. Osservò il terreno: era stato ripulito e vangato. Miranda aveva teso un filo da una parte all'altra del campo, così, quando le avesse piantate, le nuove viti sarebbero cresciute in linea. Poi avrebbe agevolato la crescita ad alberello. Quello, se lo ricordava, era il *sistema di allevamento*.

Preparazione, ordine, speranza.

Le parole composero un disegno e d'un tratto le sembrò di comprendere ogni cosa anche se di fatto non aveva mai assistito alle diverse fasi di lavoro. Ma lo sentiva dentro di sé a un livello profondo, o meglio percepiva intense emozioni, soprattutto quelle legate alla fiducia nel domani. Era questo aspetto a impressionarla più di tutto: non c'era certezza, non si poteva fare altro che impegnarsi al massimo e sperare che il sole, il vento e la terra accogliessero la nuova pianta, permettendole di prosperare. Era un atto di fede verso la natura.

«Come farai a bagnarle?» Aveva guardato ovunque ma non c'era traccia di irrigazione.

«Ci penserà l'umidità della notte.»

Adeline osservò la sottile e tenera coltre di foglie verdi che cresceva a vista d'occhio. Non c'era intenzione, non c'era aspettativa, esistevano e basta. Una condizione ideale. Miranda era serena. Era come se fosse un'estensione della sua vigna. Indossava lo stesso sbiadito grembiule verde dell'altra volta; lo indossavano entrambe, a dire il vero, anche se Miranda portava alti stivali di gomma perché di tanto in tanto entrava in acqua e si lavava le mani per poi ritornare a riva. Lavorava in silenzio, immersa nei suoi pensieri.

D'un tratto si chinò per raccogliere le forbici; i suoi movimenti erano lenti, affaticati.

«Stai bene?» Adeline la osservò preoccupata.

«È solo un po' di umidità, a una certa età entra nelle ossa...» sbuffò la donna. «Ianira mi diceva sempre che c'è una logica.»

«Non hai mai finito di raccontarmi la sua storia.»

Lei sorrise. «È vero... Ianira mi accolse, questo te l'ho detto. Mi insegnò a coltivare la vigna, anche questo te l'ho detto. Vedi, lei faceva qualcosa di speciale, oserei dire unico. Il vino del mare.»

Adeline attese che Miranda continuasse il racconto, era davvero curiosa. Si era chiesta tante volte il motivo di quella scelta.

«Aveva una vigna, uva piccola a bacca nera. La conduceva da sola. Le viti erano come queste.» Le indicò. «Impiantate ad alberello nella sabbia. In questo modo la pianta è più libera e può assorbire i nutrienti dal terreno.» Sfiorò con delicatezza le foglie. «Il vitigno è un Carignano, di antiche origini mediterranee. In Sardegna raggiunge livelli di assoluta eccellenza.» Tacque un istante. «L'aveva ricevuto anche lei in regalo... da una donna, sai? Era tradizione. Trasmesso di generazione in generazione, gestito in modo semplice, qualcosa che ha a che fare con antiche usanze più che con la coltivazione moderna e razionale.»

«In che senso?» le chiese.

Miranda le sorrise. «Oh, per tutta una serie di fattori... La prima pigiatura, per esempio, deve tornare alla terra a cui appartiene.»

«Vuoi dire che la getterai via?» Era incredula.

«No, ma la condividerò. È un gesto simbolico, molto speciale.»

Adeline era sempre più affascinata. «Che altro?»

«Dopo la vendemmia immergerò i grappoli nel mare per qualche giorno. Durante la macerazione, le bucce degli acini cederanno in parte la salinità dell'acqua al mosto. Una

volta imbottigliato, il vino tornerà al mare per l'ultimo periodo di affinamento.»
«Lo dici come se si trattasse di un procedimento insolito.»
Lei sorrise. «Lo è. Questo è un luogo dell'anima, Adeline, qui io celebro la tradizione, replico le azioni di una donna che mi ha trasmesso competenze che mi hanno permesso di sostentarmi. Qui, con l'aiuto della terra, del mare e del sole, io contribuisco alla creazione di qualcosa di unico.»
Le sorrise nuovamente. «Per me ha un grande significato. Ricordi il giorno in cui mi hai chiesto cosa c'era nel vino che ti avevo mandato?»
Adeline annuì, non riusciva a distogliere lo sguardo da quello di Miranda. «Sì.»
«Qui io mi sento in sintonia con la natura, sento di far parte di qualcosa, capisco di avere uno scopo. Per questo ti ho mandato quel vino: racconta di me e delle persone che hanno fatto parte della mia vita.»
In quel momento Adeline si accorse che lei aveva fatto il contrario. Si era chiusa in sé stessa. Ripensò a Fleur, a come la collega avesse cercato di avvicinarla. Pensò a Janus. Anche lui si era riavvicinato. Aprirsi però significava mettersi a nudo, e la sola idea la spaventava.
Non voleva continuare a riflettere su ciò che le aveva appena detto Miranda, anzi non vedeva l'ora di uscire dal luogo in cui l'aveva imprigionata il suo discorso. Era troppo difficile da affrontare. Aveva appena iniziato a prendere in considerazione molte cose, ma le mancavano le forze per affrontarle tutte insieme.
«Cos'altro ti diceva Ianira?»
«Oh, lei mi diceva molte cose... A un certo punto della vita uno dovrebbe limitarsi a guardare, lasciando il lavoro fisico ai giovani... per questo le mie energie iniziano a scarseggiare, sostituite dalla pesantezza dell'età.»
Parole semplici, concetti ovvi. Le fu grata di quella pausa e sorrise. Adesso Miranda procedeva spedita verso l'estremità opposta del vigneto.
«Allora, che fai lì? Vieni che abbiamo un lavoro da fare.»

D'un tratto era piena di allegria. «Non abbiamo mica tutto il giorno a disposizione.»
«Eccomi.» La raggiunse e desiderò abbracciarla.
Miranda afferrò un viticcio che intendeva preservare e lo ripulì con delicatezza. Le lanciò uno sguardo eloquente. «Quel filare è tutto tuo, bambina mia.»
Adeline osservò le dita lievi della donna riordinare la chioma delle viti, la sua espressione intensa, la forza persuasiva del gesto, e provò il desiderio di avere la stessa energia, la stessa fiducia nel domani, la stessa dolcezza. Inizialmente procedette con attenzione, confrontando il suo operato con quello di Miranda, poi si fece via via più sicura e il compito che le era stato assegnato l'assorbì completamente. Notò che le piccole foglie verdi sembravano fremere di allegria. Era immersa nel riverbero del sole, cullata dal canto dei gabbiani e dallo sciabordare delle onde. Tutto aveva un odore, un profumo, un suono. E come le era accaduto la volta precedente i pensieri l'abbandonarono, lasciandola dove l'unica cosa che contava veramente erano le sue emozioni, era lei.

Quella volta pranzarono all'aperto. Miranda aveva disposto le pietanze su una tovaglia, c'erano trofie al pesto, una forma di pane fatto in casa, frutta, formaggi e miele.
«Non credevo potesse essere così appagante.» Adeline addentò una mela, il succo era aspro, delizioso. Al suo fianco Miranda teneva il viso sollevato verso il sole. Si erano sdraiate rivolte verso il mare, la schiena su un cumulo di sabbia.
«La felicità è semplice, curioso, vero?»
Valutò la questione per un istante. Era vero, ma ciò che la stupiva realmente era l'energia che la pervadeva, quella sorta di desiderio per le cose. Era come se nell'arco degli anni, soprattutto gli ultimi, avesse perduto la curiosità, il bisogno, la smania. Si erano come dissolti, sostituiti da una sorta di apatia. E lei si era assopita, distaccata, era diventata impermeabile alla vita. Si incupì.
«Brutti pensieri?»

Miranda adesso la osservava con attenzione, la mano sulla fronte a schermarle il viso dal sole.
Scosse la testa. «No, ricordavo...» Guardò il mare, le onde che si infrangevano sulla spiaggia. Il ritmo lento, sempre uguale, sempre diverso. Era una sensazione bella, di pace. Le sarebbe piaciuto abbandonarsi, dimenticare tutto. Le sarebbe piaciuto prendersi un'altra pausa, fermare il tempo, restare così. Ma non poteva farlo. Era andata lì con uno scopo preciso. Così attese giusto un altro istante prima di rivolgersi a Miranda.

«Mi puoi raccontare come andarono le cose il giorno in cui sei andata in clinica per avere il tuo bambino?» Si rese conto che non avevano nemmeno mai parlato del padre di Nikolaj. Faticava a chiederle qualcosa che non fosse strettamente necessario perché sapeva quanto rivangare il passato la ferisse. Ma dopo il fallimento al Cabinet Médical Saint-Rémy aveva davvero pochissimi elementi e aveva bisogno di trovarne degli altri. Poi comprese che c'era anche dell'altro: voleva conoscere meglio Miranda, voleva sapere della sua vita, di quando era bambina, dei suoi genitori. Nutriva nei suoi confronti un interesse che andava oltre la curiosità. Che la toccava intimamente.

L'espressione di Miranda si fece pensierosa. Distese la testa all'indietro, come se dormisse. Ma sotto le palpebre chiuse Adeline riusciva a scorgere il movimento frenetico degli occhi. A cosa stava pensando? Il silenzio si prolungò. Iniziò a preoccuparsi. «Perdonami... non volevo angosciarti.» Era mortificata, si era lasciata trasportare.

Miranda si tirò su, la sua voce dapprima incerta divenne sempre più chiara. «Accadde tutto all'improvviso. Ricordo che gli zii erano fuori città. Viaggiavano molto. Rosalie mi accompagnò in clinica. Lei era la governante, si prendeva cura di me. Mi lasciò all'ingresso della clinica e io compresi che da quel momento me la sarei dovuta cavare da sola. Invece arrivò una donna.» Fece una pausa. «Era molto giovane.» Altra pausa. «Restò con me durante il travaglio. Ricordo le sue parole gentili, la mano fresca che teneva la mia, la voce. Mi aiutò a superare i momenti più difficili. Fu lei a far nascere Nikolaj, il dottore arrivò più tardi, quando tutto era finito.»

Adeline si mordicchiò un labbro. «Un'ostetrica?»

«Immagino di sì. Aveva una divisa bianca. Una cuffia.» Tacque, lo sguardo lontano.

Guidata dall'intuito, Adeline attese, le lasciò il tempo di recuperare. Dopo un po', Miranda riprese a parlare. «Si chiamava... Léonie...» rivelò, con espressione stupita. «L'ostetrica si chiamava Léonie.»

"Un nome", pensò Adeline. "Abbiamo un nome." Quasi non riusciva a crederci. Avrebbe voluto abbracciarla, ma si accorse del suo turbamento. Miranda si era alzata a fatica, aveva iniziato a riporre il cibo nei contenitori. Era lì con lei, pensò Adeline, ma era anche nel passato. Sapeva che in quel momento aveva necessità di spazio, di trovare una via d'uscita che le permettesse di osservare tutto con la giusta prospettiva. La memoria torna in piccoli frammenti, è una cosa con cui bisogna venire a patti. Solo chi è passato attraverso un evento traumatico sa quanto possa essere angosciante quel gioco a nascondino con la propria mente.

Adeline avrebbe voluto avere più riguardo per i suoi sentimenti, aspettare ancora, ma le servivano informazioni, aveva bisogno di capire. L'aiutò a riordinare, quando terminarono si armò di coraggio. «Chi era il padre di Nikolaj?» le chiese.

Miranda sollevò la testa, quindi si voltò a guardare il mare. «Era un ufficiale.»

Adeline si irrigidì. Aveva fatto delle ricerche, sapeva che dopo la seconda guerra mondiale molti italiani erano stati cacciati dall'Istria e i loro averi confiscati e nazionalizzati. Sapeva anche che i genitori di Miranda erano scomparsi. Le ci vollero pochi secondi per collegare gli eventi e le si gelò il sangue. «Non volevo rievocare brutti ricordi.»

«Non l'hai fatto. Lui mi ha aiutata, mi ha protetta. Ma io non potevo restare lì, non volevo farlo, desideravo andare via, ricominciare da capo, per questo mi ha accompagnata al confine con l'Italia.» Fece una pausa. «Lui scelse di tor-

nare indietro. Ci siamo detti addio... Non l'ho mai più rivisto. Dubito che sia ancora vivo.» Adeline comprese che c'era dell'altro, qualcosa di così doloroso che Miranda non aveva intenzione di rievocare. Un sorriso triste apparve sul suo volto, dopo qualche istante riprese la storia.
«Rischiò molto per salvarmi e... vedi, Adeline, in quel momento la città era in mano alle autorità iugoslave. C'era chi credeva davvero nel nazionalismo, nella proprietà collettiva, e poi c'era chi desiderava unicamente vendicarsi e non solo dei torti subiti: era gente violenta, per incorrere nella loro rabbia bastava portare un nome diverso. Appartenere a un'etnia differente...» Silenzio, ci volle qualche secondo prima che Miranda riprendesse il suo racconto. «Le persone tendono a riunirsi in gruppi omogenei, si sentono al sicuro all'interno di quei confini, e così facendo escludono gli altri. È facile, in seguito, incolparli delle proprie miserie. Comodo, no?» Un'altra pausa, le mani adesso erano due pugni che stringevano il nulla. «Quella gente... non li dimenticherò mai. Arrivarono con dei carri e trasportarono all'interno della mia casa, della casa dei miei genitori, i loro mobili. C'erano donne che si contendevano gli abiti di mia madre, si pavoneggiavano con i suoi gioielli.» Un'altra pausa. «Ero furiosa, io... non so cosa mi prese, ma iniziai a urlare, a strappare loro ciò che avevano rubato.» La voce era rapida, sottile. Adeline iniziò a preoccuparsi. Miranda però continuò a raccontare. «Mi guardavano sbalordite, capisci? Come se fossi io la pazza, come se fosse normale entrare in una casa e depredarla.» Un respiro, un singhiozzo. «Alcune di loro si scusarono e mi restituirono il maltolto: credevano che la casa e il suo contenuto fossero abbandonati. Altre invece reagirono, mi dissero cose terribili.»
Adeline deglutì, le sembrava di vedere la scena. I fiori che sbocciavano, ignari della tragedia che si stava consumando; i vialetti deserti, un tempo percorsi da auto lussuose; il miserabile trionfo dei predatori di chi era caduto in disgrazia. Avveniva di continuo, come in un ciclo perverso.

La storia era piena di episodi simili, la gente non imparava mai.

«Uno di loro mi urlò che sarei dovuta morire con i miei genitori... E in effetti fu un caso che non fossi con loro la sera in cui caddero in un agguato.» Ancora silenzio. Miranda era pallida. «Aggiunse che ero una sporca italiana e mi colpì, e continuò a farlo finche lui... finché il padre di Nikolaj intervenne e gli...» Non concluse la frase e Adeline non ebbe il coraggio di porle altre domande. Poco dopo, Miranda proseguì. «Da quel momento le cose per me migliorarono, nessuno mi infastidì più. Ma quel giorno io persi ogni speranza di riavere la mia vita.» Sollevò lo sguardo. «Sono nata a Capodistria, come mio padre, mio nonno e il mio trisavolo. Dovrei risalire per generazioni prima di trovare il Gravisi-Barbieri che lasciò Venezia per la terraferma. Ma a quella gente non importava. Loro vedevano solo un nemico, qualcuno di diverso che andava eliminato. Volevano quello che la mia famiglia aveva realizzato. Qualcuno gli aveva detto che era di tutti. Noi eravamo nemici solo perché esistevamo. La ragione è sempre esclusa dalla guerra, Adeline, sempre! Non ci sono logiche. Una volta presa la strada della violenza c'è solo ed esclusivamente il male. Chi sostiene di essere dalla parte giusta e scagiona il proprio operato, mente. Non esiste una parte giusta quando uccidi. Ci sono solo odio e crimini. Niente può giustificare la sofferenza, il sangue e la morte. Nessuna ragione al mondo.»

Miranda era stanca, stravolta. Era come se all'improvviso il dolore profondo e devastante che aveva tenuto sotto controllo per tutto quel tempo fosse deflagrato. Adeline avrebbe voluto rimangiarsi la sua domanda, abbracciarla e dirle che andava tutto bene, che avrebbe ritrovato suo figlio. Le avrebbe promesso qualunque cosa pur di vedere ancora il suo sorriso. «Mi dispiace...» sussurrò. Ma lei non la sentì, era immersa nei propri pensieri, in un passato che faceva ancora parte di lei.

Mentre salivano insieme verso il terrapieno, Adeline decise che da allora in poi l'avrebbe disturbata solo in caso di assoluta necessità. Poteva scoprire ciò che le serviva in altri modi. Non le avrebbe detto della clinica. Non ancora. Prima voleva fare un altro tentativo.

Una volta raggiunto il castello, attese che Miranda si ritirasse, quindi fece il punto della situazione. Aveva un nome, ma le mancava ancora qualche spiegazione. Tirò fuori il blocco degli appunti e lavorò per un po'. La sera incombeva. Seduta nella terrazza coperta, Adeline guardava l'orizzonte.

«Posso portarle qualcosa da bere?»

«Oh, grazie, Lara», rispose alla governante, «sto bene così. Sa per caso se il signor Riccardo è in casa?»

Lei annuì. «Sì, l'ho visto poco fa, era nel suo studio.»

«Bene, grazie.» Ricambiò il sorriso della donna e rientrò in casa con il bloc-notes tra le mani; attraversò un corridoio e scese le scale. La porta dell'ufficio era socchiusa. Bussò e si sporse verso l'interno. «Ciao, Riccardo. Posso parlarti?»

«Certamente!» Le sorrise invitandola a entrare.

In quel momento Adeline si accorse che c'era un'altra persona. «Scusami, torno più tardi.»

«Assolutamente no, abbiamo finito.»

Adeline sentì gli occhi dell'assistente di Riccardo su di sé. Era trascorso del tempo da quando si erano conosciute, eppure Romina continuava a restare sulle sue. Prima o poi avrebbe dovuto scambiare due chiacchiere con lei. Accarezzò il cagnolino che era accorso a farle le feste e pensò che lui fosse decisamente più amichevole della sua padrona.

«Puoi andare, Romina, per ora è tutto, grazie.»

«Va bene.»

Dopo un ultimo sguardo a Adeline, si alzò lasciandoli soli.

«Dimmi tutto, mia cara, cosa posso fare per te?»

«Miranda si è ricordata di un nome.»

Sorpreso, Riccardo le indicò la sedia davanti alla scrivania. «Di chi si tratta?» le chiese.

«Credo possa essere l'ostetrica che l'ha assistita durante il parto.»

Lui rimase un istante in silenzio. «Ero contrario a questa

ricerca... e continuo a esserlo», precisò. «Ma lei ha bisogno di sapere.»

«Sono d'accordo.» Per quanto fosse difficile rivangare il passato, per Miranda era fondamentale conoscere la verità.

«Ammiro il coraggio di mia moglie, la sua forza, ma ogni volta che ne parliamo tutta la sofferenza torna in superficie.» Si passò le dita tra i capelli e sospirò. «Dunque adesso abbiamo il nome della clinica e quello dell'ostetrica. Mi sembra un ottimo risultato, giusto?»

Avrebbe dovuto esserlo. Ma la realtà dei fatti la portò dritta a quello che voleva dirgli: «L'ospedale si è rivelato un buco nell'acqua».

Lui si tolse gli occhiali posandoli sul tavolo e si stropicciò gli occhi. Era pallido e aveva uno strano colorito.

«Ti senti bene?» gli chiese preoccupata.

Riccardo la fissò e sorrise. «Quello che stai facendo per mia moglie è molto importante. La speranza di ritrovare Nikolaj le ha dato molta forza. Aspetta, lasciami finire.» Fece una pausa e si schiarì la voce. «Miranda è afflitta da un assurdo senso di colpa perché non ha cercato la tomba di suo figlio. È convinta che se lo avesse fatto avrebbe capito subito che le cose non erano andate come le era stato detto. Rimpiange quell'istante. E io la capisco. Nella vita di una persona c'è un momento in cui devi scegliere tra vivere o morire. Più si è giovani, più quella scelta è appannaggio dell'istinto. Lei ha deciso di lasciarsi tutto alle spalle, ricominciare da capo. Era come se, con la morte di suo figlio, si fosse conclusa una parte della sua vita. Aveva perduto tutte le persone che aveva amato, le restava una sola scelta: morire con loro o andare avanti. Per mia fortuna, per la fortuna di molte persone, mia moglie ha dimostrato di avere sufficiente coraggio.»

Decidere di vivere. Il coraggio di farlo. Il legame con gli altri. Adeline non riusciva a distogliere lo sguardo dal suo.

«Vedi», continuò Riccardo, «ci sono tanti generi di persone, e poi ci sono quelle che illuminano la vita di chi ha la fortuna di stare loro accanto: trovano sempre il lato bello delle cose, possiedono energia e la trasmettono a tutti, co-

me tutti cadono ma si rialzano più rapidamente perché scoprono sempre il modo di resistere a qualsiasi cosa accada. Ma non lo fanno solo per sé stesse, nel loro percorso includono gli altri, li aiutano, si prendono cura di chi amano.» Un'altra pausa, un sorriso. «Qui da noi lavorano persone speciali, hanno tutte un passato... difficile. Loro amano mia moglie, ecco perché questo è un posto unico. Qui, in questo luogo, la gente desidera che le cose vadano bene, si impegna affinché ciò avvenga.»
C'era una tale tenerezza nei suoi occhi, nella voce. Era tutto vero, Riccardo aveva ragione. L'approccio alla vita era anche una scelta.
«Se c'è qualcuno che può trovare notizie su Nikolaj sei tu perché a te importa di lei, di noi. Perché credi in quello che fai.»
Crederci... era la stessa cosa che aveva detto a Damien: lui aveva creduto in lei; e lei aveva creduto in Miranda. Sorrise a Riccardo. La loro amicizia l'aveva cambiata. Adeline si sentiva meglio, più forte, motivata. «Troverò Nikolaj.»
Riccardo le sorrise. «Brava, la mia ragazza.»
Mentre usciva dallo studio incrociò Carlo, il braccio destro di Riccardo. L'uomo le sorrise timidamente. Era un tipo singolare, molto gentile, che parlava sempre a voce bassa. Viveva nella tenuta. Riccardo le aveva detto che Miranda aveva cambiato la vita di tante persone. L'aveva fatto anche lui? All'improvviso, le venne in mente il professore: sicuramente lui le aveva cambiato la vita, anche se all'inizio Adeline non lo aveva capito. Ci pensava sempre più spesso negli ultimi tempi perché, in qualche modo, il professore era diventato la sua guida in quella ricerca. Se solo le cose fossero andate diversamente tra loro... Ma non era il momento di pensare al passato, doveva concentrarsi, aveva bisogno di idee nuove.
Adeline ripassò mentalmente ciò che aveva scoperto e lo separò dal resto. Léonie, infermiera, ostetrica. Secondo Miranda era giovane quando l'aveva aiutata a partorire. Sperò che fosse ancora viva. Continuò a pensare a quello che aveva appreso dal racconto di Miranda: era stata la go-

vernante ad accompagnarla alla clinica; gli zii erano fuori città. Nei registri si faceva menzione solo del ricovero, del parto e delle cure successive, ma non c'era nulla sul bambino. Davanti a lei si apriva tutta una serie di possibilità. C'erano tante cose di cui tenere conto. "Léonie, chi sei?" si chiese.

Adeline era sempre più convinta che a conoscere la verità fosse proprio la donna che una vita prima aveva assistito una ragazzina sola e spaventata.

Doveva trovarla, era l'unica pista veramente concreta che aveva.

18.

La fasi della luna scandiscono da sempre i tempi dell'agricoltura. Secondo la tradizione il periodo migliore per impiantare i vigneti è con la luna crescente, la potatura andrebbe eseguita in inverno, con la luna calante, la vendemmia durante la luna piena.

Erano *sei* le donne di nome Léonie che avevano lavorato al Cabinet Médical Saint-Rémy a cavallo tra il 1949 e il 1950. Adeline impiegò una settimana per trovarle. Un'intensa settimana di ricerche che avevano assorbito tutto il suo tempo libero, i suoi pensieri, la sua energia.

Dopo aver terminato il turno di lavoro, era rimasta nella sala riunioni del municipio, come se la vicinanza all'archivio potesse fornirle le informazioni che ancora non aveva trovato. Accanto a lei, c'era ciò che restava di un panino e di una bottiglietta d'acqua – il suo pranzo – oltre a tutta una serie di fogli, post-it e appunti. Riprese a scrivere sulla lista che aveva davanti. Segni, più che altro, scarabocchi della sua frustrazione.

«Riprendiamo da capo...» si disse.

Era davvero stanca, eppure non riusciva a smettere. Aveva cerchiato i nomi con la penna rossa. Accanto a ognuno aveva scritto quello che sapeva, la data di nascita e il periodo in cui aveva lavorato alla clinica; di alcune aveva persino scoperto la data di morte e intendeva contattare i parenti, perché qualsiasi informazione poteva rivelarsi utile. Non aveva trovato nulla sulle mansioni che svolgevano, e quello la preoccupava. Riordinò nuovamente tutti gli oggetti, le penne, i fogli, le matite. Continuava a sentire la necessità di scrivere a mano perché la aiutava a dare concretezza al pensiero.

Abbi fiducia nella curiosità, Adeline, ascoltala e agisci con passione.

Sospirò e dopo aver ragionato su alcuni dettagli comprese che non poteva più aspettare. Doveva agire, doveva farlo subito. Prese il cellulare e compose il primo numero della lista.

«Buongiorno, mi chiamo Adeline Weber, cerco madame Léonie Dustant... Ah, mi dispiace molto per la sua perdita... No, lavoro per gli archivi del comune di Nizza, sto conducendo una ricerca. Sua moglie era un'ostetrica? No? Capisco. Non importa, grazie lo stesso.»
Tracciò una linea netta. Sospirò e continuò con gli altri nominativi.
«Buongiorno, mi chiamo Adeline Weber, potrei parlare con madame Lagarde? È lei! Meraviglioso. La chiamo per chiederle notizie del periodo in cui lavorava per il Cabinet Médical Saint-Rémy di Nizza. Dunque si tratta di sua madre... È possibile parlare con lei? Oh, mi dispiace. Perdoni se la disturbo ancora, posso chiedere in che reparto lavorava? Oculistica... Va bene. Grazie comunque.»

Adeline si mordicchiò un labbro: con quella erano quattro le Léonie che aveva contattato. Una non aveva risposto. Le restava da sentire l'ultima, solo che non ne aveva la forza. Si sfregò la fronte, gli occhi chiusi e il morale sotto i tacchi.
«A che punto sei?»
Sollevò gli occhi su Fleur e sospirò. «Ogni volta che credo di aver trovato qualcosa mi devo ricredere.»
«Raccontami tutto.»
«Ho i nomi, i luoghi, le date, eppure non riesco a venirne a capo. E tu? Hai scoperto qualcosa?» chiese con una luce di speranza negli occhi.
«Niente di nuovo.»
Adeline esaminò la lista che la collega le porgeva.
«Sono i nati di maggio, ci sono tutti i maschi, quelli che ci interessano.»
Adeline le rivolse un'occhiata interrogativa.
Fleur le indicò il foglio. «Ho effettuato una prima scrematura, considerando solo i bambini orfani, quelli non riconosciuti alla nascita e inviati ai vari orfanotrofi. Non sono molti.»

«Capisco.» Adeline tornò all'elenco. Il respiro all'improvviso si fece affannoso, le ci volle tutta la sua determinazione per recuperare il controllo. Poveri piccoli! Erano venuti al mondo per sbaglio, indesiderati come lo era stata lei. Il pensiero non avrebbe dovuto causarle dolore. Era antico, vecchio, lontano. Eppure le doleva il petto in un modo che la sorprese. Le ci volle qualche minuto a recuperare il controllo.

«Qui invece ci sono i morti.» Fleur le allungò un altro foglio.

Esaminò anche quelli, ma non riuscì a evitare di portarsi la mano alla bocca.

«Sei troppo coinvolta, Adeline.»

Distolse lo sguardo. Era vero, era intimamente coinvolta. Lo era a tal punto che non riusciva a pensare. Era come paralizzata in un limbo, correva da una parte all'altra senza meta. Ma aveva i piedi pesanti, come se qualcosa le impedisse di raggiungere risultati.

«Grazie per il tuo aiuto, Fleur.»

«Spero che tu riesca a venire a capo di questa storia.»

«Me lo auguro anch'io», rispose con un mezzo sorriso. Le sembrava di essere in un vicolo senza uscita: ovunque cercasse non trovava nulla. Si sentiva impotente, frustrata.

Fleur le rivolse un'occhiata di disapprovazione. «Stai esagerando, prenditi una pausa, riposati.»

«Lo farò appena riuscirò a trovare qualcosa di concreto.»

La collega sospirò. «Se ti serve altro sai dove trovarmi.»

«Va bene.» Adeline era davvero stanca, si stropicciò gli occhi, chiudendoli per un istante.

Detestava sentirsi così. Avrebbe voluto trovare un indizio valido tra i documenti che Fleur le aveva consegnato, le sarebbe piaciuto uscire da lì con un sorriso.

«Adeline!»

Trasalì. «Ciao», mormorò.

«Che succede?» chiese Janus avvicinandosi. Incombeva su di lei, sembrava preoccupato. «Ti ho chiamata un paio di volte, ma era come se non riuscissi a sentirmi.»

«Sono solo un po' provata.»

«Quando hai mangiato l'ultima volta?» Le scostò i capelli dal viso adagiandoli delicatamente dietro la spalla.
Turbata dalla sua vicinanza, Adeline si concentrò sulla domanda. A parte un panino e qualche mela? A casa di Miranda, la sera prima di rientrare a Nizza. «Sto bene.»
«Io no, muoio di fame. Andiamo, Ada, troviamoci un bel posto dove cenare in santa pace.»
Le piaceva quando la chiamava così. Quel nomignolo la colmò di una leggerezza che si portò via un po' della sua frustrazione.
Le sarebbe piaciuto, pensò. Le sarebbe piaciuto dimenticarsi di tutto, avere un momento per sé, stare con lui. Invece scosse la testa. «Non sarei di compagnia, mi dispiace Janus.»
«Nemmeno io se è per quello, ma non possiamo mica farci dominare dal malumore, giusto?» Le sfiorò nuovamente i capelli, e questa volta indugiò sulla spalla. Adeline rabbrividì.
D'un tratto lui sorrise come se si fosse ricordato di qualcosa. «E comunque mi devi ancora una cena.»
«Non mi pare.»
In realtà lo ricordava benissimo, ma lui non si era più fatto sentire.
«Place Masséna, lungomare. Ho una memoria eidetica e uditiva, Adeline, non dimentico mai nulla.»
«Sto lavorando», rispose, ma era una scusa così patetica che si sentì arrossire.
«Bene, ti aiuto. Un punto di vista nuovo e fresco può fare miracoli, lo sai anche tu, e comunque dobbiamo uscire, il municipio sta chiudendo.»
Era così tardi? Guardò le vetrate sorpresa, le luci della città brillavano al crepuscolo. Il tempo era volato.
«Non mi sono resa conto.»
L'aiutò a radunare i fogli. Fece per prendere la borsa dove teneva i suoi raccoglitori ma lui la precedette.
«Faccio io, è piena zeppa.»
«Guarda che li ho portati qui da sola e li posso riportare a casa senza il tuo aiuto.»

«Non se ho le mani libere. Andiamo, Adeline, sono il doppio di te, non mi pesano.» Janus uscì portandosi dietro le sue cose e a lei non restò che corrergli dietro. «Aspettami!» gli urlò, ma lui continuava a camminare rapidamente.
«Siamo gli ultimi, Ada, sbrigati.»
Intorno a loro c'erano silenzio, le luci basse, i corridoi e le stanze vuote.
Janus rallentò quando raggiunsero l'esterno. «Ho la macchina nel parcheggio.»
Adeline era seccata. «Che ti prende?» gli chiese accigliata. «Perché fai così?»
«Potrei chiederti lo stesso. Perché mi hai evitato in questi ultimi giorni?»
Lo aveva intravisto a malapena, c'erano state delegazioni, visite ufficiali, lui era sempre impegnato. «Credevo avessi da fare.»
«Infatti, ma questo non c'entra nulla con quello che avevamo deciso. Un appuntamento è un appuntamento!»
Lei socchiuse le labbra, gli occhi nei suoi. Era stato così importante per Janus?
«La gente spesso dice cose che non pensa.»
Aveva aspettato che lui la richiamasse, voleva essere certa che desiderasse vederla. Quando non si era fatto sentire c'era rimasta male, ma in un certo senso aveva provato sollievo, aveva pensato che il suo invito fosse solo una cortesia, solo parole. Le persone mostravano un aspetto di loro che sceglievano con cura, ma tenevano ben nascosto il resto. E lei? Lei non faceva eccezione.
Lui si accigliò. «Mi conosci abbastanza da sapere che non parlo a vanvera, non sono cambiato così tanto, Ada.»
Lo aveva ferito? «Mi dispiace», mormorò.
«Per cosa ti stai scusando? Potresti essere più precisa?»
Le ci volle un istante per capire che la stava prendendo in giro. Il suo sorriso era sincero. A differenza di lei, Janus non interpretava una parte. Lui non ne aveva bisogno. Forse per questo piaceva a tutti. Persino Valérie, dopo un primo momento di incertezza dovuta alla sua innata sfiducia nella gente, era caduta ai suoi piedi; Lucien non faceva al-

tro che vantarsi di averlo come dirigente; Chloé era persino imbarazzante.

Quanto a lei, non poteva negare che il dipartimento funzionasse al meglio. All'inizio, la decisione di assegnarla alla direzione della sala di consultazione l'aveva irritata, ma doveva riconoscere che da quando si occupava di assistere i ricercatori era più soddisfatta.

«Sono contenta che tu abbia preso il posto di Dupont.»

Janus inarcò un sopracciglio. «Lo dici in un modo strano.»

«Quando ho saputo che saresti stato tu il nuovo direttore ho pensato di chiedere il trasferimento.»

Janus le rivolse un'occhiata perplessa. «Se vuoi scaricarmi devi impegnarti di più, Ada.» Aprì la vettura e depositò i raccoglitori. «Ciò che conta per me sono i fatti, le intenzioni si perdono nel mare dei se e dei ma. Ora sei qui con me, il resto non conta.»

«È così che ti sbarazzi di ciò che ti disturba?» Iniziava a infastidirsi sul serio.

Janus si strinse nelle spalle. «Ho imparato a scegliere. Immagino che valga anche per te visto che sei qui. Andiamo o vuoi continuare a litigare? E comunque ti informo che bisogna essere in due per riuscirci, e a me non va.»

Non gli importava, pensò stupita. Nessuna irritazione, nessun fastidio. Le era bastato molto meno per rompere con lui la volta precedente. Perché diamine si stava comportando così?

L'aria le sferzava il viso insieme a una pioggia leggerissima che si impigliava nei capelli e le colava sul mento. Lui la fissava. Quegli occhi, quello sguardo. Lo conosceva abbastanza da sapere cosa stava pensando. Arrossì. Poi gli voltò le spalle e si incamminò verso il centro storico. Quando sentì i suoi passi che la seguivano lasciò andare il respiro. Lui era una complicazione, no, una montagna di complicazioni, però l'aveva raggiunta e camminava al suo fianco, le lunghe ciglia scure imperlate di pioggia, l'espressione allegra. Quell'uomo era un pazzo.

No, era lei a essere impazzita.

Perché avrebbe dovuto stargli alla larga, invece erano insieme. «La gamba», disse indicandola. «Cosa ti è successo davvero?»
Lui si fermò davanti a un'insegna. «Ti va una pizza?»
Era la seconda volta che eludeva la sua domanda. «Sì.»
«Perfetto!» Le aprì la porta e attese che lei entrasse. Non era abituata a quel genere di cortesie, la mettevano a disagio. Allo stesso tempo, però, era sensibile alla gentilezza, così gli rivolse un timido sorriso di ringraziamento. Il bistrot era moderno e luminoso, ed era pervaso di profumi inebrianti. Janus le indicò un tavolo accanto alla vetrata, aveva una bellissima vista sul mare.
«Tra qualche settimana apriranno la terrazza.»
Non le piacevano i luoghi chiusi, aveva sempre preferito stare fuori anche con il brutto tempo. La sorprese che lo ricordasse e le fece piacere. «Allora?»
Erano seduti uno davanti all'altra. Janus leggeva il menu.
«Vuoi rispondermi?» Non aveva nessuna intenzione di lasciar perdere.
Lui posò la carta sul tavolo, gli occhi nei suoi. «Cosa vuoi sapere?»
«Dubito che un libro ti sia caduto addosso ferendoti... perché non vuoi dirmi cosa ti è accaduto veramente?»
Lui sospirò e scosse la testa, quindi sollevò gli occhi al soffitto prima di riportarli su di lei. «Ho lavorato per il Blue Shield.»
Recupero di beni culturali in teatri di guerra. Adeline rabbrividì. Conosceva quell'organizzazione e lo straordinario lavoro che faceva per salvare la cultura mondiale nei luoghi più pericolosi del mondo.
«Una missione complessa?»
Lui sostenne il suo sguardo. «È esplosa una granata.»
Adeline sgranò gli occhi. Questa volta fu lei a prendergli la mano. «Potevi morire...»
«Sono stato fortunato. Me la sono cavata molto meglio di altri, ma sono rimasto in ospedale all'estero per un po' di tempo.»
«Per quello hai deciso di tornare in Francia?»

Lui annuì. «Tra le altre cose.» Le passava il pollice sul dorso della mano, lentamente. Era una carezza, un contatto intimo. Adeline rabbrividì turbata. Si era accorto di quello che stava facendo? Non lo sapeva ma rimase com'era, stretta a lui.

«Adesso è il tuo turno, Ada. Raccontami cosa ti sta succedendo.»

19.

A Montalcino, tra i vigneti, si possono ascoltare le opere di Mozart. La musica del compositore, secondo alcune teorie, possiede frequenze capaci di stimolare la crescita e il benessere della vite.

Adeline non trovava le parole. Erano lì, nella sua mente, ma lei non riusciva a piegarle, a modellarle affinché esprimessero ciò che provava.
Davanti a lei, Janus attendeva con pazienza.
Cosa poteva dirgli? O meglio, come poteva farlo?
Non si trattava più soltanto di Miranda, adesso c'era molto di più in gioco. Si sentiva parte di quella storia che di fatto non le apparteneva, ma che in realtà le era entrata dentro. «Ti ricordi la mia amica?»
Lui socchiuse le palpebre. «Quella che cercava il figlio?»
«Sì, ho scoperto in quale ospedale è avvenuto il parto. Ma anche lì non c'è nessuna traccia del bambino.»
«Tu però sei certa che sia esistito.»
«Sì. Vedi, di recente lei ha incontrato un uomo. Somigliava in modo incredibile al padre di suo figlio, tanto da spingerla a indagare. È venuta in municipio, a Nizza, ma non c'era traccia di lui in anagrafe.»
«È lì che vi siete conosciute?»
«Sì.»
Janus versò a entrambi un bicchiere d'acqua.
«Miranda ha avuto una grave emorragia e poi è entrata in coma. È stata trasferita in un ospedale specializzato. Del bambino si sono perse le tracce.»
«Parenti?»
«Nessuno che sia ancora in vita.»
«Altri possibili testimoni?»
Sospirò. «Sto seguendo una pista. Abbiamo il nome dell'ostetrica: Léonie, non so altro. Risultano diverse don-

ne che in quell'arco di tempo hanno lavorato in clinica. Ne ho già contattata la maggior parte. Un buco nell'acqua.»
«Continua.»
«Tre lavoravano in altri reparti.»
Lui annuì, concentrato su di lei. «Hai parlato con i familiari?»
«Li ho chiamati in un secondo momento.»
Janus strinse nuovamente le palpebre, il pollice continuava a disegnarle dei cerchi sulla pelle. Adeline iniziava a provare un certo fremito, non era disagio, ma qualcosa di più profondo, di intimo, che la teneva allerta.
«Di cosa hai paura?»
La domanda la spiazzò. Si irrigidì, ma Janus non le permise di ritirarsi.
«Inizio io. Ho paura della stupidità umana, dell'assurda attrazione che alcuni uomini provano per la guerra. Ho paura del buio, dei lampi, dei rumori improvvisi. Mi sveglio la notte in un bagno di sudore e mi chiedo: perché? Perché la gente deve morire? Perché qualcuno odia dei perfetti sconosciuti che non gli hanno fatto nulla? Non ci sono documenti abbastanza preziosi che valgano la vita di un essere umano, eppure portarli in salvo è quello che ho fatto per tanto tempo. Recuperare tesori inestimabili, sapienza, ciò che di meglio ha prodotto l'umanità, la sua cultura, l'ingegno.» Fece una pausa. «Per quello si spendono capitali, si trovano finanziatori. E per aiutare donne e bambini innocenti? Perché non c'è il medesimo riguardo?»

Adeline tratteneva il fiato. Ecco che riaffiorava il suo sognatore, anche se ammaccato, abbattuto. Non era riuscito a salvare il mondo. La sua domanda era legittima, come la sua indignazione. «Ognuno di noi deve fare il meglio che può, Janus.»

Lui restò un istante in silenzio, poi le sorrise, ma c'era una grande tristezza sul suo viso. «È quello che stai facendo tu?»

Adeline impallidì e ritirò la mano. Questa volta lui la lasciò andare.

«Ecco le vostre pizze.»

Il cameriere le posò sul tavolo e si dileguò. Quando Janus iniziò a mangiare sembrava perso nei suoi pensieri. «In un monastero in Yemen c'erano libri che pensavamo ormai perduti, codici medievali, c'era anche un ragazzo. Ho cercato di farlo imbarcare insieme alle casse, ma non mi è stato permesso. Ci ho riprovato con una donna e sua figlia, niente da fare, un altro rifiuto.»

Era livido, la sua allegria era sparita, sostituita da un'espressione che Adeline non gli aveva mai visto prima. «E poi cosa è accaduto?»

Lo vide irrigidirsi.

«Ho dato le dimissioni. Non che fosse colpa loro, intendiamoci, loro avevano fatto le richieste ai governi, si erano mossi nel modo opportuno e legale, ma a me a quel punto non importava più nulla. Con un paio di colleghi, un paio di amici», puntualizzò, «abbiamo radunato quante più persone potevamo e le abbiamo accompagnate al confine.» Un'altra pausa. «Ci siamo spinti troppo oltre, Ada, in una zona pericolosa. Per fortuna i guai veri sono iniziati quando tutti erano al sicuro.»

Non le avrebbe detto di più, ma in fondo a lei non serviva sapere altro. Era come se conoscesse già tutto, se riuscisse a leggergli dentro. «Mi dispiace», mormorò.

Janus sostenne il suo sguardo. «Lo so», disse piano e lei rabbrividì per l'intensità della sua espressione.

«Quanto ti fermerai a Nizza?» gli chiese, cercando di alleggerire la conversazione.

«Abbastanza da decidere cosa fare. Non è semplice, non fraintendermi. Amo il mio lavoro, ma ci sono momenti in cui metti tutto in discussione. Ti chiedi se ha senso ciò che fai, passi le ore a immaginare scenari alternativi che però sono impossibili.»

Adeline guardò il mare, dopo riportò l'attenzione su di lui. Sapeva che era arrivato il suo turno, ma restò in silenzio.

Janus però non aveva intenzione di cedere. «Perché ti sei limitata a telefonare?»

«In che senso?»

«Lo sai meglio di me, quando si fanno delle indagini il rapporto umano è fondamentale.»
Adeline tolse qualche briciola dalla tovaglia. «Non sarebbe cambiato nulla.»
«Balle!»
Trasalì. «Non ti ricordavo così diretto.»
«Sono cambiato. E tu, Ada? Un tempo mi raccontavi tutto.»
No, pensò. Non tutto. Eppure quella frase ebbe il potere di entrarle dentro. Perché le sarebbe piaciuto essere sincera come lo era stato lui.
Così ci provò. Cercò la verità dentro sé stessa. Radunò parole e idee, e poi iniziò a parlare. «Non lo so... voglio trovare quell'uomo. Davvero, sai? Non penso ad altro, ma ho paura. E se fosse un errore?» Faticava a tenere a bada il respiro. Faticava a tenere testa ai pensieri. Ma forse non doveva. Così li lasciò liberi e gli confidò i suoi timori. «E se Nikolaj non la volesse incontrare? Sono passati quasi sessant'anni, Janus. Se dovesse essere vivo e, bada, sto soltanto formulando un'ipotesi, avrà una famiglia e probabilmente non ci sarà spazio per lei. Miranda soffrirà, capisci? È una donna buona, meravigliosa.» Scosse la testa. «Non voglio che stia male.»
«A chi ti riferisci?»
«Prego?» gli chiese perplessa guardandolo. Lui si avvicinò. Adeline poteva vedere le sfumature blu degli occhi, le linee che segnavano la sua pelle. Poteva sentire il suo respiro caldo solleticarle il viso.
«Stai parlando di Miranda o di te stessa?» La voce era dolce, morbida. Adeline serrò gli occhi. Era gelata fino al midollo. Lui non poteva sapere, non conosceva il suo passato. Fece per fuggire, ma Janus fu più rapido e le prese la mano. «Va tutto bene, calmati.»
Il cuore batteva all'impazzata. Provò nuovamente la morsa della paura, quella sensazione che la spingeva a indietreggiare, a sparire.
«Io ci sono, Ada, sono qui con te. Parlami... a cosa stai pensando?»

Deglutì, ma il nodo che le serrava la gola non voleva saperne di andarsene. Aveva cercato i suoi genitori, ma loro non volevano essere trovati. Non lo aveva detto a nessuno, nemmeno a Damien. A quell'epoca viveva insieme al professore e a sua moglie. Era stata felice con loro. Salomon l'aveva incoraggiata ad ascoltare la sua curiosità, a spingersi avanti, ad andare dritta al cuore delle cose. E lei aveva pensato di aver finalmente trovato le persone giuste.

Ma si era sbagliata.

Aveva la bocca asciutta, sorseggiò un po' dell'acqua che Janus le aveva versato nel bicchiere. Lui aspettava, ma lei non riuscì a dire altro. Distolse lo sguardo. Troppo tardi. Ormai i ricordi avevano preso il sopravvento.

Per lavoro, il professore aveva accesso a molti database. Una sera Adeline, approfittando della sua assenza, ne aveva utilizzato le credenziali per entrare nel sistema ospedaliero. Sapeva dov'era nata e una delle suore che si erano prese cura di lei le aveva rivelato data e ora di nascita. Non aveva avuto problemi a trovare la registrazione del parto. Il suo nome non c'era perché le era stato assegnato in seguito, ma quello non l'aveva fermata. Chissà che cosa stava cercando... Il nome di sua madre? Quello di suo padre? Qualcosa che potesse servire a rintracciarli? La verità era che non aveva trovato nulla, a parte alcuni dettagli: era nata di trentadue settimane, pesava un chilo e ottocento grammi, era lunga quarantasette centimetri e aveva un indice Apgar basso, così l'avevano messa nella culla termica. Ma di quello non le importava nulla. Quando aveva scoperto che sua madre aveva partorito in anonimato, il suo mondo era crollato insieme a tutte le sue illusioni, alle speranze, ai sogni. E alla sua fiducia nella genealogia. Sua madre non sarebbe mai venuta a riprenderla. Aveva deciso di non riconoscerla. Lei non avrebbe mai saputo chi fosse.

Adeline si sfregò i palmi sulla gonna. La cosa peggiore però era arrivata in seguito. La sua curiosità le era costata molto cara. Qualche settimana dopo, Damien era andato a riprenderla. Adeline ricordava con precisione quel momento. Fino ad allora si era fidata del professore e di sua moglie.

Mentre entrambi la rassicuravano sul fatto che presto avrebbero trovato il modo di portarla con loro in Svezia, dove lui aveva vinto il concorso per una cattedra universitaria, lei aveva radunato le sue cose, fatto la valigia, raggiunto la porta ed era salita in macchina senza voltarsi nemmeno una volta.

Due giorni dopo era fuggita insieme a Delphine e Rémi, i ragazzi più grandi della casa-famiglia in cui era stata ricollocata. C'erano voluti due anni prima che Damien la ritrovasse.

«Ada.» Janus le prese la mano e se la portò alle labbra.
«Scusami, mi sono distratta.»
Lui le sorrise. «E se lo facessimo insieme?»
Batté le palpebre. «Cosa?»
«Cercare quell'uomo. Il figlio della tua amica.»
Non capiva. «Perché lo vuoi fare?»
«Te l'ho detto, mi sto annoiando.»

Mentiva, e lo sapevano entrambi. All'inizio pensò di rifiutare. Poteva occuparsene da sola come aveva fatto per tutto quel tempo. Ma poi percepì qualcosa nel profondo, l'idea di stare a stretto contatto con quell'uomo la spaventava ma, allo stesso tempo, la intrigava e le piaceva. Restava da stabilire se aveva il coraggio di correre quel rischio. Lo guardò nuovamente.

«È rimasta solo una persona da sentire, le altre le ho chiamate tutte.»
«Benissimo, ci andiamo domani?»

20.

Nel museo di Spira, in Germania, è custodita una bottiglia che si ritiene contenga il vino più antico mai ritrovato. Faceva parte del corredo funebre di una tomba romana del IV secolo d.C. All'epoca, al vino venivano miscelati spezie, erbe e miele. Un sottile strato di olio d'oliva, invece, serviva a sigillare la bottiglia. Si suppone sia proprio questo ad aver permesso al liquido di superare i millenni.

La casa a due piani era piccola, persiane azzurre, un balcone ovale, lucernari sul tetto. Sembrava molto vecchia. Era in un quartiere periferico di Nizza. La folta siepe di gelsomino era così rigogliosa per le piogge dei giorni precedenti che aveva invaso il viale d'ingresso infestando persino una parte della recinzione.

Ferma sul marciapiede Adeline la guardava con un misto di ansia e apprensione. Forse la risposta a tutto ciò che cercavano era finalmente a portata di mano.

«Sei pronta?»

«Sì.» No, che non lo era, ma doveva farlo comunque. Quasi non riusciva a credere che stava per scoprire cosa fosse accaduto a Nikolaj.

Janus suonò il campanello. Dopo qualche minuto, un uomo di mezza età, barba incolta, espressione assonnata, aprì la porta. «Cosa posso fare per voi?»

«Salve», disse Adeline. «Cerchiamo madame Léonie Morel.»

Lui socchiuse le palpebre. «Aspettate un minuto, vedo se può ricevervi.»

Janus lanciò un'occhiata ai dintorni. «Forse sta riposando.» A fine mattinata? Era strano, pensò Adeline.

Ci volle ben più di un minuto prima che qualcuno si decidesse ad aprire.

«Chi siete?»

La donna che li stava guardando era troppo giovane per essere Léonie, pensò Adeline.

«Mi chiamo Adeline Weber, cerchiamo madame Morel.»

Dalla somiglianza con l'uomo che aveva aperto loro la porta doveva trattarsi della sorella, o comunque di una parente stretta, pensò Adeline facendosi avanti.

«Lavoriamo per gli archivi del comune e stiamo conducendo una ricerca sul Cabinet Médical Saint-Rémy.»

Lei li soppesò con lo sguardo, ma non disse nulla.

«Sua madre era un'ostetrica?» Adeline non aveva nessuna intenzione di andarsene senza una risposta.

«Sì, ma adesso è in pensione.»

Non poteva crederci! Era stata un'ostetrica e si chiamava Léonie, l'aveva trovata. Sorrise alla donna, ma lei rimase indifferente.

Era come se non volesse riceverli, pensò Adeline; pazienza, lei non si sarebbe arresa. «Vorremmo farle solo qualche domanda.»

La signora scosse la testa. «Mia madre è malata.»

«Si tratta di una questione molto importante», aggiunse Janus.

Lei continuò a guardarli, incerta.

«Basteranno pochi minuti, signora», insistette.

«Va bene, entrate», disse dopo un momento, spalancando il cancello. «Non so quanto possa esservi utile, mia madre è molto anziana, non riceve visite.»

«Le prometto che ci tratterremo il minimo indispensabile.»

La sua espressione, tuttavia, continuava a essere scettica. «Come volete. Prego, da questa parte.»

L'ingresso era buio, una fila di porte si apriva su un lungo corridoio che a Adeline parve interminabile. C'era odore di cibo stantio e di malattia, come se quei locali non venissero arieggiati da tempo. Janus le camminava accanto, un paio di volte le sfiorò il braccio. Era contenta che fosse al suo fianco, quel luogo la innervosiva. Quando sbucarono in una camera ampia nella quale scoppiettava un fuoco vivace, Adeline scorse una vecchia signora. Si dondolava pigramente accanto al camino.

«Mamma, questi signori chiedono di te.»

Léonie non si mosse e continuò a osservare le fiamme.

«Venite...» sussurrò la donna invitandoli con la mano. Indicò loro alcune sedie che avevano visto giorni migliori, poi si rivolse nuovamente all'anziana donna. «Vuoi parlare con loro?» chiese alzando il tono di voce. Le sfiorò una mano e lei sollevò la testa. Sorrideva.
«Buongiorno, signora, perdoni il disturbo», le disse Adeline ricambiando il sorriso. «Come sta?»
«Io? Bene, bene... e lei?» Un altro sorriso.
«Volevamo chiederle del periodo in cui ha lavorato al Cabinet Médical Saint-Rémy. Si ricorda?»
Léonie socchiuse gli occhi, erano sepolti sotto strati di pelle rugosa, Adeline riusciva a scorgerli a stento.
«È passato tanto tempo.»
Faticava a sentirla. La voce era come tutto il resto... flebile, come se potesse dileguarsi da un istante all'altro. Janus si era tolto il cappotto e lo teneva sulle ginocchia. Anche Adeline iniziava a sentire caldo.
«Lavorava nel reparto maternità?» le chiese lui.
La donna annuì. «Mi occupavo dei neonati, sì. Amo i bambini. Ne ho due, sapete? Un maschietto e una femminuccia.»
Adeline si sentì invadere dalla speranza. «Si ricorda di una giovane donna che dopo il parto entrò in coma? Era il 1949, maggio.» Anche se era trascorso tanto tempo era possibile che un evento così tragico fosse rimasto impresso nella memoria della signora. Adeline era certa che lei se lo sarebbe ricordato.
La vecchietta annuì immediatamente. «Certo, io mi ricordo di tutti i bambini.» Fece una pausa, continuava ad accarezzare la coperta. «Mi ricordo di lui...»
Adeline sentì un tuffo al cuore.
«Ricorda anche a chi fu affidato il bambino?» le chiese Janus.
Léonie inclinò la testa di lato e sorrise. «Certo!»
Ce l'avevano fatta! Non riusciva a crederci, ma questa volta ce l'avevano fatta! Stava per farle un'altra domanda quando Léonie sospirò.
«Era così bello. Tutti i miei bambini lo erano. Io ho un

maschietto e una femminuccia. Sono fortunata.» L'espressione si fece vacua, le mani che teneva in grembo si cercarono. Prese a dondolarsi con più forza.

Il sorriso morì sulle labbra di Adeline. C'era qualcosa che non andava, pensò.

«Erano tutti belli e sani i miei bambini. Tutti.» Janus si avvicinò a Léonie, le si accovacciò accanto e posò una mano sulla sua. «Mi sono sbagliato, era una bambina.» Lei annuì. «Sì, una bella bambina.»

Adeline si voltò verso la signora che li aveva accolti all'ingresso. Lei si strinse nelle spalle «Non c'è più con la testa.» La vecchia ridacchiò. «Le volevamo tutti bene.» Adeline la osservò chinare il capo e assopirsi.

Quella donna non era in sé. Adeline era profondamente delusa.

«La ringrazio per il suo tempo, madame.» Janus accarezzò le spalle dell'anziana donna con infinita dolcezza.

«Alcune volte dice cose sensate...» si scusò la figlia. «Oggi non è una buona giornata. Vi accompagno alla porta.»

Adeline era affranta. Dopo aver salutato la signora, raggiunsero la macchina.

«La ricerca si complica...» disse Janus.

«Per un attimo ho pensato che l'avessimo trovata. Combaciava tutto, il periodo, il nome, il ruolo, invece...» Non terminò la frase, possibile che fosse l'ennesimo fiasco?

«A cosa stai pensando?»

Lo guardò: sorrideva tranquillo e camminava sicuro. Si rese conto che la sua calma era contagiosa, l'aiutava a pensare. Era una ricerca difficile, basata su pochi documenti e molte supposizioni. Doveva procedere con cautela e pazienza anche se era scoraggiata.

«Una di loro è quella giusta, ne sono sicura.» Era una questione matematica, a meno che Miranda non ricordasse male... ripensò al momento in cui le aveva detto quel nome, alla sua espressione. Era sincera, e lei le credeva. «C'è qualcosa che mi sfugge...» mormorò.

«Il tempo che passa, Adeline, è quello il problema. Allaccia la cintura, andiamo a pranzo da qualche parte.» Janus inserì la marcia e si immise nel traffico. Superò l'incrocio e prese per il mare.

Adeline continuava a riflettere. Aveva parlato con tutti i familiari al telefono: alcuni erano stati esaustivi, altri meno. L'attenzione tornava alla vecchia signora che avevano appena incontrato. Poi aggrottò la fronte. «Ti puoi fermare?»

Janus le lanciò un'occhiata interrogativa, ma fece come richiesto. Ci volle qualche minuto per raggiungere una piazzola. Quando scese per aprire il bagagliaio e recuperare gli appunti, Adeline fu investita dal vento. Le sembrò che trasportasse la carezza di Miranda e sollevò il viso inspirando profondamente il profumo di fiori e mare; dopo, con il bloc-notes stretto al petto, tornò da Janus. Tirò fuori un foglio e lo osservò a lungo. Sì, era come immaginava. «Léonie Bonnet», gli disse indicando la lista.

«Immagino che abbia qualcosa di speciale.»

Scosse la testa. Non era quello il punto. «Quando ho chiamato non ha risposto nessuno.» Ci aveva riprovato diverse volte. Così lo aveva scartato. Ma il numero risultava ancora attivo. «Dobbiamo andarci, lei è l'unica che non abbiamo ancora sentito.»

«Hai l'indirizzo?»

«Sì, eccolo.» Glielo porse.

«È vicino. Ci facciamo un salto o lasciamo alla settimana prossima?»

Avevano tutto il fine settimana davanti, ma Adeline non voleva aspettare così tanto, sentiva il bisogno di fare chiarezza. «Andiamoci subito.» Doveva sapere.

Fecero la strada a ritroso, costeggiarono una piazza su cui si affacciava una chiesa dall'aspetto imponente con alte torri campanarie e colonne che, a Adeline, parvero familiari. Era già stata lì prima di allora. Mentre la superavano, la osservò distrattamente, immersa nei suoi pensieri. Poco dopo, Janus parcheggiò in uno spiazzo. Scesero e camminarono per un breve tratto, fermandosi davanti a un'abitazione a due piani.

«Sembra molto curata.»

La villetta era graziosa. Il prato era falciato, c'erano le imposte aperte e sui davanzali una moltitudine di gerani. C'era anche qualche rosa. Chissà perché non le avevano risposto.

«Non ci resta che suonare.»

Attesero in silenzio, dopo un paio di minuti Adeline iniziò ad agitarsi.

«Torniamo un'altra volta?»

La proposta di Janus era ragionevole, ma lei non voleva andarsene. Le dita corsero all'orologio, nervose. Lui notò il gesto e sorrise. «Lo porti ancora.»

«Mi piace.» Le era sempre piaciuto. Si era innamorata di quel vecchio orologino da polso nel momento stesso in cui l'aveva visto esposto nella vetrina di una gioielleria vintage. Janus glielo aveva regalato per il suo compleanno. Era una delle cose più care che avesse. I loro sguardi si incontrarono. Adeline sapeva che stava giocando con il fuoco, eppure non riusciva a indietreggiare.

«Posso aiutarvi?»

Trasalirono entrambi e si allontanarono l'uno dall'altra voltandosi. Si trovarono di fronte una signora minuta, bionda, con un cappotto allegro a scacchi rosa e giallo. Adeline ricambiò il sorriso. «Cerchiamo madame Léonie Bonnet. Questo è il suo indirizzo, vero?»

La donna annuì. «Sì, mia zia viveva qui. È mancata l'anno scorso.»

Avrebbe dovuto metterlo in conto, eppure Adeline provò comunque una profonda delusione. Possibile che fosse l'ennesimo fiasco?

«La conoscevate?»

«Solo di nome.» Janus guardò Adeline prima di tornare a lei. «Stiamo conducendo una ricerca sul Cabinet Médical Saint-Rémy. Sua zia lavorava lì come ostetrica?»

«Sì. Prego, entriamo. Parleremo meglio al caldo.»

L'ambiente era accogliente. La carta da parati a righe ricordava le vecchie abitazioni italiane; c'erano poltrone, piante, libri sugli scaffali, e alle pareti un servizio di porcellana blu. Un pianoforte era ricoperto da piccole cornici d'argento.

«Vi posso offrire un tè?»
«Sì, grazie. Molto volentieri», rispose Janus.
«Anche per lei?»
Adeline posò la fotografia che aveva preso in mano. «Sì, gentilissima.» Tornò con lo sguardo al ritratto. «Questa immagino sia sua zia da giovane, le somiglia molto.»
«Me lo dicono tutti.»
Tornò da loro con un vassoio. C'erano tre tazze, una teiera dalla quale si levavano volute di vapore, un bricco di latte e qualche fettina di limone su un piattino. «Gradite dei biscotti?»
«Sì, grazie.»
Janus sembrava perfettamente a suo agio, chiacchierava con Marièle, così aveva detto di chiamarsi la donna quando si era presentata pochi istanti prima.
«Sua zia le ha mai raccontato di qualche avvenimento accaduto mentre lavorava in ospedale?» le chiese accettando un biscotto.
«Moltissime volte!»
Adeline prese la tazza che le porgeva. «Ha mai parlato di bimbi che avevano perso la madre?»
«Sì, erano i casi più tristi. Cosa cercate di preciso?»
Questa volta fu Janus a porgerle il piatto dei dolci. «Si tratta di un evento accaduto nel 1949. La madre entrò in coma, del bimbo si sono perse le tracce.»
Lei arricciò le labbra. «Mi sembra molto strano, probabilmente si tratta di uno smarrimento di documenti, immagino che a quell'epoca non ci fossero le procedure di oggi.»
Janus annuì. «È possibile.»
Lei posò la tazza sul piattino. «Qualsiasi cosa sia accaduta vi posso assicurare che mia zia ha agito per il meglio. Era una donna straordinaria, amava il suo lavoro. Durante la guerra, nonostante all'epoca si fosse appena diplomata, assisteva le partorienti a domicilio, ha fatto nascere molti bambini, era esperta e molto valida. L'amavano tutti.» Fece una pausa. «Anche dopo il pensionamento ha continuato a esercitare come volontaria.»

Adeline socchiuse le palpebre. «Teneva dei diari?»
«Diari? No, mia zia non era il genere di donna che affidava i suoi pensieri a un diario. Era dinamica, moderna. Aveva tanti amici...» Rise. «Le piaceva andare a ballare.»
Una cosa non escludeva l'altra, pensò Adeline. Si schiarì la voce, aveva utilizzato un termine improprio. «Mi sono espressa male. Le ostetriche che esercitavano per conto del comune», spiegò, «erano tenute alla compilazione di registri.» Se Léonie aveva sempre seguito la normativa era possibile che avesse mantenuto l'abitudine anche una volta assunta in ospedale. Adeline si rendeva conto che era solo una speranza, ma non voleva arrendersi.
Marièle si strinse nelle spalle. «Non ne ero al corrente, credevo che la burocrazia fosse un problema dei giorni nostri.»
Comprendeva il suo commento, ma senza i documenti – o, come la chiamava lei, burocrazia – il passato sarebbe stato affidato alla sola memoria e quella, come tutti sapevano, era fragile. Era persino alterabile.
«Abitavate insieme?» le chiese Janus servendosi un'altra tazza di tè.
«Come? Oh, no. Mi sono trasferita a Nizza dopo la sua morte; vede, lei mi ha lasciato tutto.» Sorrise. «Io non mi sono mai sposata, proprio come la zia Léonie, ma la nostra famiglia è numerosa: cugini, zii... vivono quasi tutti in città. Io ho sempre girato il mondo, e lei ha voluto che avessi un luogo dove tornare.» Silenzio, un sorriso. «Tutto questo...» disse indicando l'ambiente, «le apparteneva. Ho giusto rimodernato qualcosa perché condividevamo gli stessi gusti.»
Adeline si guardò intorno. «Aveva una scrivania? Un luogo in cui conservava i documenti?»
Lei si alzò. «Sì, certo. Ho conservato le sue cose. Non ho controllato tutto, però. Volete vederle?»
«Le saremmo molto grati», rispose Janus.
Lo studio era come il resto della casa, elegante e accogliente. Un tavolo di legno, piccolo e intarsiato, fungeva da scrittoio. Marièle aprì i cassetti, ma a parte qualche lettera non c'era nulla che potesse somigliare a un registro. Adeli-

ne si soffermò davanti a una vetrina, all'interno c'erano diversi raccoglitori. «Potrebbe mostrarci questi?»
«Certamente», rispose Marièle. Aprì l'anta e le porse il primo volume. Adeline lo sfogliò rapidamente. Quando si accorse che era successivo di almeno un paio di decenni a Nikolaj, sospirò delusa. Eppure c'era tutto: data, condizioni della madre e del bambino, persino una riflessione personale di Léonie. «Questo è il primo?»
Marièle controllò sugli scaffali. «Sembra di sì.»
«Posso?» le chiese Janus.
«Certamente.»
Lui si avvicinò al mobile, fece scorrere l'indice sul dorso dei volumi e, giunto a quello all'altra estremità della fila, due scaffali più in là, lo estrasse. Lo esaminò con calma e infine lo porse a Adeline. «Credo che il primo sia questo.»
Lei lo sfogliò, poi sgranò gli occhi. «Oddio...» mormorò. Era tutto là, nero su bianco. Sollevò lo sguardo su di lui e ricambiò il suo sorriso.
«Guarda qui, leggi!»
Janus esaminò il punto. «È lui!» esclamò trionfante.
Avevano trovato Nikolaj?
Non riusciva a crederci.

21.

Dodici bottiglie di Château Pétrus del 2000 sono state conservate nello spazio per quattordici mesi. L'esperimento sulle dinamiche di invecchiamento in assenza di gravità ha dimostrato una diversa evoluzione. Il vino «spaziale», pur mantenendo la medesima qualità di quello rimasto in cantina, possedeva sfumature e aromi tipici di un prodotto più maturo.

Adeline continuava a fissare il registro. Non era come quello ufficiale, ma una versione ridotta, una sorta di appunto che Léonie aveva adattato alle proprie esigenze. Era come se l'ostetrica avesse continuato a compilare un resoconto accurato di tutte le nascite che aveva seguito anche se di fatto lavorava in ospedale e dunque non era più necessario.

«Perché non ti siedi, Ada?»

«Certamente, signorina, si sieda, la prego, è un po' pallida.»

Lei li udì a malapena. Era ancora incredula. Si immerse nel registro e riprese a leggere. La descrizione di Léonie era precisa e ricca di dettagli. «Leggi questo paragrafo.» Porse il fascicolo a Janus, impaziente di sapere cosa ne pensava. Lui le indicò un punto e Adeline si chinò. Questa volta impiegò meno tempo a decifrare la grafia di Léonie. Era sempre netta e decisa, eppure in alcuni tratti cedeva, aggrovigliandosi, come se stesse scrivendo in preda a un grande turbamento.

«Vedi qui?»

Adeline arrivò subito dove lui le aveva indicato; anche Marièle ascoltava con grande interesse. «*La ragazza è arrivata insieme alla governante, era affaticata ma il parto è andato bene. Nessuno le ha fatto visita, è rimasta sola con il bimbo per tutto il giorno. Ho trascorso con lei ogni momento libero, fermandomi anche dopo il mio turno. Mi ha raccontato la sua storia, credeva che le sue difficoltà fossero finite, che avrebbe ricominciato da capo una*

nuova vita con il suo bambino. Lo aveva chiamato Nikolaj, lo stesso nome del padre.» Non c'era alcun dubbio, si trattava di Miranda e di suo figlio. *«Durante la notte la situazione è precipitata. La ragazza ha avuto una grave emorragia. Il destino spesso è crudele.»* Adeline fece una pausa recuperando il fiato. *«Non ho saputo più nulla di lei dopo il suo trasferimento, so solo che l'hanno portata in un altro ospedale»*, proseguì. *«Il bambino invece è rimasto da noi. Poi ho saputo che era stato abbandonato.»*
«Abbandonato?» Adeline era sbalordita. «Ma da chi? Di certo non da Miranda!»
«Forse è spiegato dopo...» le disse Janus.
Riprese a leggere divorata dall'urgenza di sapere cosa fosse accaduto. *«Possiamo tenerlo ancora qualche giorno, ma, a meno che non riesca a trovare una soluzione, finirà in orfanotrofio.»*
Possibile che gli zii di Miranda fossero ancora in viaggio? Chi si era occupato di lei? La governante era a conoscenza della sua situazione e di certo aveva avvisato i parenti. Avrebbe avuto tempo per rifletterci in un secondo momento, adesso la cosa importante era capire dove fosse andato a finire Nikolaj. Il resoconto si interrompeva per riprendere la riga seguente. *«Non posso permettere una cosa simile»*, aveva scritto Léonie. *«Farò tutto ciò che posso per garantire un futuro a questo meraviglioso bambino.»* Adeline rilesse tutto da capo. Era chiaro che quella donna si era affezionata a lui. Probabilmente si era presa cura del neonato in prima persona.
«C'è qualcuno che si chiama Nikolaj nella sua famiglia?» chiese a Marièle. Potevano essere tanto fortunati?
La donna scosse la testa. «No, mi dispiace. È un nome particolare, sembra straniero. Non c'è nessuno che si chiama così.»
«Capisco...» sussurrò. Non vedeva l'ora di farlo sapere a Miranda. Era la prima vera traccia che avevano su Nikolaj. Nero su bianco. Quello cambiava tutto. Adesso avevano un'idea più precisa di quello che era accaduto. Mentre Miranda era in fin di vita, suo figlio era stato abbandonato. Restava da capire come fosse stato possibile, perché l'avevano tenuta all'oscuro e soprattutto dove l'avessero portato.

Janus chiese alla signora Bonnet il permesso di fotografare i documenti.

Adeline fremeva. Il tono di Léonie indicava un coinvolgimento personale. Si era instaurato un legame tra loro, pensò nuovamente. Lo avrebbe trovato. Per la prima volta in tanti mesi si sentì fiduciosa.

«Grazie di tutto, Marièle. È stata veramente preziosa.»

«Tornate quando volete, e tenetemi informata, vi prego. È la storia più affascinante che mi sia mai capitato di sentire. Spero che possiate trovare Nikolaj.»

Si accomiatarono e mentre camminavano per strada Adeline non riusciva a togliersi dalla testa quello che aveva letto nei diari di Léonie.

«Abbandonato», disse Janus. «Questo spiega molte cose.»

«Non riesco a crederci. Perché i familiari di Miranda non si sono presi cura del piccolo?»

«Forse credevano anche loro che lei fosse in fin di vita.»

«Questo non li giustifica.»

Le posò una mano sulla spalla. «No. È vero. Noi però ignoriamo la verità.»

Adeline era d'accordo: non conoscevano i dettagli. Con le mani che le tremavano compose il numero di Miranda. Lei rispose quasi subito.

«Ciao, cara, che gioia sentirti, come stai?»

Non c'era tempo per i convenevoli. «Abbiamo grandi notizie.»

«Abbiamo?»

Janus le aprì la portiera, lei lo ringraziò con un cenno del capo. «Sì, sono con un amico che mi sta aiutando. Possiamo venire da te oggi stesso? Preferisco dirti tutto di persona.»

Adeline sentiva il respiro agitato di Miranda, immaginò il suo viso, l'ansia e l'emozione. «Stai tranquilla, sono buone notizie», la rassicurò.

«Io... Grazie. Non vedo l'ora di vedervi.»

In quel momento Adeline si accorse che sull'onda dell'entusiasmo aveva dato per scontata la disponibilità di Janus. Si erano seduti in macchina, lui aveva messo in moto.

«Aspetta, gli chiedo se può accompagnarmi.» Lo guardò.
«Hai impegni per questa sera?»
«Mi vuoi invitare da qualche parte?» Era compiaciuto, persino allegro.
Sì, lo voleva con lei. Voleva condividere con lui la sua gioia. «Andiamo da Miranda?»
Janus l'accarezzò con lo sguardo. «Non vedo l'ora di conoscerla.»
Si fissarono ancora un istante. Adeline pensò a quando lui le aveva detto che le parole potevano mentire, ma che il corpo rivelava le vere intenzioni. Ricambiò il suo sorriso, il cuore pieno di gioia. «Saremo da voi nel pomeriggio.»
«Fate presto, vi aspettiamo con impazienza.»
Adeline sentì in sottofondo la voce di Riccardo e Miranda che lo rassicurava.
«Davvero Miranda, non devi preoccuparti.»
«Sono felice di averti incontrata», rispose la donna.
Era in imbarazzo. Quali erano le parole giuste da dire in un'occasione simile? «Grazie.»
«No, Adeline, sono io che ti ringrazio. Un bacio anche da parte di Riccardo.»
Quando chiuse la conversazione aveva gli occhi lucidi, era emozionata. Janus le accarezzò il dorso della mano e lei gli sorrise.
Decisero di mangiare un boccone e di partire per Sanremo subito dopo. Questa volta, Janus scelse un piccolo ristorante sulla spiaggia che preparava piatti semplici, pescato del giorno, cucina tradizionale. Parlarono soprattutto di Nikolaj e Miranda, di cosa potesse essere accaduto, poi tornarono a Léonie e Marièle. Trovare i diari era stato un vero colpo di fortuna. Avevano quasi terminato quando Janus le chiese se avesse intenzione di finire il dolce. Adeline era troppo agitata per mangiare altro, così spinse la coppa verso di lui.
«A cosa pensi?» le chiese.
«Me lo chiedi spesso.»
«Chissà, forse se lo avessi fatto anche in passato le cose tra noi avrebbero funzionato.» Continuava a mangiare il dolce, una cucchiaiata alla volta.

«Non sarebbe cambiato nulla», disse.
«Perché?»
Adeline si guardò intorno. La gente chiacchierava, sorrideva, mangiava, viveva. Suoni, odori, tutto era eccessivo, soverchiante, eppure lei sentiva e vedeva solo lui. «Eravamo troppo diversi.» Misurò accuratamente le parole. Voleva essere onesta.
«Mi stai dando un contentino, Ada?»
Avvampò. «No, è la verità.» Non intendeva blandirlo.
Lui però le sorrise. «Sei stata molto importante per me. Non ho preso bene la nostra rottura, credevo che tu mi avessi scaricato per un altro. E faceva male. Hai dato una bella batosta al mio ego, credimi, ne è uscito davvero ammaccato.»
Era così spudoratamente sincero! Rise, un suono che le sgorgava dal cuore. «Esistono altri motivi per chiudere una storia.»
«Mi piacerebbe conoscerli.»
Adeline sentì il sorriso morirle sulle labbra.
Lei era al primo anno di università, ombrosa, apparentemente distaccata, molto impaurita. Lui all'ultimo, un astro nascente. Genitori illustri, nonni e bisnonni che avevano giocato un ruolo centrale nella vita della città. Sì, erano diversi sotto ogni punto di vista. «Adesso non ha più importanza.»
Janus scosse la testa. «Quando stavamo insieme io volevo...» Fu lui questa volta a temporeggiare. «Be', lo sai. Bisogni semplici. Pochi discorsi, grandi emozioni.»
I loro sguardi sembravano danzare, incerti eppure prigionieri l'uno dell'altro come le mani, che non cessavano di cercarsi e di sfiorarsi. Nessuno dei due aveva però attraversato la linea immaginaria che li separava.
«Riconosco di essere andato un po' troppo... veloce in passato.»
Non era quello ad aver messo una pietra sulla loro relazione. Adeline ricordava perfettamente come si era sentita quando i genitori di Janus l'avevano invitata a cena e lei aveva mentito sulle proprie origini.

«La tua famiglia sta bene?»

Lui annuì. «Sì, abbastanza.» Non aggiunse altro e quello la innervosì ulteriormente. «Andiamo?»

Gli fu grata di quella interruzione. «Vado a pagare.»

«Ada, per piacere!» Prima che lei iniziasse a protestare Janus si era alzato e aveva allungato la carta di credito al cameriere che era accorso. «Facciamo così, la prossima volta mi inviti tu.»

Non glielo avrebbe mai lasciato fare. Su quel punto era sempre lo stesso, un cavaliere.

Lasciarono Nizza nel primo pomeriggio. Durante il viaggio parlarono del più e del meno. Entrambi dovevano metabolizzare ciò che si erano detti. Entrambi dovevano venire a patti con quello che li legava. L'attrazione che c'era stata tra di loro in passato era cambiata perché loro erano cambiati. Ma non si era affievolita, anzi. Era più forte, nutrita dagli sguardi, dai gesti, dalle frasi lasciate a metà. Si concentrò sulla strada, su ciò che avrebbe detto a Miranda.

«A cosa pensi?» le chiese Janus.

«Mi pare impossibile che Nikolaj sia stato abbandonato. Perché i suoi zii non si sono presi cura di lui?»

Lui rallentò, le mani strette sul volante. Le piaceva il modo in cui la fronte si increspava quando era alle prese con un ragionamento che non gli piaceva. Le sembrava di riuscire a leggergli dentro, aveva l'impressione di sentirlo sulla pelle. Dentro il cuore.

«Non era sposata, giusto?»

Lei annuì. «Mi sembra una tale assurdità dare peso a una cosa del genere.»

«Parliamo del passato, Ada. In nome dell'onore ancora oggi la gente compie le azioni più irrazionali. Se Miranda stava male e quel bambino era un figlio illegittimo temo che la soluzione più semplice fosse quella.»

Non voleva seguire quel ragionamento. «Léonie mi è sembrata una brava donna.»

Lui scalò una marcia e sorpassò una vettura. «Sono fiducioso. La nipote l'adora. Quel genere di affetto nasce so-

prattutto dall'ammirazione. Credo che si sia assicurata che Nikolaj avesse una bella vita.»
Era d'accordo, per quello non vedeva l'ora di parlarne con Miranda. Era una notizia meravigliosa, la più importante che potesse trovare. Ecco, erano quasi arrivati. Gli indicò il bivio. «L'ingresso è un po' più avanti sulla destra.»
Janus annuì e rallentò. «Questo?» le chiese con un filo di stupore nella voce.
«Sì. Non è bellissimo?» Ogni volta che era andata a trovare Miranda, Adeline si era fermata ad ammirare quell'ingresso monumentale, immaginandone la storia: chi l'aveva commissionato, chi l'aveva eseguito, chi l'aveva attraversato?
«Bellissimo? Direi qualcosa di più. Immagino sia una di quelle tenute storiche piene di fascino.»
«Vedrai.» Era emozionata, come se in qualche modo anche lei facesse parte di quel mondo. Mentre risalivano il viale Adeline sganciò la cintura di sicurezza e abbassò il finestrino. L'aria tiepida della primavera trasportava il profumo del mare; le rose, ormai sul punto di sbocciare, erano macchie di colore nel vigneto. Sfumature di rosso, arancio e verde. Anche se non li vedeva, Adeline sapeva che dai piccoli fiori della vite presto sarebbero nati i grappoli. Gli acini invece avevano necessità ancora di qualche mese per riempirsi di succo e cambiare colore. Ai due lati della strada, i filari ondulati risplendevano sotto gli ultimi raggi del sole.
«Ti piace il vino?»
Janus le rivolse uno sguardo divertito. «In alcune occasioni direi che è persino necessario.»
Adeline pensò al vino che invecchiava in fondo al mare. Riccardo le aveva detto che il segreto del suo effetto benefico era legato al rito attraverso il quale veniva bevuto. «Il vino va assaporato lentamente...» mormorò rispolverando il ricordo. Lui era convinto che la condivisione rafforzasse i legami, li trasformasse in allegri momenti di gioia. E probabilmente aveva ragione...
«Hai mai sentito parlare delle zone blu del pianeta?» gli

chiese. Erano quasi arrivati in cima, di lì a poco la baia sarebbe apparsa in tutto il suo splendore.

«Se non sbaglio sono i luoghi nei quali la qualità della vita è così alta da avere la più grande concentrazione di centenari.»

«Sì. Il vino rosso è uno dei probabili fattori di longevità. A prescindere da tutto, credo che il suo potere risieda nel fatto di consumarlo moderatamente e in compagnia.» Si chiese se Miranda avrebbe mostrato a Janus la sua vigna. Lui affrontò l'ultima curva e poi sgranò gli occhi, fermandosi. «È uno spettacolo!»

Adeline si rese conto che per tutto il tragitto aveva desiderato che la tenuta di Miranda gli piacesse.

Scesero dall'auto e insieme si diressero verso il terrapieno, mano nella mano, gli occhi verso l'orizzonte. Davanti a loro, la collina digradava verso la spiaggia e il mare sciabordava sereno. Le poche nubi lontane fiammeggiavano nell'oscurità che si avvicinava.

Janus l'attirò a sé e Adeline si abbandonò al suo abbraccio. Si sentiva al sicuro nell'incavo della sua spalla, sentiva il peso del suo viso tra i capelli. Quando lui si mosse, lo assecondò. Il calore della sua bocca scese lentamente lungo la linea del mento. Attese con trepidazione che arrivasse alle labbra, dove lo desiderava. Si voltò, concedendogli più spazio, e allora Janus le prese il viso tra le mani. Non fu un bacio delicato, non erano più due ragazzi. Sapevano esattamente ciò che desideravano.

Dopo, lui posò la fronte sulla sua. «Ci stiamo girando intorno da troppo tempo.»

«Lo so.» I loro respiri erano agitati, come i loro cuori.

Non le bastava, pensò Adeline. Lui comprese e si chinò nuovamente. Quando le sfiorò le labbra lei gli circondò il collo attirandolo più vicino. Era pace quel bacio, e allo stesso tempo era furia. Era ciò che lei desiderava di più, era anche ciò che la spaventava a morte. «Meglio fermarsi...» mormorò.

Lui annuì. «Possiamo sempre riprendere.»

Gli sorrise.

Fu allora che il suono di una sirena lacerò il silenzio della sera. Si voltarono, allarmati. Si avvicinava rapidamente. Entrambi guardavano la strada che avevano appena percorso.
«Che succede?» chiese.
«Sta venendo verso di noi.»
In quel momento Adeline notò che la tenuta era immobile. C'era una calma insolita. Dov'erano i contadini? E gli operai?
«Miranda...» mormorò la ragazza sbiancando.
E poi iniziò a correre in direzione della casa.

22.

Un'attenta ricerca archivistica ha riportato alla luce la documentazione relativa al vigneto di circa sedici pertiche che, nel 1498, Ludovico il Moro duca di Milano donò a Leonardo da Vinci. Grazie a questo studio, nel giardino della Casa degli Atellani è stato ricostruito lo schema originario dei filari e, dopo aver recuperato il profilo genetico di Malvasia di Candia aromatica, la vigna è stata reimpiantata.

Adeline e Janus raggiunsero il castello mentre i paramedici dell'ambulanza stavano entrando. Superarono le persone assiepate di fronte all'ingresso, cercando di capire cosa fosse accaduto. Adeline non aveva il coraggio di chiedere. Lo sgomento sui volti che la guardavano spaventati era sufficiente a gelarle il sangue.

«Una tragedia, signorina.» La governante di Miranda, in lacrime, tuffò il viso in un fazzoletto.

Adeline scosse la testa e vacillò, Janus la sostenne, circondandole la vita con un braccio.

«Non puoi più aiutarla, nessuno può farlo...» rincarò Romina. Pallida, gli occhi enormi sul viso smunto, si stringeva al petto il cagnolino. «È finita, Adeline.»

No, non poteva accettarlo. Si precipitò all'interno. La paura le stringeva la gola. Entrò nel salone, il meraviglioso luogo dove quella prima sera aveva cenato insieme ai suoi amici e che adesso era immerso in un silenzio agghiacciante. E allora la vide. Era accovacciata sul tappeto, gli occhi spenti, le braccia inerti sul grembo.

Paralizzata dall'orrore, Adeline fece qualche passo avanti. «Miranda...» la chiamò, ma lei non si mosse. «Sono qui con te», le disse avvicinandosi.

«Ada, tesoro, non può sentirti.» Janus le posò la mano sulla spalla. Accanto a Miranda, Riccardo giaceva a terra. I sanitari gli stavano praticando il massaggio cardiaco. Adeline non riusciva a sopportare la scena, così si concentrò su Miranda. La circondò con le braccia. «Vieni con me», sussurrò. Lei però continuava ad accarezzare i capelli del marito. Adeline non sapeva cosa fare, ma non aveva nessuna intensione di lasciarla lì sul pavimento. Insistette finché la convinse ad alzarsi. Con infinita dolcezza la fece sedere sul divano e le si mise accanto. Gli occhi di entrambe tornarono su Riccardo.

Adeline tremava. «Vi prego, vi prego, salvatelo, non lasciatelo morire...» sussurrava tra sé, il cuore in gola. Stringeva le mani di Miranda tra le sue. Immobile al suo fianco, lei non aveva mai distolto lo sguardo dal marito. La rianimazione continuò per un tempo che a Adeline parve interminabile.

All'improvviso tutto finì.

«Mi dispiace.» Il medico scosse la testa. «Abbiamo fatto il possibile.»

«Non puoi farmi questo...» disse Miranda. Adeline la fermò giusto in tempo, impedendole di gettarsi sul marito. Incredula e disperata, l'abbracciava, mentre fissava il corpo esanime. Riccardo, il suo geniale, divertente, caro amico, era morto.

Miranda emise un gemito, un suono disperato, terribile, che Adeline non avrebbe mai dimenticato.

Da quell'istante in poi, tutto precipitò. Pianti, disperazione, persone che entravano e uscivano nel tentativo di ingannare l'impotenza che soverchiava tutti. Adeline continuava ad abbracciare Miranda. Ogni tanto guardava Janus che parlava con Carlo. Si faceva forza della sua calma perché non aveva mai affrontato nulla del genere. Il sangue le pulsava nelle tempie, provava un senso di irrealtà, un dolore così tangibile, così feroce da spazzare via tutto il resto. Ma non poteva cedere, perché doveva pensare a Miranda. La sua straordinaria Miranda, che in quel momento si guardava intorno confusa, chiedeva del marito, si rifiutava di ascoltare e di collaborare. Infine, il medico le somministrò un tranquillante e lei crollò, stremata dal dolore e dalla fatica.

Fu allora che Adeline cercò scampo all'esterno. Quando Janus la tirò a sé, non protestò. Posò il capo sulla sua spalla e chiuse gli occhi. Lui la condusse in un angolo del giardino, facendola sedere tra i cespugli di lavanda.

«Non posso crederci...» sussurrò. «È assurdo.» Lui annuì. «Tutto può cambiare nel giro di un secondo, Ada.» Premette le labbra sui suoi capelli. «Pensiamo sempre che le tragedie accadano agli altri, ma non è così. Un giorno gli altri diventiamo noi.» Abbandonata al suo abbraccio, Adeline fissava il nulla, frastornata. Era sempre stata concentrata sul passato e sul futuro, per lei il presente era qualcosa di scontato. Ma si era sbagliata. L'unica cosa che esisteva davvero era proprio quello: il presente. Si perse nella pelle calda dell'uomo che le stava accanto e che la guardava come se lei fosse la cosa più importante del mondo.

Quando rientrarono, Carlo e Romina si stavano dividendo le cose da fare. Miranda e Riccardo non avevano parenti e dovevano pensare loro alle cose più urgenti. Romina avvisò gli avvocati e parlò con il medico legale, Carlo organizzò i domestici e i dipendenti. Diedero anche le disposizioni per le esequie, perché Riccardo, così disse loro Romina, aveva lasciato volontà precise.

Adeline invece restò con Miranda e si occupò di lei come avrebbe fatto una figlia.

Il funerale richiamò un numero impressionante di persone. Tutti piangevano un uomo straordinario. I dipendenti della tenuta si strinsero intorno alla vedova e Adeline, che aveva preso un permesso per starle accanto, si assicurò che mangiasse, le tenne compagnia durante le lunghe notti di veglia e parlò con i medici. In quei giorni, comprese quello che aveva voluto dire Riccardo l'ultima volta che si erano parlati. Miranda era molto amata. Tutti erano preoccupati per lei. Persino Romina, che sembrava spesso indifferente, stava sempre nei pressi.

Ci vollero settimane prima che la tenuta assimilasse quel lutto. I lavoratori si impegnavano in compiti che sottraevano ai pensieri il loro carico penoso, e le viti, grazie a queste straordinarie attenzioni, prosperavano. Solo Miranda restava chiusa nel proprio dolore. Era come se la morte del marito le avesse sottratto la voglia di vivere. Adeline iniziava a disperare di poterla salvare da quel dolore e trascorreva tutto il tempo libero in sua compagnia. A volte era Janus ad accompagnarla alla tenuta che, in punta dei piedi e con il cuore pesante, stava riprendendo le proprie attività.

Un giorno, senza pensarci troppo, iniziò a occuparsi della vigna sul mare. All'inizio, quel luogo era stato come un rifugio. Là poteva pensare, immergersi nelle acque ora tranquille, ora agitate della baia. Poi aveva notato qualcosa che richiedeva il suo intervento. Un ramo secco, un cespuglio di erbacce cresciuto tra i filari. Era come se, occupandosi delle viti, Adeline potesse raggiungere Miranda. Ormai lei viveva nel suo mondo, un luogo in cui non c'era spazio per nessuno. E quello la faceva soffrire in un modo che non sapeva nemmeno spiegare. Adeline era arrabbiata, disperata. Le sembrava che il destino continuasse a farsi beffe di lei. Perché ogni volta che trovava qualcuno da amare e che l'amava, succedeva qualcosa di terribile?

Quel pomeriggio, nonostante il caldo, era scesa come sempre alla vigna e aveva iniziato a sistemare i tralci come le aveva insegnato Miranda. Era un gesto liberatorio, riordinava i pensieri, la calmava. Era come se, muovendo le mani, liberando le piante, si prendesse cura anche di sé stessa. La riempiva di orgoglio vedere i primi minuscoli grappoli protetti dalle foglie. Crescevano a vista d'occhio. A settembre la vendemmia avrebbe segnato la conclusione di quel ciclo. Rattristata, pensò a quando Miranda le aveva raccontato di come sarebbe avvenuta, della grande festa che seguiva quell'evento che segnava una tappa fondamentale. Quante volte l'aveva immaginata? Ma adesso era tutto cambiato... "Devi tornare tra noi, Miranda, questa gente ha bisogno di te... Io ho bisogno di te", pensò afflitta.

La mattina seguente, Adeline si svegliò di umore pessimo. Miranda era sul terrazzo, la colazione era intatta, lei era di spalle e guardava il mare. Aveva perso ancora peso, notò Adeline. L'abito le stava largo, il cappello che la riparava dal sole la faceva sembrare una vecchia signora.

«Ciao, Miranda, buongiorno.»

Lei non diede segno di averla udita, ma Adeline non aveva nessuna intenzione di farsi ignorare a quel modo.
«Preferisci il caffè o vuoi del latte?» Attese qualche minuto e, visto che l'amica non rispondeva, le preparò una tazza e gliela mise in mano. Quando iniziò a sorseggiarla, suo malgrado, sorrise. Dopo aver scambiato due chiacchiere con la governante, Adeline decise che sarebbero uscite.

«Mi è venuta voglia di fare due passi, che ne dici?» Per fortuna Miranda portava sempre scarpe comode, così raggiunsero il terrapieno senza troppa fatica. Come aveva fatto anche nei giorni precedenti, Adeline le raccontò di come aveva trascorso la settimana. «Te la ricordi, Valérie? Non credevo avrebbe mai trovato il coraggio, ma ha lasciato il compagno. Adesso vive a casa della sorella. Lucien, invece, ha iniziato a lavorare in un ristorante nel fine settimana. Lui sa tutto sui vini, un giorno te lo presenterò.» Pensò ai suoi colleghi, l'avevano aiutata moltissimo in quel periodo. Quando si accorse che Miranda continuava indifferente a guardare il mare ebbe la tentazione di scrollarla, di costringerla a reagire. Di riportarla da lei.

Lo squillo del cellulare la fece trasalire. Adeline chiuse gli occhi un istante, poi inspirò a fondo prima di rispondere. «Ciao, Damien.»

«Come stai?»

Un altro sospiro. «Bene, e voi? Le bambine?»

Silenzio. «Non le hai mai sapute dire le bugie, Adeline.»

Suo malgrado sorrise. «Sono in Liguria...» Gli aveva spiegato quello che era accaduto, ma lui non era sembrato molto colpito e quello l'aveva infastidita. Perciò evitava di parlargliene.

«Domenica c'è la prima comunione di Alexandra.»

Adeline si strofinò la fronte, l'aveva dimenticato. «Io... mi dispiace non esserci stata. Gaëlle è riuscita a organizzare tutto da sola?»

«Naturalmente, come ti avevo detto sarà una cerimonia semplice. Le bambine chiedono di te.»

Li aveva trascurati vergognosamente. «Ci sarò.»

«Promesso?»

Si meritava il suo biasimo. «Certo.»
«Sei una donna forte, Adeline, ricordatelo.»
Chiuse la chiamata e fissò il telefono, dopo guardò Miranda. «Ti ricordi di Damien? Ha una figlia di otto anni, farà la prima comunione domenica.» Fece una pausa. «Mi ero dimenticata.» L'espressione si rilassò. «È una bambina dolcissima, Alexandra Giselle, porta il nome della nonna.»
Sperò in una reazione, ma l'espressione di Miranda era come sempre insondabile. Delusa, scosse la testa e si strinse nella giacca. C'era un freddo insolito per essere primavera. Miranda accarezzava la sciarpa di seta che la governante le aveva legato al collo. Ogni tanto qualcuno si fermava a salutarle, gesti timidi, gentili, qualche parola prima di riprendere il lavoro.
Iniziava a trovare faticoso sopperire alla sua apatia. Si sentiva impotente davanti a quelle persone.
«Non puoi abbandonarli così, Miranda!»
Nessuna reazione, nemmeno un tremito. «Lui diceva sempre che eri forte, che eri coraggiosa. Che avevi mostrato a tutti come si stava al mondo», riprovò.
Quando una lacrima scese sul volto esangue della donna, Adeline si coprì la bocca. Desiderò rimangiarsi ogni parola. Le prese la mano, stringendogliela.
«Va bene, stai tranquilla.»
Lei era lì, da qualche parte, sepolta sotto strati di sofferenza. Doveva trovarla, raggiungerla, tirarla fuori da quel pantano doloroso nel quale si era nascosta. Solo che non sapeva come fare.
«Adeline!»
Sollevò gli occhi su Romina. Camminava spedita verso di loro, l'espressione cupa. E adesso cos'altro era accaduto? si chiese. L'assistente di Riccardo si fermò accanto ai cespugli di elicriso, il profumo dei fiori era intenso, le ricordava i giorni felici che aveva trascorso alla tenuta. Istintivamente, Adeline si alzò, ne colse un rametto e lo sfregò tra le dita.
«Ci sono novità?» le chiese Romina.
«Nessuna, non mi ascolta», rispose osservando le foglie che teneva tra le dita.

La ragazza posò a terra il cagnolino, che corse in direzione di Miranda uggiolando ai suoi piedi. Lei però non si mosse finché lui a un tratto le saltò in grembo. Solo allora le sue mani si posarono sul mantello della bestiola, accarezzandolo.

Dal posto dove si erano fermate Adeline e Romina avevano seguito tutta la scena.

«Ormai è trascorso più di un mese, deve reagire.»
Adeline lo sapeva bene, eppure il commento della ragazza la innervosì. «Le serve ancora tempo.»
«Ma noi lo stiamo finendo, Adeline. Devi insistere.» Le indicò la vigna. «Questa azienda non reggerà ancora molto senza una guida.»
Non le piaceva lo sguardo che le stava rivolgendo. Cosa credeva che potesse fare? «È chiusa nel suo dolore.» Possibile che non riuscisse a capirlo?
«Se fosse facile non starei qui a chiederti aiuto!»
Adeline strinse i denti. «Cosa vuoi che faccia?»
«Convincila a riprendersi le sue responsabilità. Tu sei l'unica che può farlo.»
«Non essere ridicola!» Adeline si pentì subito di quelle parole, ma era dispiaciuta, era affranta, le mancava Riccardo, le mancava Miranda. Aveva messo in pausa la sua vita, persino Janus si limitava a inviarle dei messaggi. Quello che faceva però non era mai abbastanza.
Romina rise, un verso sprezzante che la colpì come uno schiaffo. «Lo sapevo...»
«Cosa? Cosa sapevi?»
«Che non c'era da fidarsi di te. Sei una di quelle che si tirano indietro alla prima difficoltà. Non vedi l'ora di andartene, vero? E allora che aspetti? Noi possiamo cavarcela anche senza di te, cosa credi?»
Adeline sapeva che l'esasperazione spesso spinge le persone a dire cose che non pensano. Sapeva anche che non avrebbe dovuto dare peso a quella sfuriata. Ma quelle parole erano davvero eccessive. «Tu non sai niente di me!» sibilò. Tornò da Miranda e lei si lasciò condurre a casa. Una

volta consegnata l'amica alle amorevoli braccia della governante, le salutò entrambe.
«Tornerà domani?»
Scosse la testa. «No, Lara, io... abbia cura di lei.» Uscì e si diresse verso il parcheggio. I pensieri la schiacciavano, la spingevano nel passato. Mentre guidava verso Nizza, di ritorno alla sua vita, le tornò in mente Damien.
Quando non avrà più bisogno di te ti abbandonerà.
Era accaduto esattamente quello che aveva previsto, il fatto che Miranda non ne fosse consapevole non cambiava le cose perché il risultato era lo stesso. A un certo punto l'aveva estromessa dalla sua vita, non c'era più posto per lei.

Adeline spalancò la porta dell'appartamento e chiuse gli occhi, respirò a fondo l'odore del suo mondo e andò in cucina. L'ambiente trascurato rispecchiava il suo stato d'animo. Si coprì il viso con le mani. Nonostante fosse tardi non aveva intenzione di andare a dormire lasciando tutto così. Riordinò, fece le pulizie e passò lo straccio. Non aveva appetito, così cenò con un po' di frutta e dopo una lunga doccia crollò sul letto. Fissò il soffitto, la luce penetrava dalle finestre disegnando arabeschi sulle pareti. «Perché continui a illuderti?» si chiese. Provava un'intensa sensazione di vuoto.

Damien aveva ragione, pensò. Lui sapeva sempre che cosa era meglio per lei. Perché non l'aveva ascoltato? I ricordi affioravano disordinati, spaventosi, finché, esausta, scivolò nel sonno.

23.

Ogni vino ha il suo bicchiere ideale che, oltre a esaltarne le caratteristiche organolettiche, lo valorizza visivamente. I vini rossi prediligono calici ampi, mentre i bianchi freschi e leggeri esigono bicchieri più stretti per conservarne i profumi. Spumanti e champagne si servono in una flûte alta e affusolata.

Adeline aveva un segreto e lo custodiva gelosamente. L'aveva nascosto circondandolo di robuste difese: mura di recinzione, piante infestanti, polvere, macerie e oblio. Lì poteva entrare solo lei, perché era l'unica che possedesse la chiave, l'unica che sapesse dove fosse ubicato.

Era un luogo sicuro, sospeso.

Mentre osservava il cielo grigio e lattiginoso che rifletteva il suo umore, si chiese perché si fosse tenuta lontana per tutto quel tempo. Era lì che stava bene. Lì poteva trovare pace.

Il muro davanti a lei divenne sempre più alto, insormontabile. A un tratto temette di non riuscire a superarlo. Di non possedere le forze necessarie. In preda al nervosismo iniziò a tastarlo. L'agitazione le fremeva sotto la pelle, la scuoteva costringendola a muoversi, ad agire. Si accorse di avere il viso bagnato di lacrime.

Riccardo non c'era più, e lei non riusciva a sopportarlo.

Miranda l'aveva abbandonata.

Janus... il passato non avrebbe permesso loro di avere una seconda occasione.

Pensieri vorticosi che d'un tratto divennero soverchianti, le strinsero la gola. Intorno a lei, tutto si fece scuro, ma oltre la recinzione, Adeline lo sapeva, c'era la luce del sole, e lei desiderava solo raggiungere il suo posto speciale.

Lì, ne era certa, nulla avrebbe potuto farle del male.

Nascose la testa nel cappuccio calandolo sul viso e si tuffò nella vegetazione che copriva l'ingresso. Separò gli arbusti con le mani. Una volta dall'altra parte, iniziò a corre-

re. Il cuore le batteva forte, l'erba alta le sferzava il viso, ma non sentiva dolore, era più come una carezza, un benvenuto. Sorrideva. Tutto in lei era cambiato, come se fosse animata da una forza interiore immensa, un'energia che le permetteva di fare quello che desiderava, di esserlo persino. Nascosta al mondo si sentiva libera, si sentiva sé stessa.
Allargò le braccia. Anche se i piedi continuavano ad affondare nel terreno, Adeline stava volando.
Era quasi arrivata all'edificio quando si fermò, le mani sulle ginocchia, ansante, gli occhi sulla scalinata maestosa che conduceva al colonnato d'ingresso. L'acqua nella fontana di pietra lì accanto gorgogliava dolcemente. Tutto era perfetto, immutabile, sereno.
Amava quella vecchia casa abbandonata. Tutto là aveva una storia e lei ricopriva un ruolo preciso. «Sto arrivando», disse, sorrise e si sentì meglio. Il sole scomparve, ma non aveva importanza perché al suo posto adesso c'erano nuvole bianche e morbide come cotone. Il cielo era diventato un cappello, la pioggia una coperta fresca. La bagnava con delicatezza, come un bacio.
Adeline guardò il suo riflesso nell'acqua della fontana, piccoli cerchi concentrici punteggiavano la superficie, distorcendola. Il suo viso scompariva e riappariva, ogni volta diverso. Era giovane, anziana. Era una ragazza, e dopo una bambina. Scosse la testa e finalmente si riconobbe. I tratti spigolosi, la bocca serrata, gli occhi accusatori. Perplessa indietreggiò. Riprese a camminare prestando attenzione ai buchi nel terreno. Raggiunse l'ingresso e si fermò ai piedi della scalinata.
In quel momento udì uno schiocco. Chiunque fosse, era giusto dietro di lei.
Paralizzata dallo stupore si voltò di scatto, pronta a reagire, le mani chiuse a pugno.
E allora la vide.
Era una bambina, piccola, magra, indossava una maglietta sottile che un tempo era stata rosa, i capelli ridotti a una matassa selvaggia le circondavano il viso appuntito.
«Ciao», mormorò. All'improvviso Adeline aveva le gam-

be molli, aveva voglia di piangere. «Sei fradicia di pioggia. Che ci fai qui?»
La piccola si strinse nelle spalle, le labbra morbide socchiuse, l'espressione guardinga.
Doveva aiutarla, pensò freneticamente, doveva salvarla. L'urgenza di abbracciarla, di proteggerla la spinse in avanti, le braccia tese.
La bambina, però, indietreggiò. Continuava a fissarla, per ogni suo passo in avanti, lei ne faceva uno indietro. E poi, a un tratto fuggì verso la casa.
«Fermati!» le urlò dietro, lanciandosi all'inseguimento. La villa era in rovina. Poteva crollare. Doveva fermarla. Il panico affondò i denti spingendola a muoversi più in fretta. Più veloce.
«Non ti faccio niente.»
Non ti faccio niente.
La frase echeggiò all'interno dell'immenso salone vuoto costringendola a fermarsi, le mani sulle orecchie. Crollò in ginocchio. Faticava a respirare, immagini di una vita precedente le vorticavano in mente. Ma non poteva abbandonare la piccola. Si costrinse a sollevare la testa, inalò l'aria fredda e la vista si schiarì quel tanto che le permise di vedere un lembo della maglietta sparire oltre la prima rampa di scale. Allora scattò. Superò i cumuli di macerie, salì i gradini a due a due. Raggiunto il pianerottolo, trovò un pannello della boiserie spostato. Con gli occhi sbarrati e il fiato corto comprese che la bambina sapeva. Conosceva l'ingresso segreto, quello che conduceva alla sua stanza. «Chi sei, ragazzina?»
La domanda era sciocca, d'un tratto ne percepì tutta la banalità. Che importanza poteva avere?
Doveva trovarla. Eppure rimase ferma esattamente nel punto in cui era, le dita che si allungavano e si contraevano, il cuore che le galoppava nel petto.
D'un tratto fu invasa da una profonda calma. Rilassò le braccia. Respirò a fondo e solo allora iniziò a camminare. Un passo, un altro. Proseguì nel corridoio nascosto, sbucò nell'anticamera accanto al salone. Quando trovò aperte le

pesanti porte infilò le mani in tasca. Le chiavi erano ancora lì, al loro posto. L'unica copia... Eppure, la bambina era entrata. La sentiva ridere, un suono lieve, sereno, quasi allegro. Non correva pericolo, adesso. Là dentro niente e nessuno avrebbe potuto farle del male. Adeline ne era sicura.
«Sei qui?» La domanda le risuonò intorno. All'interno della grande sala tutto era immutato. Volumi rilegati in file ordinate alle pareti, la scala che conduceva agli scaffali più alti. I vetri piombati dai quali filtrava una luce opaca, gentile, che smussava gli spigoli e addolciva ogni cosa. Al centro, sul tappeto polveroso c'era un grande mappamondo di legno lucido. Adeline si chiese se anche la bambina fosse stata attratta dai preziosi dettagli. Sfiorò con la punta delle dita i mostri marini e le riproduzioni delle navi che qualcuno aveva dipinto negli oceani. Fin dalla prima volta che li aveva visti si era chiesta chi fosse l'artista, o meglio quale fosse la sua storia. Perché aveva scelto di rappresentare i pericoli? Era un monito per i viaggiatori? E lui aveva mai solcato quei mari?

Sollevò il globo superiore rivelando uno scompartimento concavo e profondo.

Il libro era al suo posto, sorrise sollevata, le brillavano gli occhi. Eccolo, il suo tesoro. Un volume alto e spesso, rilegato a mano, con una copertina di pelle color prugna e sui bordi un filo d'argento. Sul fondo, invece, dei bicchieri che aveva contenuto un tempo, c'era una penna.

La Montblanc nera lucida, con il pennino in oro, brillava. La stava aspettando. Adeline si soffermò con la punta del dito sulle iniziali. AW. *Adeline Weber.*

Con delicatezza sollevò il libro posandolo sulla massiccia scrivania. «Vuoi vedere che cosa faccio quando vengo qui?» Non attese una risposta, lo aprì e inspirò profondamente. La prima immagine era quella di una donna di cui non riusciva a vedere il viso. Era circondata da una ragnatela di parole scritte in una grafia ordinata e fittissima. La seconda mostrava una ragazzina di circa quattordici anni. Indossava una camicetta sotto un cappotto chiaro, la borsa era scivolata ai suoi piedi, portava una gonna alle ginocchia, scarpe basse. Lo sguardo incupito fissava l'obiettivo. «Lei è Miriam. Oh, non è il suo vero nome, naturalmente.» Lo aveva inventato. Anche lei portava un nome di circostanza. Non conosceva quello che avevano scelto per lei sua madre e suo padre. A decidere era stato uno sconosciuto, forse il direttore sanitario dell'ospedale dove era nata, oppure l'ufficiale di stato civile, in ogni caso qualcuno incaricato di quel compito. Un'azione priva di sentimento, svolta per dovere, senza amore.

Un giorno, qualcuno aveva deciso che lei si sarebbe chiamata Adeline Weber. Probabilmente non l'aveva nemmeno mai vista in faccia.

«È capitato anche a me», disse alla bambina. «L'ho scoperto troppo tardi per poterci fare qualcosa, così alla fine ho deciso di tenermelo.» Accarezzò con dolcezza i bordi del ritratto.

Non sopportava che il tempo cancellasse ogni cosa.

Che divorasse i ricordi. Era come scomparire, era peggio che morire.

Non poteva permetterlo.

Si sedette, la stilografica graffiava la carta pregiata, a tratti però vi volava sopra e Adeline sorrideva. Ogni volta che girava una pagina un profumo delicato di carta e cuoio si levava nell'aria. «Miriam voleva diventare una pianista. Aveva il cuore giusto, la capacità di trasformare la sofferenza in melodia.» Un'altra pausa. Era giunta alla fine, adesso doveva decidere. Poteva raccontare la desolazione del mondo, la tristezza, l'assurdità del male, la sua inutilità. Oppure poteva scegliere... altro. Adeline sorrise e continuò la storia. Poi chiuse il libro, si alzò fermandosi davanti a un enorme specchio dai bordi ossidati e si osservò come aveva fatto molte volte. Fu in quell'istante che scorse la bambina. Era apparsa al suo fianco, non si muoveva ma era lì, proprio accanto a lei. Se avesse allungato il braccio l'avrebbe persino toccata. Restò immobile.

«Non ti vedevo da tanto tempo. Perché sei tornata?» La voce era appena un sussurro, un alito di vento nell'immobilità della grande biblioteca.

La piccola la guardava con i suoi stessi occhi. Le sorrideva con il suo stesso sorriso. Teneva il suo libro tra le mani, nonostante fosse diverso, poco più di un grosso vecchio quaderno con gli anelli. Adeline lo riconobbe ugualmente. Si voltò verso la scrivania dove lo aveva lasciato. Era spoglia, non c'era più nulla, nemmeno la penna.
«L'hai preso tu», disse alla bambina.
Lei annuì e glielo porse. Allungò le braccia ma non riusciva a toccarlo.
«Perché non lo vuoi?» le chiese la piccola.
Scosse la testa. Lei lo voleva, lo voleva più di ogni altra cosa. Solo non riusciva a raggiungerlo. Dopo fu investita da una luce accecante e tutto scomparve.

Adeline si tirò a sedere sul letto, ansante. Si guardò attorno. Era nella sua camera da letto. Aveva lasciato le imposte aperte e il sole l'aveva raggiunta.
«Un sogno», mormorò. «È solo un sogno.» Si strinse le mani al petto mentre ciò che ricordava iniziava a sfilacciarsi scomparendo nella sua mente.
Quando il cuore rallentò il battito si sdraiò nuovamente e si coprì le spalle con il lenzuolo. C'era come una linea temporale nel suo passato. Esitava a solcarla, evitava di spingersi oltre. Di quel tempo, Adeline conservava solo qualche immagine. Gonne pesanti, mani gentili, abbracci, torte glassate. C'erano anche le preghiere prima di andare a dormire. Un mondo garantito, sicuro, scandito da un ritmo sempre uguale. Un giorno, quel mondo era finito, sostituito da un altro pieno di persone che svolgevano un compito, mani rapide, frettolose, dita dure di persone a cui non importava nulla né di lei né degli altri bambini. Era fuggita, ma Damien l'aveva riportata indietro. Quando ci aveva riprovato, lui le aveva regalato il quaderno. Era diverso da quello del suo sogno, non era altrettanto bello. Adeline lo adorava. Ci aveva scritto molte storie. Qualche volta era lei la protagonista, qualche volta invece erano le bambine e i bambini che per un periodo diventavano la sua famiglia. Altre volte, quando le cose si facevano spaventose, Adeline le inventa-

va. In tutte le storie però c'era un lieto fine, tutte avevano protagonisti abbandonati come lei.

Passò il palmo sul lenzuolo più volte.

Era al sicuro, non aveva nulla da temere. Era adulta, una persona forte. Adesso sapeva come difendersi. Tornò al passato, la mano continuava a muoversi sulla stoffa. Nella sua mente c'era un uomo. Era alto, il volto buio, come i suoi occhi. Vestiva di nero e portava un papillon al collo.

«Sei una bambina molto cattiva, Adeline Weber.»

Paralizzata dalla paura aveva rivolto tutti i suoi pensieri a Damien. Poche ore prima lui l'aveva riportata alla casa-famiglia per la seconda volta. Le aveva detto che sarebbe stata bene, ma l'uomo che aveva davanti la spaventava.

«Hai messo in allarme tutti quanti. Ti abbiamo cercata ovunque.»

Sapeva che non avrebbe dovuto rispondere. Le suore le avevano spiegato che le parole spesso portavano guai, ma Adeline non sopportava più le sue urla. «La mia mamma tornerà a prendermi dove mi ha lasciata, non posso restare qui. Questa non è la mia casa.»

Lui l'aveva fissata incredulo. «Chi ti ha messo in testa certe scempiaggini?» Era persino scoppiato a ridere. «Tua madre ti ha abbandonata. Quelle come lei fanno figli e poi se ne sbarazzano, e prima lo capirai meglio sarà per te!»

«Bugiardo!» gli aveva urlato pestando il piede sul pavimento. «La mia mamma mi vuole bene.»

«Come no? Per quello si è sbarazzata di te.»

Non conosceva il significato di quella parola, ma era di certo qualcosa di brutto.

«Andiamo, ragazzina, smettila di piangere.»

Adeline era troppo sconvolta per dargli ascolto. Avrebbe voluto che suor Marie fosse là con lei, per dire a quell'uomo che si stava sbagliando.

La tua mamma ti vuole bene, Adeline, non dimenticarlo mai!

Glielo aveva detto così tante volte, era vero di certo!

«Ci prenderemo cura noi di te. Ma devi comportarti bene, qui non c'è posto per i ribelli. Se scapperai ancora ti la-

scerò per strada e mi laverò le mani di te come ha fatto tua madre. Pensaci la prossima volta.»
Non le piaceva quell'uomo, non le piaceva quel posto. Voleva tornare dalle sue suore ad aspettare la mamma.
Era crollata in ginocchio, le manine che stringevano i ciuffi di lana del tappeto. Quando il direttore Lamarck le aveva afferrato il braccio per tirarla su Adeline gli aveva vomitato sulle scarpe. Non ricordava il resto, c'erano state delle urla, qualcuno l'aveva presa in braccio e dopo le avevano posato un panno fresco sul viso. Si era svegliata con un forte dolore alla gola, al suo fianco, accanto al lettino, c'era Damien.
«Lui c'è sempre stato...» si disse.

24.

La luce solare contribuisce all'ossidazione del vino e ne degrada le qualità organolettiche alterando il sapore e l'aroma. Per questo le bottiglie sono spesso di vetro scuro – verde, marrone o nero – adatto a proteggere il prezioso contenuto.

Per la prima comunione di Alexandra, Adeline indossò un abito scelto dalla bambina, giallo, audace e vistoso, il genere di vestito da cui, qualche mese prima, si sarebbe tenuta alla larga.

Gaëlle avrebbe tanto voluto accompagnarle in quella giornata tra ragazze, come l'aveva chiamata Adeline, ma la gravidanza assorbiva tutte le sue energie, così era rimasta a casa con le gemelle e loro erano uscite da sole.

«Grazie, zia Adeline.»

«Non c'è di che, farfallina.»

In realtà, abito a parte, era lei a provare una forte gratitudine per quella bambina deliziosa perché dopo il sogno che aveva fatto era molto scossa. Alexandra aveva impegnato tutte le sue energie e così Adeline era riuscita a mettere da parte per qualche giorno la tenuta, Miranda e tutto il resto. Nella figlia di Damien c'era una fragilità che la impensieriva e che allo stesso tempo trovava adorabile. Silenziosa e riflessiva, era molto diversa dalle sorelline. Esile, bionda, i tratti delicati di una statuina di porcellana, era il ritratto del padre.

In quel momento Alexandra procedeva verso l'altare in una nuvola bianca, seguita dalle compagne. A un tratto si voltò. Adeline comprese che la stava cercando tra la folla e, quando i loro occhi si incontrarono, Alexandra sollevò il pollice, come le aveva insegnato. «Sei bella come il sole.»

Era troppo lontana per sentirla, ma quelle parole trovarono il cuore di Adeline e vi si posarono sopra, lievi come una carezza. Conosceva quella frase, era un gioco tra di lo-

ro. Qualcosa che Adeline le aveva detto e ripetuto molte volte.
Sei bella come il sole.
Sentì le lacrime pungerle gli occhi. Provava un'emozione profonda, intensa. Qualcosa che apparteneva al passato, al periodo trascorso nel convento.
Sei una brava bambina, Adeline.
Sei coraggiosa, buona e bella.
Sei come il sole, la luna e le stelle.
Suor Marie le diceva sempre cose simili e lei aveva fatto lo stesso con i figli di Damien e di Gaëlle.

Un lieve sentore di incenso invase la chiesa, ai canti dei bambini si unì lo scampanellio gioioso. I fedeli si alzarono in piedi e la messa iniziò.

Adeline non era più tornata dalle sue suore e loro, di lì a qualche tempo, avevano smesso di inviarle pacchi, regali, e di telefonarle. Avevano rispettato la decisione di tagliare i ponti. Per quanto Lamarck fosse stato brutale, le aveva detto la verità: lei era stata abbandonata. Era stata rifiutata come gli altri bambini che abitavano con lei, o meglio che lo facevano per un breve periodo, perché ognuno di loro andava e tornava, come se la casa-famiglia fosse un porto nel quale approdare, sostare e ripartire. Adeline aveva imparato a non affezionarsi troppo, a staccarsi da tutto e tutti. Non era rimasta in contatto con nessuno. Nemmeno con Delphine, nemmeno con Rémi. Non sapeva cosa ne era stato dei suoi amici dopo l'incidente.

Il sacerdote chiamò i fedeli alla preghiera, Adeline sentì le frasi che accompagnavano la liturgia affiorare, comporsi, radunarsi e procedere per conto proprio, separate dalla sua volontà.

«Mi piace il tuo vestito!»
Janus, al suo fianco, le sfiorò una mano.
«Grazie.» Era felice che fosse lì con lei. Era passato a prenderla quella mattina e le aveva proposto di pranzare insieme. «Devo andare a una prima comunione, ti va di farmi compagnia?» Non sapeva nemmeno lei perché gliel'avesse proposto. Dopo la tragedia che aveva colpito Miran-

da era come se la loro storia... quella sorta di legame che si era creato tra loro a cui non sapeva dare un nome, fosse rimasto in sospeso.
«Una tua parente?»
«In un certo senso. È la figlia maggiore di una coppia di cari amici.»
Intanto, il sacerdote proseguiva il rito, il coro intonava i canti, richiamando i bambini. Adeline li osservò procedere verso l'altare con il cero luminoso, simbolo della fede, tra le mani. Damien e Gaëlle erano accanto alla figlioletta, anche loro vestiti di bianco. Le gemelle invece scorrazzavano in fondo alla navata sorvegliate dal fratello maggiore. C'erano i parenti di entrambe le famiglie, persone che Adeline conosceva di vista, con le quali tuttavia non aveva mai legato.
Eppure hai finto di essere una di loro...
Respinse il pensiero, poi lanciò uno sguardo a Janus. Aveva insistito per portarle la borsetta e adesso, alto, elegante in camicia e giacca formale, teneva tra le mani il suo piccolo sacchetto turchese ricoperto di perline. Un altro acquisto assurdo di quella pazza giornata di spese con Alexandra. Quando Janus si mise la borsetta a tracolla, incurante di quanto potesse apparire buffo, Adeline desiderò baciarlo.
Era lì per lei.
Lui le sorrise e lei si avvicinò finché percepì il calore della sua pelle. Qualche volta le bastava, altre invece la spingeva a desiderare di più.
La cerimonia finì, il brusio si alzò, fioccavano gli auguri, le risate, gli abbracci. Dopo fu il momento delle fotografie. Mentre le famiglie si radunavano accanto all'altare, Adeline desiderava allontanarsi il più in fretta possibile.
«Vieni, usciamo.»
Furono investiti dal sole. Intorno a loro la gente chiacchierava, i bambini giocavano, l'atmosfera di festa era contagiosa. Trovarono un posto all'ombra in attesa del loro turno per gli auguri. Alexandra spuntò dal gruppo dei bambini assiepati accanto all'enorme portale. In quel momento si liberò della coroncina di fiori, i capelli biondi le caddero

sulle spalle come una cascata d'oro, rideva e sembrava felice e spensierata.

Adeline la fissò intensamente, gli occhi socchiusi, poi scosse la testa e cercò Damien con lo sguardo. Si trattenne su di lui per un lungo momento. Quando l'uomo si voltò nella sua direzione come se avesse percepito la sua presenza, le sorrise. Adeline continuò a osservarlo. C'era qualcosa nei suoi occhi. Non avrebbe saputo dire se fosse stanchezza, ansia, o altro. Lui a un tratto si fece largo tra la folla e li raggiunse insieme a Gaëlle. Adeline ne approfittò per presentargli Janus. Dopo i convenevoli Damien l'abbracciò e le baciò la fronte. «Venite a pranzo con noi?»

Adeline scosse la testa. «Ci vediamo più tardi come d'accordo.»

«Porta anche il tuo amico», le mormorò approfittando del fatto che Janus chiacchierava con Gaëlle.

Adeline sorrise. «Non so se abbia altri piani.»

«Non ne ha, fidati!»

Le fece piacere il suo commento. Lui non aveva mai saputo della sua relazione con Janus. Era qualcosa che Adeline aveva tenuto per sé. Era come se avesse vissuto tante esistenze separate e per ognuna avesse interpretato una parte. Solo che adesso non intendeva più farlo. Adesso voleva... cose diverse. Voleva considerazione, voleva rispetto per ciò che era e non per quello che sembrava. Voleva l'uomo che le camminava accanto.

«Vieni, spostiamoci», gli propose con un sorriso.

Attesero che la folla si diradasse, quindi restarono ancora un istante a osservare la facciata della chiesa. «È stata una bella cerimonia.»

«Tu sei... devoto?» Non lo sapeva, c'erano così tante cose che invece avrebbe voluto conoscere.

Janus si strinse nelle spalle. «Credo nel bene, in una forza primordiale che crea e si contrappone a quella che invece desidera solo distruggere. Immagino si possa dire di sì.»

Anche in quello era un sognatore. Janus era un idealista, aveva messo a repentaglio la sua stessa vita per fare ciò in

cui credeva. «Io lo sono stata. Credevo in Dio più di ogni altra cosa.»
«Cosa ti ha fatto cambiare idea?»
Lei batté le palpebre. «La realtà.»
«Andiamo, Adeline, queste sono parole dettate dalle circostanze. Tu sei molto più di questo.»
«Davvero?»
Janus le circondò le spalle con un braccio. Camminavano lentamente, un passo alla volta. «Poche persone si sarebbero prodigate allo stesso modo per Miranda, e no, lasciami parlare. I tuoi colleghi ti stimano. In un ambiente competitivo come quello in cui lavoriamo non è scontato guadagnarsi rispetto e considerazione. Sei una donna generosa, altruista. Te l'ho già detto Ada, sono le azioni a definirci.»
Non era facile per lei accettare i complimenti, la mettevano a disagio, eppure si afferrò alle parole di Janus perché le piaceva quello che le stava dicendo.
«Andiamo all'avventura?» Lui le baciò la mano. «È da un po' che non vedo Montecarlo.»
Le si illuminò il viso. «Anch'io.»
«Allora è deciso, gita!»
Persino la strada che portava al Principato era meravigliosa. Attraversarono i quartieri più caratteristici, si fermarono al museo oceanografico e poi scesero verso la spiaggia.
«Sei molto legata a Damien e alla sua famiglia.»
Non era una domanda, Adeline sollevò lo sguardo su Janus. Erano arrivati al ristorante. «Sì, lo conosco da quando ero... bambina.»
«Amico di famiglia?»
Si gelò. La forchetta a mezz'aria. «In un certo senso.»
«È stata una cerimonia emozionante.» Le sorrise e Adeline si rilassò.
«Alexandra era molto felice.»
«Anche tu lo eri.»
Un altro sorriso, e Adeline pensò a quanto era affezionata ai bambini di Damien. Il pensiero la portò a Léonie.

«Credo che quella donna abbia deciso di tenersi Nikolaj accanto.» Non aveva bisogno di chiarire ulteriormente, Janus aveva capito a cosa si stesse riferendo.
Lui annuì, pensieroso. «Lo penso anch'io.»
«Se solo riuscissi a trovarlo, se scoprissi che è felice, Miranda forse si riprenderebbe...» mormorò inseguendo una briciola sulla tovaglia.
«Ci vuole tempo, Adeline.»
Sì, lo sapeva. Era vero, il tempo poteva aggiustare molte cose. Non voleva cadere nella malinconia, così si affrettò a cambiare discorso.
«Ti va di andare da Damien più tardi?» Non era stata sicura, per quello aveva atteso tanto prima di chiederglielo.
Lui premette le labbra sulle sue dita. «Sì, mi piacerebbe molto.»
«Devo passare un attimo a casa per prendere il regalo.»
«Certo.»
In realtà si trattennero da lei un po' più del dovuto, ma era tutta la sera che giravano intorno a quel bacio che si scambiarono.

L'appartamento di Damien e Gaëlle era invaso dagli ospiti. Una musica allegra faceva da sottofondo alle voci dei bambini e alle loro risate. Sulla porta, Adeline esitò. Janus era accanto a lei, teneva tra le mani il dono per Alexandra e aveva insistito per portare la bottiglia di vino che lei aveva deciso di dare a Damien.
«Hai cambiato idea?» Adeline sentì le sue labbra scivolarle lentamente sul collo, il respiro caldo nell'orecchio come una carezza. «Perché per me va bene se torniamo indietro...» continuò lui. «Ho molte cose da... dirti. Cose che abbiamo lasciato in sospeso prima...»
Suo malgrado sorrise e gli si accostò un po' di più. «Non ci tratteniamo molto.»
«Meraviglioso.»
Restarono legati l'uno all'altra per un istante. Come poteva un solo sguardo suscitarle emozioni così forti? si chiese Adeline. «Entriamo.» Lo disse prima di cambiare idea, pri-

ma di cedere al desiderio che la spingeva a comportarsi in un modo irrazionale. Si concentrò sull'atmosfera festosa, rispose ai saluti, ricambiò qualche sorriso. C'era chi portava vassoi di panini, chi spostava la frutta e faceva spazio alle bevande, chi serviva i dolci. Dalla parte opposta della sala, Gaëlle si accorse di loro e dopo averle sorriso sfiorò la spalla del marito. Li raggiunsero insieme. «Grazie per essere venuti.»
«Non saremmo potuti mancare.» Adeline consegnò a Damien il suo regalo. Era una bottiglia della vigna speciale di Miranda. «È un vino che affina in fondo al mare.»
Lui accigliato la osservò più da vicino. «Grazie», mormorò. «La conserverò per un'occasione importante.»
Un altro sorriso, questa volta Adeline colse in pieno il suo imbarazzo. Si chiese perché fosse così nervoso.
«Ho saputo che hai sostituito Dupont agli archivi...» disse a Janus.
«Sì, in realtà è quella la mia specializzazione anche se in passato mi sono dedicato ai recuperi... problematici.»
«Un bel cambiamento.»
«Ogni tanto ci vuole.»
«Certo... Scusatemi un momento.» Damien si allontanò con la sua bottiglia stretta tra le mani.
«Credo di non andargli a genio.»
Adeline scosse la testa. «Ti sbagli.» Però Damien si era comportato in modo curioso, pensò Adeline. In quel momento vide Gaëlle, teneva una delle gemelle in braccio mentre l'altra cercava di arrampicarsi sulla sua gamba.
«Torno subito.»
«Certo. Fai con comodo.» Janus la seguì con gli occhi, poi si servì da bere e gironzolò per l'appartamento.
Dopo aver soccorso Gaëlle, Adeline tornò nella sala e Damien le porse un piatto. Non aveva fame ma accettò comunque un tramezzino. Sembrava tornato l'uomo che conosceva, calmo, sicuro di sé. Probabilmente era stato travolto dall'emozione. Ma era comprensibile. D'altronde adorava la sua bambina.
Gli occhi di entrambi si posarono su Janus.

«Mi sembra una brava persona.»
«È molto di più...»
«Da come lo dici non sembra una cosa buona.»
Adeline provò nuovamente il morso dell'antica paura.
«Non sa nulla di me, gli ho mentito.»
«In che senso?»
Sospirò. «Crede che io abbia un padre, una matrigna, dei fratellini...»
Damien le circondò le spalle. «Ma è vero.»
Adeline sentì nuovamente quelle stupide lacrime pungerle gli occhi. Scosse la testa e dopo sorrise. Non voleva continuare per quel terreno impervio. In quel momento le sembrò che tutti li stessero osservando. Sapeva che Damien era stato discreto, sapeva che lui non aveva mai dato spiegazioni sul legame che c'era tra di loro. Ma i suoi familiari comunque erano a conoscenza del lavoro che svolgeva, non ci voleva poi troppa fantasia a capire cosa li unisse.
«Esattamente cosa ti preoccupa?»
«Niente. Va tutto bene.»
«Vieni, spostiamoci.»
Adeline lo seguì nello studio.
Felice di quella tregua si sedette, massaggiandosi le caviglie. Non era abituata a portare i tacchi per tanto tempo. Lo sguardo vagò sulle pareti, tra le cose che conosceva a memoria. Avrebbe dovuto rasserenarla, eppure si sentiva inquieta. «Ho sognato il mio quaderno.»
«Quel quaderno?» le chiese Damien. Si era seduto sulla sua poltrona preferita, giocava con un sigaro che teneva sempre spento.
«Sì.»
«Per quello sei così turbata?»
Lei attese un po' prima di rispondergli. «Ho visto la bambina...»
Lui si raddrizzò all'istante. «Visto?» le chiese con un filo di voce.
«Era nel sogno. Io volevo raggiungerla, proteggerla, ma lei fuggiva.»

Damien la fissò un lungo momento, dopo scosse la testa. «Non è necessario che sia io a dirti cosa significa, vero?» Adeline si irrigidì. «È tutto molto complicato.» Era un sogno ricorrente, lo faceva ogni volta che viveva momenti di grande sofferenza. Ogni volta che si sentiva in pericolo. Il fatto che si fosse ripresentato proprio adesso era significativo del suo turbamento interiore.
«Lo è solo se tu lo permetti. Sbarazzati di ciò che ti rende infelice. Scegli per te stessa, lascia perdere il resto.»
Non le piaceva quel tono. Lei non era una delle sue bambine piccole.
«Devi ascoltarmi, Adeline!»
«Devo?» Lo chiese con un filo di voce, tenendo a bada il fastidio.
Lui sembrò rendersi conto del proprio tono e cambiò atteggiamento. Si sedette di nuovo, le braccia sulla scrivania. Adesso le sorrideva.
«L'ho fatto anch'io, ed è successo anche a Gaëlle: tutti a un certo punto dobbiamo fare una scelta. È cruciale.»
Lui? Gaëlle? Adeline lo osservò con più attenzione. «È strano...»
«Che gli altri abbiano le loro personali grandi miserie?» Il sorriso di Damien si incupì. «Schemi di sopravvivenza, Adeline, ognuno di noi li costruisce per sé stesso e ci scommette il futuro. Non sempre funzionano.»
Già, ma lei aveva sempre creduto che Damien fosse invincibile. A un tratto desiderò andarsene. Pensò a Janus, a ciò che li aspettava. A quello che avevano lasciato in sospeso e non vedeva l'ora di riprendere. Ne aveva abbastanza di Damien, di Miranda, di tutto. Voleva qualcosa che appartenesse unicamente a lei. Che la strappasse a quel soffocante turbine di pensieri. Si alzò. «Grazie per esserci sempre.»
«Aspetta...» le disse. «Ho una cosa per te.»
Adeline si chiese cosa potesse essere.
Lui aprì un cassetto, tirò fuori una busta e gliela porse. L'aprì incuriosita e quando lo riconobbe sgranò gli occhi. Quello era il suo quaderno. «Ma... com'è possibile? Credevo fosse andato perduto.»

«L'ho trovato... di recente.»
«Come?» Adeline era sconvolta, felice, turbata allo stesso tempo. Lo sfogliò... era proprio il suo quaderno delle storie, pensò sbalordita. Ma perché glielo aveva dato solo in quel momento? Accarezzò le pagine. Storie, disegni. La sua infanzia era tutta lì. «Dove lo hai trovato?»
«Che importanza ha?»
Certo che era importante! «L'ho cercato per molto tempo.» Lo aveva tenuto sempre con lei da piccola, e anche dopo, quando si sentiva smarrita, leggere le sue storie l'aiutava a trovare pace.
«Dovresti sbarazzartene e scriverne uno nuovo, aggiungi pagine bianche, organizza il tuo avvenire.»
Sollevò gli occhi. «Senza passato non c'è futuro.»
Una risata, era così amara che Adeline accigliata si chiese che gli fosse preso tutto a un tratto.
«Tutti possono ripartire da zero. Io l'ho fatto. Guardami, Adeline. Io l'ho fatto e lo puoi fare anche tu!»
Lei si inumidì le labbra. «A cosa ti riferisci?»
Damien fece per risponderle, poi lo sguardo corse oltre le sue spalle.
Adeline si voltò.
Janus era sulla porta.
Cosa aveva sentito?

25.

In cantina, le bottiglie vanno conservate in posizione orizzontale per permettere il continuo contatto del liquido con il tappo di sughero: oltre a mantenerlo umido evita la formazione dello spazio di testa, una piccola quantità d'aria che potrebbe ossidare il vino.
Inoltre, economizza lo spazio.

«Scusate, devo tornare dai miei ospiti.» Damien uscì quasi di corsa, passandole accanto, ma lei era troppo impegnata a tenere sotto controllo l'agitazione per notare la tensione che traspariva dalla sua voce, dalla sua espressione.
«È tardi», mormorò dopo aver lanciato un'occhiata a Janus. «Prendo la borsa e andiamo.»
«Aspetta, stai dimenticando le tue cose.»
Entrò nello studio, prese la busta dove Adeline aveva riposto il quaderno e gliela consegnò. Sorpresa, lei sollevò lo sguardo su di lui. Janus le sorrise e si chinò.
Le sue labbra erano calde, indugiarono su quelle di Adeline giusto un istante. Un battito di ciglia.
«E questo perché?» gli chiese.
«Non c'è un motivo.»
«C'è sempre un motivo.»
Lasciarono l'appartamento dopo un frettoloso saluto generale al quale Damien rispose con freddezza. Adeline era nervosa, i pensieri le turbinavano in mente: Damien, il quaderno che lui aveva avuto per tutti quegli anni... le sue mezze frasi. Perché aveva aspettato tanto a renderglielo? Janus le camminava accanto... Si chiese quanto lui avesse sentito di quello che si erano detti lei e Damien. Richiamò alla memoria le parole, ma anche se non c'era nulla che potesse ricondurre al suo passato, Adeline continuava a provare un profondo senso di allarme. Perché era stata così sciocca da chiedergli di accompagnarla a casa di Damien?
«È stata una bella festa.»
Lui annuì. «Molto istruttiva.»

Cosa voleva dire? Nuovamente silenzio, nuovamente passi lunghi, nervosi. A cosa stava pensando? Perché non le parlava? Adeline sapeva che c'era qualcosa di diverso in lui. Percepiva chiaramente il suo turbamento.
«Va tutto bene?»
Lui annuì e sorrise. «Sì, stavo solo riflettendo.»
«Su cosa?» gli chiese. Aveva la bocca asciutta, faticava a tenere il passo, intorno a loro turisti e locali passeggiavano godendosi la serata. Sembravano sereni, allegri. Adeline li osservava con gli occhi grandi e il cuore pesante. Janus non le aveva risposto. Gli lanciò un'altra occhiata. «Allora?»
«Damien, Gaëlle... siete molto uniti.»
Si sforzò di tenere la voce sotto controllo. «Sono molto importanti per me.»
Le sorrise. «Sembra un padre per te. Ha una moglie giovane e dei bambini...»
Adeline avvampò. Sapeva dove voleva andare a parare. Ritirò la mano dalla sua e accelerò il passo. Era peggio di quello che pensava. Grazie al suo intuito, Janus aveva capito che quella sera di tanti anni prima, a casa dei suoi genitori, lei aveva descritto la famiglia di Damien come se fosse la propria.

Non avrebbe dovuto sfidare la sorte. Cosa credeva di dimostrare?

«Ada, fermati.» Janus le prese una mano e lei rallentò. Adeline si guardava intorno, gli occhi che cercavano una direzione. Ma non c'era niente che potesse aiutarla. L'ansia le montava dentro come una marea.

«Perché fai così?»
«Non è mio padre.» Lo disse con rabbia, sfidandolo. La gola stretta, lo stomaco annodato.

Lui la fissò per un lungo istante. «Se anche lo fosse stato, non avrebbe fatto alcuna differenza.»

«Invece sì, avrebbe fatto tutta la differenza del mondo. Se lui fosse stato mio padre, io...» non concluse la frase. All'improvviso era nuovamente piccola, guardava Janus ma vedeva Lamarck, era tornata al passato, a quel terribile giorno nella casa-famiglia. Udiva le parole che il direttore le aveva detto. Un rifiuto, lei era un rifiuto. Si strinse le braccia intorno al busto. «Voglio andare a casa.»

«Certo, ti accompagno.»

Non voleva i suoi sguardi gentili, la facevano sentire anche peggio.

Raggiunsero il parcheggio, Janus le aprì la portiera e attese che lei salisse, poi girò intorno alla macchina e salì a sua volta.

«Cos'hai?»

Adeline continuò a guardare fuori dal finestrino, le dita sul vetro. «Niente di importante... è stata una lunga giornata. Sono solo stanca.»

Lui restò in silenzio per tutto il tragitto. Quando arrivarono sotto casa, Adeline spalancò la portiera. «Grazie di tutto!» Non attese la sua risposta e sparì dentro l'ascensore.

Una volta rientrata nel suo appartamento si chiuse la porta alle spalle. C'era ancora profumo di fresie. Il mazzetto riposava nel vaso accanto alla finestra. Lo aveva comprato d'impulso perché le ricordava Miranda. Mentre si chinava ad annusarlo le sembrò di vederla. Ma era solo un'illusione. Miranda non voleva nessuno nel suo mondo, e di certo non lei.

Adeline si sfilò quello stupido abito giallo, lo appallottolò e lo gettò via. Aveva vissuto un'illusione, ecco cos'era stata quella giornata. Una patetica, stupida illusione. Si liberò delle forcine e i capelli le ricaddero sulle spalle, li afferrò e, invece di raccoglierli, li strinse tra le mani e si guardò allo specchio. «Chi sei davvero?» chiese rivolta al proprio riflesso. Le dita corsero alla fronte. Cinsero il mento e le guance. Non c'era nulla nel suo volto che potesse risponderle. Occhi, naso, bocca. Un caleidoscopio incerto, i polpastrelli che scorrevano da uno all'altro alla ricerca di una traccia, una sfumatura che la conducesse alle sue origini. Solo che lei non le aveva. Lei non aveva identità.

Il suo volto non le diceva nulla, era come un'ombra. Lei era senza radici.

«Basta!»

Si coprì il viso con le mani. «Basta!» esclamò. «Va tutto

bene, non importa. Hai la tua vita, hai il tuo lavoro. Non ti serve altro», continuò a ripetere. Tornò in cucina si versò dell'acqua, era fresca e la calmò. Quando udì bussare alla porta si incupì. Non aspettava nessuno.

26.

Lo Champagne è un vino spumante prodotto nell'omonima regione della Francia, principalmente da uve Chardonnay e Pinot. All'inizio dell'Ottocento, la giovane vedova di un produttore, Barbe-Nicole Clicquot, promosse la diffusione del proprio vino, mise a punto tecniche di remuage che, attraverso una serie di rotazioni della bottiglia, eliminavano il deposito delle fecce, e produsse il primo Champagne rosé, assemblando vino bianco e rosso di Bouzy.

«Ada, apri, sono io.»
Janus... stava per dirgli di andarsene, invece indossò una vestaglia e aprì.
Lui era immobile, teneva tra le mani la sua borsa, ma era il quaderno che lei fissava.
«Li hai dimenticati...» le disse, porgendole gli oggetti.
Adeline indietreggiò e lui dopo essere entrato si chiuse la porta alle spalle. Posò il quaderno sul tavolino del soggiorno.
«Lo hai letto», lo accusò con un filo di voce. Ne era certa, ce l'aveva scritto in faccia. E adesso? Cosa avrebbe fatto? Le batteva forte il cuore, il suo incubo peggiore si stava avverando. Janus sapeva chi era davvero, sapeva che gli aveva mentito.
Le gambe divennero molli, raggiunse il divano, lui invece restò in piedi. Continuava a guardarla.
«Di cosa hai paura, Ada?»
Paura? Lei non aveva paura di nulla. Aveva terrore di tutto. Perché la sua voce era così dolce? Perché era sempre tanto gentile? Le si serrò la gola, ma non avrebbe pianto.
«Perché mi hai voluto nuovamente nella tua vita?»
Perché con te è tutto più bello.
La risposta scaturì dal profondo della sua anima. Ma non poteva dirglielo. Erano parole ridicole, degne di una ragazzina.
Janus la raggiunse sedendosi accanto a lei. Le sfiorò i capelli, accarezzandoli con dolcezza.
Adeline continuò a tacere, rigida.

«Che razza di persona credi che io sia?»
Una buona, gentile, che si merita di meglio.
«Non vuoi rispondermi?» le chiese.
Adeline scosse la testa. Avrebbe voluto perdersi nel suo abbraccio, voleva che lui le dicesse che andava tutto bene. Ma non era così che funzionavano le cose. «Non avresti dovuto farlo. Non ne avevi il diritto.»
«Hai ragione.» Lo disse con calma e lei desiderò nuovamente chiudere gli occhi e dimenticarsi di tutto. «Ma ho pensato che mi avrebbe aiutato a capire cosa ti tormenta. Ho accettato di correre il rischio.»
Adeline non aveva il coraggio di guardarlo. Era a un bivio, e lo sapeva. Non poteva più tornare indietro, non poteva fingere né ignorare la realtà.
«Il passato ha fatto di te la donna meravigliosa che sei, Ada.»
Ancora silenzio. Lei continuava a torcersi le dita, Janus le prese le mani, fermandola.
«Tu non sai nulla di me.» Il sussurro si udì appena.
Janus premette le labbra sui suoi palmi.
«Non mi serve, non ha alcuna importanza. Ogni evento della tua esistenza ti ha creata, ha contribuito a fare di te ciò che sei diventata.»
Scosse la testa, si liberò dalla sua presa. «No, tu non puoi capire. Tu non sai cosa significhi guardarsi indietro e vedere il nulla. Tu non hai idea di come ci si senta sapendo di valere talmente poco da aver scoraggiato la tua stessa madre a fare almeno un unico dannato tentativo.» Scosse la testa. Le battevano i denti, la sua mente era un caos totale. Stava perdendo il controllo.
«È per questo che mi hai mentito?»
Sollevò gli occhi per guardarlo. Era arrabbiato? Era deluso?
«Avevo paura.»
Lui scrollò il capo. «Mi conosci così poco da pensare che potrei giudicarti per le tue origini? O forse quella che non può accettarle sei tu?»

Adeline schizzò in piedi, come se volesse fuggire, si fermò al centro della stanza.

Janus la raggiunse in pochi passi e dopo averla afferrata la strinse a sé. «Sei così misericordiosa e comprensiva con Miranda, perché non offri la medesima compassione a te stessa?»

Si staccò da lui, non voleva ascoltarlo. «Te lo avrei detto, non so quando, non so come ma te lo avrei detto. Non dovevi impicciarti.»

Lui indietreggiò. «Sono stanco di girarti intorno in punta di piedi, guardami, Ada. La vita ti sfugge dalle mani in un istante, io voglio passare il mio tempo con te, la domanda è cosa vuoi tu!»

Cosa vuoi, Adeline?

Anche Miranda le aveva posto lo stesso quesito.

Pensò a quel giorno, al momento in cui l'aveva affrontata, a ciò che le aveva detto.

Un moto di ribellione si agitò dentro di lei

Voglio la verità, voglio te nella mia vita, voglio fare qualcosa di speciale che mi faccia sentire degna, importante. Voglio ridere e ballare, voglio vivere.

E poi lo guardò. Lui era là, Adeline si perse nei suoi occhi e seppe che era tutto vero. Non era lui il problema, non era il suo giudizio che aveva temuto.

Tutto iniziò a rientrare nei propri spazi, ad assumere contorni precisi. Inspirò profondamente più volte. Quando le sembrò di essersi calmata sollevò lo sguardo su Janus. «Quel quaderno rappresenta la mia infanzia. Temo che abbia smosso molti ricordi. Alcuni non sono piacevoli, come puoi immaginare...»

«Non sapevi che lo aveva lui?» le chiese.

Scosse la testa. «No, credevo di averlo perduto molto tempo fa.» Lo aveva con sé la sera dell'incidente. Come aveva fatto Damien a prenderlo?

«Non so cosa ci sia tra te e Damien, Ada. Ma quell'uomo... non mi piace. Ogni volta che parli con lui, anche al telefono, cambi.»

«Se non fosse per lui io sarei morta!»

«È così che ti tiene sotto controllo?»
La domanda la spiazzò e in un istante comprese che aveva ragione; ma non poteva permettergli di parlare così. Stava per dirglielo, quando Janus afferrò il suo quaderno.
«C'è un motivo se quell'uomo è così ossessionato da te?»
«Non è ossessionato. Lui mi vuole bene.»
Janus scosse la testa. «Mi chiedo cosa lo spinga a comportarsi così.»
Cosa intendeva dire? «Tu non lo conosci.»
«E tu?»
Serrò le labbra, l'indignazione le arrossava il viso. «Lui c'è sempre stato per me! Sono cose che tu non sai, che non puoi capire. Non azzardarti a dire una parola di più contro di lui.»
Janus la fissò a lungo, posò il quaderno sul tavolo, la raggiunse e le premette le labbra sui capelli. «Forse hai ragione tu, mi sono sbagliato. Ho frainteso. Non accadrà più. Buonanotte, Ada.»
Quando uscì lei corse a chiudere la porta a chiave. «Tu non sai nulla di Damien», sussurrò.

Nei giorni seguenti Adeline tornò alla sua vita di sempre. Ogni mattina chiamava la governante di Miranda per sapere come stava, poi si dedicava al lavoro. Janus era fuori sede per una trasferta misteriosa di cui nessuno sapeva molto. Il fatto che non gliene avesse parlato era un segnale molto chiaro sulla direzione che aveva preso il loro rapporto e lei ne era consapevole. Non poteva fare altro. Così aveva messo in atto ciò che faceva ogni volta che le cose si mettevano male: lavorava. Aveva recuperato il tempo perduto e si era portata avanti con il nuovo. Nonostante non vedesse Miranda da qualche settimana, il suo pensiero tornava a lei. Adeline si chiedeva cosa facesse, come andasse alla tenuta. Era sempre convinta che la soluzione fosse trovare Nikolaj, era certa che Miranda a quel punto avrebbe deciso di tornare alla vita. C'era anche un'altra cosa che la tormentava. Janus conosceva il suo segreto... eppure non aveva commentato né lo aveva fatto riguardo alla bugia che gli aveva detto sul-

la sua presunta famiglia. Lo aveva giudicato male, e di quello era profondamente dispiaciuta. Una volta svanita la rabbia aveva convenuto con lui. Possibile che lo conoscesse davvero così poco da credere che gli sarebbe importato della sua mancanza di origini? Ma forse la realtà era diversa, forse era per lei che cambiava tutto.
E dopo seppe che era così. Era lei che non poteva sopportare di essere stata rifiutata. Era lei che lo aveva nascosto, come se fosse una colpa. Come se fosse una vergogna. Aveva proiettato su Janus i propri timori.
«Ciao, Adeline, sei libera?»
Sollevò gli occhi su Fleur e le sorrise. Era davvero felice di vederla. «Entra, sono in pausa. Ti va un caffè?»
Lei scosse la testa, ma ricambiò il sorriso. Sembrava più serena dell'ultima volta in cui avevano parlato.
«Ho concluso la ricerca.»
Ma Adeline non voleva parlare di quello. Le sorrise nuovamente, mise da parte i fogli sui quali stava lavorando e le porse il caffè. «Mi dispiace», le disse guardandola negli occhi.
Fleur le rivolse un'occhiata perplessa. «A cosa ti riferisci?»
«A quello che mi hai detto tempo fa, avevi ragione... per tanto tempo io sono stata da sola. Non è facile fidarmi.»
La collega si sedette davanti a lei. «Non lo è per nessuno, la vita è così. Si sceglie, si corre un rischio, qualche volta si vince...» Le sorrise nuovamente. «Accade il più delle volte, in realtà. Il mondo è migliore di quello che pensiamo.»
Era strano che proprio Fleur pronunciasse quelle parole. Era sempre stata molto sospettosa, persino amara nel suo giudizio sulle persone. Adeline si chiese che cosa fosse capitato per spingerla a cambiare idea a quel modo.
«Mi sembri diversa.»
«Ho riflettuto molto. Vedi, Adeline, ero così concentrata sui problemi che non mi rendevo conto di quanto fossi fortunata. Ho iniziato a pensare a quello che mi piaceva, agli aspetti del mio lavoro che trovavo positivi. Alla fiducia che avevi riposto in me.» Posò il dito sul mazzo di fogli. «Non so

se questo ti servirà a trovare Nikolaj, però è stato bello provarci insieme. Adesso devo tornare al lavoro.» Finì il caffè e le fece l'occhiolino.

«Ci vediamo più tardi?» le chiese Adeline.

«Contaci!»

Era così commossa... un'emozione dilagò in lei scaldandole il cuore.

Poi pensò a Miranda. I ricordi delle giornate insieme le strapparono un sorriso. Pensò al suo modo spiccio di parlare, di affrontare le cose. Le aveva insegnato a prendersi cura delle viti. A osservare il mondo in modo differente. Adesso Adeline conosceva il motivo per il quale si piantavano le rose davanti ai filari, comprendeva il valore della potatura, sapeva indirizzare i rami e attendere che la pioggia bagnasse le radici.

«Un atto di fede...» mormorò, pensando al giorno in cui la sua amica le aveva detto che la natura avrebbe fatto il suo corso. E allora spalancò gli occhi: Miranda era convinta di aver fatto il suo, che il tempo a sua disposizione si avviasse alla fine. Lei era come una pianta di vite che aveva dato tutto ciò che poteva e adesso si era ritirata in attesa di terminare il proprio ciclo vitale. Il pensiero la scosse. «No, non lo farai.» Non glielo avrebbe permesso. Lei non era sola, c'era molta gente che l'amava, che contava su di lei. E allora Adeline comprese che la famiglia era composta anche da persone che non avevano legami di sangue. Da gente che si amava, si prendeva cura uno dell'altro, a prescindere da tutto.

Ma non aveva tempo per rimuginare su quel pensiero.

Il passato è importante perché tutto ciò che abbiamo superato ci ha reso le persone che siamo.

Non aveva mai avuto davvero cura di sé, dunque quella frase non aveva mai fatto una grande presa su di lei. Però era vera. Era autentica. E c'era di più... pensò ai legami, alle relazioni che si instauravano. Ai contributi che nel bene e nel male ognuno apportava alla vita degli altri.

Sentì come un'energia nuova, qualcosa che la spingeva a

prendersi cura di ciò che per lei era importante. A prendersi cura di Miranda.

Adeline esaminò i fogli che le aveva portato Fleur. Era l'analisi relativa a tutti i nati di maggio e giugno. Iniziò a scorrerli uno per uno. Quindi si accigliò. «Ma pensa...» si disse con un filo di voce leggendo un nome. «Una coincidenza davvero singolare.» Non ci aveva fatto caso, ma il mese era lo stesso, anche l'anno.

Assorta, si spostò di scrivania, accese il pc e si collegò agli archivi. Digitò lentamente, attenta a non sbagliare. E poi sbuffò impaziente.

La calma è la tua alleata migliore, Adeline.

Nonostante tutto, i consigli del professore continuavano ad affiorare nella sua mente, qualche volta aveva l'impressione che lui non se ne fosse mai andato per davvero. Le sue parole non smettevano di farle compagnia.

Era vero, doveva mantenere la calma, doveva ragionare. Aprì lo schedario, tirò fuori tutto quello che aveva su Nikolaj. Ogni documento, ogni foglio. Si concentrò soprattutto sul registro di Léonie.

«*Dio avrà cura di lei, gli angeli...*» lesse, poi socchiuse gli occhi. «Léonie Bonnet era una donna religiosa...» rifletté. Sollevò lo sguardo mentre un'idea le si formava in mente. Tutto faceva supporre che si fosse occupata di Nikolaj. Era plausibile che lo avesse tenuto con sé. Le parole chiesa, liturgia, sacramenti, archivi si combinarono e Adeline le seguì: anche quello era un gioco che le aveva insegnato Salomon. Mettere insieme le parole poteva offrire una nuova prospettiva.

Era una donna religiosa... Gli archivi della chiesa... i registri di battesimo. Come aveva fatto a non pensarci prima?

«E se...» Afferrò il cellulare e digitò il numero di Janus, quindi interruppe la chiamata, non lo avrebbe cercato in quel modo. Tornò al pc, inserì l'indirizzo della Bonnet e attese. «Santa Maria delle Grazie...» mormorò pensierosa. Quel nome le era familiare. C'erano anche altre chiese nei dintorni, ma quella era la parrocchia del quartiere dove aveva vissuto l'ostetrica di Miranda. Adeline fece una rapida ricerca per verificare se lo era stata anche nel passato. «Sì...» Aveva già sentito quel nome... ma dove? Socchiuse gli occhi, fece una stampa e la esaminò. Poi digitò nuovamente l'indirizzo, selezionando le immagini. Sgranò gli occhi! Lei conosceva quella chiesa. Sapeva dov'era, lo sapeva perfettamente.

Afferrò la borsa e si diresse verso l'uscita, si fermò un istante ad avvisare Lucien. «Puoi sostituirmi?»

«Certo, ci vediamo più tardi a cena?»

Annuì. «Dillo anche a Fleur.»

«Ovvio! Dove vai così di fretta?»

«Devo controllare una cosa.»

Lasciò il municipio di corsa, prese la macchina e partì.

Adeline impiegò meno di mezz'ora a raggiungere l'edificio. Aveva messo in pausa i pensieri, erano la logica e l'intuito a sostenerla, a spingerla in quella direzione. Nizza aveva molte chiese, ma decise di iniziare da quella perché era la più vicina alla casa di Léonie. Quella che permetteva di supporre un rapporto di conoscenza tra lei e il parroco.

Appena entrò, Adeline provò la consueta sensazione di pace. Era tutto molto diverso dalla domenica precedente. Adesso l'edificio era silenzioso, la luce tenue sembrava colare dalle alte finestre bifore sul pavimento. Nell'aria c'era ancora un lieve sentore di incenso. «Che coincidenza...» Nello stesso istante in cui formulava quella frase, provò una sensazione di allarme. Perché lei non aveva mai creduto al caso. Tutto aveva una motivazione e un significato.

Proseguì lungo la navata. La sagrestia era sulla destra, la raggiunse e nonostante la porta fosse aperta bussò.

«Posso aiutarla, signorina?»

Guardò l'uomo che le sorrideva.

«Buongiorno, padre.»

Lui terminò di sistemare i paramenti. Adeline si schiarì la voce. «Ho bisogno di vedere i registri di battesimo.» Tirò fuori le sue credenziali e le mostrò al sacerdote. Lui però scosse la testa. «Non c'è bisogno. Venga.» La precedette lungo un corridoio che terminava in una stanza dalla foggia antiquata. Era ricoperta di scaffali.

«Nonostante sia tutto negli archivi diocesani, qui teniamo comunque una copia.» Le indicò un armadio. «Là ci sono i registri, a partire dall'Ottocento. Quale anno stava cercando?»
«Vorrei vedere il 1949.»
«Certamente, ha idea del mese?»
«Posso vedere tutto l'anno?»
Lui sorrise. «Certo, ci vorrà solo un po' di più.» Le indicò una scrivania e una poltrona. «Ci sono molte persone che vengono qui a cercare tracce della propria famiglia.»
Adeline non stentava a crederlo.
Quando l'uomo le portò i registri iniziò a cercare dal mese in cui era nato Nikolaj. C'erano decine di nomi. Insieme al nome del battezzato, l'elenco riportava anche i nomi dei padrini. Maggio, giugno, luglio. Adeline si fermò. Socchiuse gli occhi e frugò nella borsa, tirò fuori una lente di ingrandimento e l'avvicinò al registro. Poi sgranò gli occhi.
Era stordita, senza fiato. Il cuore le scoppiava nel petto.
«Ha trovato quello che stava cercando?»
Adeline annuì. «Sì.»
Era lì, Nikolaj. Nero su bianco. Accanto a lui i nomi dei genitori adottivi e quello della madrina.
Léonie Bonnet.
«Te lo sei tenuto vicino...» mormorò. Più di quanto avesse mai potuto pensare.

27.

Costituita nel 1988 su iniziativa di un'imprenditrice toscana, Elisabetta Tognana, le Donne del Vino è un'associazione che riunisce professioniste che promuovono la cultura del vino. Comprende produttrici, enologhe, sommelier, giornaliste, scrittrici, blogger, ristoratrici decise a sostenere il ruolo femminile e la sua visione in un mondo complesso e affascinante.

Era strano come il destino giocasse con la vita delle persone, pensò Adeline osservando la porta chiusa. Era strano che, solo qualche settimana prima, lei avesse paura di dire a un uomo adulto che la sua vera madre lo stava cercando. Nella sua mente aveva vissuto quel momento tante volte e per ognuna aveva dovuto tenere conto di una serie di obiezioni.

Adesso invece non vedeva l'ora di farlo. Era agitata, in preda a un'urgenza che metteva il resto in secondo piano. Era come se a un tratto tutto ciò che era accaduto nella sua vita fosse un preludio a ciò che stava per succedere. Perché ogni pezzo aveva trovato una collocazione, connettendosi al precedente e tutto, veramente tutto, aveva acquistato un senso.

Colpì nuovamente la porta e attese, il cuore in gola.

Aveva già suonato, sapeva che lui era solo perché la moglie e i figli erano usciti. Voleva che nessuno assistesse. Voleva che lui... Adeline cacciò le mani in tasca e respirò a fondo.

E poi la porta si aprì.

«Cosa mai può essere accaduto di così urgente da non poter aspettare fino a domani?»

Lo avrebbe scoperto fin troppo presto, pensò Adeline ricambiando il suo abbraccio. Posò la testa sulla spalla di Damien indugiando un po' più del necessario.

«Va tutto bene, tesoro?»

«Devo parlarti.»

Entrò e lo seguì nello studio.

«Mi dispiace di non averti dato prima il tuo quaderno.

Lo so, avrei dovuto farlo ma volevo che ti lasciassi il passato alle spalle e... che hai? Perché sei così pallida?»

Adeline posò i documenti sul suo tavolo. «Siediti.»

Lui socchiuse gli occhi. «Mi stai facendo preoccupare.» Lei non rispose, gli indicò le carte. «C'è qualcosa che devi sapere.»

«Di cosa si tratta?»

«Devo dirti... Per piacere, siediti.»

Damien però la ignorò, sfilò le carte dal plico e le esaminò una per una.

Con il cuore in gola Adeline seguì ogni suo gesto, le dita che si soffermavano sui fogli e li riponevano in ordine, l'espressione, la piega ostinata della bocca. Dopo qualche minuto, però l'inquietudine divenne... altro. Perché non diceva nulla? Perché non commentava? Dov'era lo stupore? L'incredulità che aveva immaginato? «Damien?»

Lui le rivolse un'occhiata distratta e tornò sui documenti, l'espressione impassibile.

A un tratto la consapevolezza invase Adeline gelandole il sangue. Il cuore prese a batterle forte. «Tu lo sapevi.»

Non la degnò di una risposta né di uno sguardo. Radunò i fogli e continuò a strapparli a metà finché furono ridotti un mucchietto di coriandoli che il vento avrebbe potuto spazzare via in un istante.

Adeline era sbalordita. «Sei impazzito?»

«Ti avevo chiesto di farti da parte. Che cosa non ti è chiaro?»

Era furibondo. «Tu...»

Adeline non riusciva a capacitarsi. Lo fissava come se fosse la prima volta che lo vedeva per davvero e, all'improvviso, tutto acquistò un senso: l'ostilità nei confronti di Miranda, la contrarietà che aveva mostrato fin da subito verso la loro amicizia, il nome sulla lista dei nati della stessa settimana di Nikolaj... Si coprì la bocca con la mano, era stata una sciocca a trascurare quell'informazione. Quella coincidenza, che le era sembrata giusto un po' curiosa, non era affatto casuale.

«Tu sapevi di essere il figlio di Miranda?»

Era evidente, eppure lei non riusciva ancora a crederci. A comprendere quello che Damien le aveva nascosto. Era troppo, aveva bisogno che lui lo confermasse, voleva sentirlo dalla sua voce.

«Sì.»

«Ma... Perché mi hai mentito?»

«E cosa volevi che facessi? Pensavi che ti avrei detto: eccomi qui! Sono io quello che è stato scaricato alla nascita? Quello che non possedeva il pedigree adeguato alla famiglia aristocratica? Il bastardo da tenere nascosto?»

Adeline era senza fiato. «Mi hai detto che non è importante chi ci ha messo al mondo! Che noi dovevamo pensare il meglio dei nostri genitori biologici perché non avevamo idea di quello che avevano passato!» Fece una pausa, non riusciva a conciliare l'uomo che le stava davanti con quello che in passato si era preso cura di lei. «Valeva solo per me? Per gli altri ragazzi?» gli chiese con un filo di voce.

Non le avrebbe risposto, la sua espressione era più che eloquente. Ma Adeline non aveva nessuna intenzione di smettere. «Siamo andati insieme al Cabinet Médical Saint-Rémy. Io e te, Damien, noi due insieme. A cercare un maledetto foglio che attestasse la tua esistenza.»

«Non volevo che tu lo scoprissi.»

«Perché, in nome del cielo?»

«Riguardava solo me.»

«Perché sei diverso? Sei migliore di me? Dei ragazzi che accompagni nel loro percorso?»

«Non dire stupidaggini. Ho lasciato tutto per dedicarmi a chi non aveva nessuno.»

Non le importava che fosse la verità. Adeline era troppo adirata per comprendere ciò che le stava dicendo. Sentiva bruciare dentro di sé la delusione, la rabbia, la sconfitta. «Sono tutte scuse, giustificazioni.»

Lui si limitò a fissarla. «Io onorerò la memoria di mia madre, onorerò i sacrifici di mio padre. Tutto quello che loro hanno fatto per me! Per quanto mi riguarda i miei genitori sono Giselle e Ambroise Martinelle.»

Adeline scosse la testa. «Io questo lo capisco! È giusto

che tu li ami, anche loro sono i tuoi genitori! Ma non puoi ignorare la verità.» Avanzò fino a posare i palmi sulla scrivania. «Tua madre si chiama Miranda Gravisi-Barbieri e tuo padre era un giovane ufficiale dell'esercito di Tito. La tua famiglia viveva a Capodistria, la loro casa esiste ancora...» La sua voce era un filo, eppure rimbombava nel silenzio dell'abitazione.

«Non mi importa, Adeline!»

«Invece dovrebbe!» urlò.

Aveva voglia di afferrare Damien e scuoterlo, non sopportava la sua espressione. «Come hai potuto ingannarmi così?» gli chiese disperata.

Lui si infilò le dita tra i capelli, poi la guardò. «Non pensare neanche per un attimo che sia stato facile. Mi dispiace molto che tu sia rimasta invischiata in questa... brutta storia.»

Non riusciva a crederci. Non era una brutta storia, era la vita di una donna a cui era stato portato via il suo bambino. «Lei ha bisogno di te.»

Trasalì quando lui, il suo pacato dolce Damien, colpì il tavolo con il pugno.

«E dov'era quando io avevo bisogno di lei?»

Non lo aveva mai visto tanto sconvolto, gli occhi enormi lucidi di lacrime, le labbra tirate sui denti. Adeline lo fissava, il cuore che le martellava nel petto. Durò solo un istante. Damien si ricompose. Scosse la testa. Inspirò e si sedette nuovamente. «Scusami... non parliamone più. È una faccenda chiusa.»

Il silenzio scese su di loro.

Una faccenda chiusa? La questione si era appena aperta. Adeline non aveva idea di cosa avrebbe significato per entrambi, in quel momento voleva solo capire. L'urgenza la spingeva ad accantonare tutto ciò che non era necessario. «Da quanto lo sai?» sussurrò.

Damien sollevò la testa posandola sulla spalliera della poltrona, gli occhi al soffitto, respirava piano, l'espressione sofferente. «Dopo la morte di mio padre ho dovuto occu-

parmi della successione. Nei documenti c'era una discrepanza...» Le indicò le carte ridotte a brandelli.
«Continua.»
«In apparenza era tutto in ordine.»
Adeline annuì. Era quello che aveva tratto in inganno tutti. All'anagrafe, Damien risultava riconosciuto in modo del tutto regolare. Nessuna adozione. Per quello era sfuggito al primo controllo.
«Di fatto però alcune date non coincidevano. Lo stato di famiglia era insolito...»
«Non capisco come sia potuto accadere.»
Lui rise piano. «Al principio nemmeno io. Credevo si trattasse di un semplice errore.»
«Spiegati meglio.»
«I miei genitori avevano avuto un altro bambino, nato morto. Dopo circa un mese, Ambroise... lui mi iscrisse all'anagrafe come suo figlio.» Fece una pausa. «Non riuscivo a capire, allora sono andato a parlare con la sorella di mia madre. Lei era un'ostetrica e diceva sempre che mi aveva fatto nascere.»
Adeline ci mise un attimo a unire gli indizi. «Léonie Bonnet...» Era nel registro di battesimo. Giselle e Léonie erano sorelle.
Damien annuì. «Esatto.» Si passò una mano sugli occhi. «Quando mia madre... Giselle, perse suo figlio, sua sorella Léonie le affidò un bambino che era stato abbandonato. Avrebbe dovuto affidarmi alle cure di un orfanotrofio, invece agì diversamente. Pensò lei ai documenti. Disse che voleva... proteggermi.»
Due donne avevano partorito a breve distanza l'una dall'altra, il bimbo di una era morto, la madre di quello vivo stava morendo... Miranda, però, era sopravvissuta. Era stata ingannata. «Lei non ti abbandonò.»
«Lo fece suo zio per lei! Sono coinvolti entrambi, Adeline.»
Cosa? No, non riusciva a crederci... Eppure tutto adesso iniziava ad avere un senso. Per quanto a lei sembrasse mostruoso ciò che aveva fatto quell'uomo si ricordò di ciò che

le aveva detto Miranda sul conto dello zio. Prima la perdita del figlio in guerra, poi la morte della sorella. Il bambino era figlio di quello che lui considerava un nemico, la gente che aveva ucciso sua sorella. Con la nipote in fin di vita era possibile che lo avesse rifiutato. Ma quando lei si era ripresa, perché non le aveva detto la verità? Perché non lo aveva mai voluto, ecco perché! Era stata l'occasione di sbarazzarsi di Nikolaj.
«Ti sbagli, tu non sai come si svolsero i fatti!»
«Ascoltami, non ha più nessuna importanza. È tutto passato, ciò che conta è la nostra forza, il nostro futuro, ricordi?»
«Di cosa stai parlando?» mormorò sciocata.
«Noi siamo uguali, Adeline. Noi siamo migliori di quelli che ci hanno messo al mondo. Loro non contano, noi sì. L'unico dovere che abbiamo è verso noi stessi. Possiamo decidere chi vogliamo essere.»
Chi era quell'uomo? si chiese stordita. «Io darei qualsiasi cosa per essere al tuo posto... io darei tutto per parlare con mia madre, guardarla negli occhi, io darei tutto ciò che ho per avere una seconda possibilità!» Si alzò, raggiunse la porta e stava per aprirla quando lui le corse dietro. «Aspetta, Adeline, ascoltami.»
Ma lei si divincolò sottraendosi al suo abbraccio. «Ti ho sempre creduto, sei ciò che mi ha permesso di mettere un giorno davanti all'altro. Tu eri il mio esempio, la persona più importante della mia vita.»
«E lo sono ancora, tesoro mio.»
Le aveva preso il viso tra le mani. «Tu sei la mia prima figlia, Adeline. Hai dato un senso alla mia vita, sei il mio orgoglio, il mio cuore. Non potrei amarti di più.»
Lei scosse la testa, questa volta però rimase immobile. «Chi ama rispetta, chi ama ascolta, Damien. Tu decidi per le vite degli altri. Le buone intenzioni non bastano, si devono compiere le azioni appropriate. Sono quelle che ci definiscono.» Fece una pausa. «Io vorrei sapere chi è mia madre, chi è mio padre, vorrei sapere se ho fratelli e sorelle, io... invece tu che sei stato amato, desiderato, tu che potre-

sti recuperare il passato, scoprirlo insieme alla donna che ti sta cercando così disperatamente ti ostini a ignorare la fortuna che hai avuto.» Lo spinse via e uscì.

Damien, sconvolto, la guardò scendere le scale e anche dopo, quando Adeline era ormai scomparsa, restò a lungo a fissare il vuoto. Tornò in casa, raggiunse lo studio e crollò sulla sedia, la testa tra le mani. Adeline non poteva saperlo, ma lui aveva sofferto molto durante l'infanzia. Ambroise, l'uomo che aveva creduto fosse suo padre, lo aveva sempre trattato con freddezza, tenendolo a distanza. Damien aveva fatto di tutto per compiacere quell'uomo silenzioso, solitario, che pregava sulla tomba di suo figlio morto neonato e che mai, nemmeno una volta, gli aveva permesso di accompagnarlo. Solo in seguito aveva compreso le sue ragioni. Se per Giselle era stato naturale divenire sua madre, per Ambroise le cose erano andate diversamente. Era rimasto intrappolato nel proprio dolore, nel risentimento, e questo lo aveva consumato lentamente.

Eppure Damien lo aveva amato, lo aveva idolatrato.

«Potevamo essere felici...» mormorò.

La bottiglia che gli aveva portato Adeline era lì, accanto a lui. La fissò a lungo. «L'ho conservata per un'occasione speciale...» mormorò pieno di amarezza. E quella lo era, no? «Un brindisi al disastro...» Cercò un cavatappi e l'aprì, il vino gli scivolò in bocca, ma non provò sollievo, in lui c'era un vuoto enorme, grande, infinito per il passato, per la sua perdita, per il rancore che lo aveva invaso. Esattamente come era accaduto ad Ambroise.

«Potevamo essere felici...» disse nuovamente. E poi mentre beveva qualcosa cambiò. Era come una sensazione che serpeggiava sotto la pelle, che lo agitò spingendolo a guardarsi intorno, a guardarsi dentro. «Cosa mi sta succedendo?» sussurrò. Allungò la mano, la strinse intorno al bicchiere.

Un altro sorso di vino. Damien a un tratto fu travolto dai ricordi. Erano intensi, come se li vivesse in quell'istante, come se il tempo fosse tornato indietro. Quando aveva scoperto la discrepanza nei documenti, aveva creduto che si

trattasse di un errore. Non sarebbe stata la prima volta. Dopo, qualcosa l'aveva spinto a indagare più a fondo. Per quello era andato dalla zia Léonie. Oltre a essere la sorella di sua madre era anche la sua madrina. Erano sempre stati molto uniti. Ricordava con precisione la mattina in cui aveva scoperto la verità. Come aveva bussato, l'occhiata affettuosa che lei gli aveva rivolto.
«Caro, che bello vederti. Come stai?»
Lui era entrato in casa, quel luogo che conosceva bene, dove aveva trascorso molto tempo con i suoi cugini. «Devo chiederti una cosa.»
«Che succede?»
Rammentava ancora l'incertezza che all'improvviso lo aveva colto, come se tutto gli sembrasse una follia. Ma il bisogno di sapere aveva prevalso. «Hai sempre detto che sei stata tu a farmi nascere...»
«Sì, lo sai bene.»
«Dimmi di mio fratello... Sembra che in realtà non fossimo gemelli.» Gli era bastato uno sguardo per capire che lei sapeva.
«Non capisco a cosa ti riferisca.»
Lui l'aveva fissata. «Dimmi la verità, zia Léonie. Cosa è successo?»
Lei era agitata, aveva aperto la bocca un paio di volte e poi l'aveva chiusa.
Dopo un lungo sospiro, lei gli aveva indicato una sedia. «Avrei voluto che tu non lo scoprissi mai.»
Damien ricordava ancora l'incredulità, la sensazione di gelo, il caos che si era impadronito dei suoi pensieri.
«Mio padre ha avuto una relazione con un'altra donna e mia madre ha accettato di crescermi come suo figlio?»
«Ma no!»
«Però è quello che c'è scritto sui documenti.»
Lei lo aveva guardato con una tale intensità da mettergli i brividi. «Era l'unico modo legale di riconoscerti.»
Aveva faticato un po' a comprendere le implicazioni. «Avete falsificato le carte... sei stata tu, vero?»
Lei aveva sorriso, l'esitazione era scomparsa. «Ho fatto

tutto ciò che dovevo per tenerti al sicuro. Saresti finito in un orfanotrofio.»

Ancora una volta, Damien ci aveva messo un po' ad assimilare quelle parole. «Perché? Sono orfano?»

«Non ha importanza.»

Invece ce l'aveva. In quel momento Damien voleva sapere ogni cosa. «Adesso tu mi dici tutto, oppure giuro che me ne vado e non mi vedrai mai più!» Non sapeva nemmeno lui da dove gli venisse tutta quella rabbia, forse era stato perché iniziava a capire il comportamento di Ambroise, forse perché in fondo aveva sempre saputo che in lui c'era qualcosa che non andava. Quella sensazione di scomodità, la differenza mentale e fisica con i suoi familiari. Nessuno era alto e biondo come lui, in una famiglia di bruni lui era l'unico ad avere quei colori così diversi, quella corporatura. «Voglio sapere tutto!» l'aveva incalzata. «Lei... mia madre. Raccontami ogni cosa!»

Léonie era impallidita. «Era una ragazza straniera e molto giovane che i parenti avevano accolto.»

Era morta, dunque? Con il cuore in gola aveva atteso che la zia continuasse.

«Stava molto male e in ogni caso non avrebbe potuto opporsi a quello che i suoi familiari avevano deciso.»

«Cosa intendi?»

«Tua madre era minorenne, suo zio ha scelto per lei.»

Damien aveva provato un odio profondo, un sentimento mai provato prima, verso un uomo sconosciuto che si era liberato di un bambino scomodo. Una stupida ragazza che era rimasta incinta senza capire le conseguenze del suo gesto. All'improvviso il responsabile della sua sofferenza aveva un'identità. «Il suo nome.»

Era stato allora che lei si era alzata. «Non ti serve saperlo, Damien. Le vostre vite sono separate. Non avete nulla da spartire l'uno con l'altro.»

«Voglio sapere il nome di quell'uomo. Voglio sapere come si chiama mia madre.»

Lei aveva scosso la testa. «No, è una vecchia storia. Deve restare così.»

Damien si era alzato ed era uscito da quella casa. Era stata l'ultima volta che aveva visto Léonie. Nei giorni seguenti aveva messo la casa dei genitori in affitto, dopo era tornato a Parigi e lì aveva capito cosa dovesse fare, come dare un senso alla sua sofferenza, a quel passato che aveva stravolto la sua realtà, come costruire il proprio futuro. Aveva variato il suo campo di studi ed era diventato un educatore. Si era dedicato a quelli come lui, e aveva conosciuto Adeline.

Il lieve tintinnio del bicchiere che colpiva la bottiglia lo riportò al presente.

Léonie gli aveva rivelato il nome di sua madre solo poco prima di morire, e da allora Damien aveva cercato di venire a patti con quella storia. Poi una sera aveva saputo che c'era un grande evento che la riguardava. Per quello era andato a quella festa in Liguria. Perché voleva guardare in faccia sua madre. Ma quando l'aveva vista e i loro sguardi si erano incontrati, tutte le sue certezze erano crollate, e con loro la vita che aveva costruito, compreso il suo rapporto con Adeline. In quel momento comprese ciò che aveva fatto, quello che aveva inteso dirgli Adeline. Si guardò dentro e quel barlume di feroce consapevolezza lo mise in ginocchio.

Damien chiuse gli occhi e iniziò a piangere.

Adeline era affranta. Camminava senza meta. Non riusciva a credere che Damien, il suo adorato Damien, l'unico uomo nel quale avesse riposto la sua totale fiducia l'avesse ingannata in quel modo.

Che sciocca che era stata, una vera stupida. Le tremavano le labbra, si asciugò rabbiosamente il viso. Continuò a pensare, a riesaminare gli eventi fin dal principio. C'erano ancora molte cose che non le quadravano, dettagli che stridevano. Se Miranda fosse stata una cittadina francese, residente a Nizza, se fosse stata maggiorenne, le cose sarebbero andate diversamente. «Ah, Léonie, che pasticcio hai combinato.» Ma alla fine non era facile biasimarla. Quella donna aveva agito nell'interesse del bambino. Se non avesse letto il registro delle nascite forse avrebbe avuto dei dubbi, sarebbe stato più semplice condannarla. Ma cosa avrebbe fatto se si fosse trovata al suo posto? Lei che era cresciuta in una casa-famiglia poteva ritenere che una madre e un padre adottivi fossero una soluzione peggiore di un lungo soggiorno in un orfanotrofio in attesa di trovare qualcuno di adatto? No, e lo sapeva. Lei avrebbe scelto una famiglia. Lei avrebbe voluto qualcuno che si prendesse cura di lei. Un padre e una madre, fratelli e sorelle. Persone che l'amavano e che, ne era certa, lei avrebbe amato a prescindere del legame biologico. Pensò a suor Marie, al professore, a sua moglie. Era stata felice con loro, le avevano mostrato come poteva essere. Chiuse gli occhi un istante. Aveva sperato ogni giorno che sua madre andasse a prenderla. Una qualsiasi madre. Adesso lo sapeva. Lei capiva Léonie. La capiva.

Qualche volta la vita ti mette davanti a una scelta e tuo malgrado sei costretta a considerare il male minore.

Lo squillo del cellulare la strappò ai suoi pensieri. «Janus...» sussurrò.

«Ciao Adeline, ho trovato la tua chiamata.»

Evidentemente aveva chiuso il telefono troppo tardi. Fece vagare lo sguardo sulla gente, sul mare. «Sì...» Tacque, non trovava le parole.

«Stai bene?»

No, non stava bene. «Avevi ragione.»

«A che proposito?»

Ancora silenzio. Le sembrava quasi di vederlo, la sua espressione intensa, il sorriso che gli illuminava il volto. Abbassò la testa e inspirò profondamente. «Scusami... non mi va di parlarne adesso.»

«Dove sei?»

«Sulla Promenade des Anglais.»

«Non muoverti, sto arrivando.»

Non avrebbe dovuto essere tanto sorpresa. Lui c'era sempre per lei. Chiuse la comunicazione. Era felice che lui stesse arrivando. Le era mancato, non vedeva l'ora di vederlo. Di parlargli. Voleva raccontargli ogni cosa.... Provò un'intensa sensazione di benessere, presto lo avrebbe rivisto. Poi pensò a Miranda, come avrebbe fatto adesso con lei? Guardò il cellulare. Sapeva che non le avrebbe risposto ma

sentiva il bisogno di chiamarla, così ci provò comunque. Quando partì la segreteria si asciugò le lacrime. «Ciao, spero che tu stia bene.» Stava per dirle che aveva trovato Nikolaj, ma all'ultimo cambiò idea. Le serviva tempo. «Vorrei dirti tante cose, vorrei che tu sapessi quanto sei stata importante, come hai cambiato la mia vita. Ti voglio bene, Miranda.»
Un istante dopo le arrivò un messaggio.
– Ti voglio bene anch'io, Adeline.
Oddio! Era la prima volta che Miranda mostrava una reazione dalla morte di Riccardo. Fece per telefonarle, per dirle quanto era felice di sentirla, ma non era il momento giusto. Lo avrebbe fatto presto, magari il giorno seguente. Infilò il cellulare in tasca e iniziò a camminare. I ciottoli crocchiavano sotto i sandali, lo scirocco gonfiava le onde che si abbattevano sulla spiaggia. Adeline era stravolta. Non sapeva cosa pensare. Il suo mondo era cambiato ancora una volta. Camminò tra la gente, il vento le scompigliava i capelli, accompagnava i suoi pensieri, le portava il profumo del mare e il suo canto.

«Adeline.»

Si voltò verso Janus. Le veniva incontro a grandi passi. E le sorrideva. Quell'uomo pazzo e assurdo le stava sorridendo come se fosse la cosa più bella che avesse mai visto. Non si accorse di piangere finché lui l'abbracciò e le passò le mani sul viso.

«L'ho trovato...» rivelò.

Lui posò la fronte sulla sua. Sentiva il calore delle sue mani che le circondavano il viso.

«È Damien, capisci? Il figlio di Miranda è Damien.»

«Com'è possibile?» Era sbalordito.

«Non la vuole vedere...» gli disse dando voce alla sua disperazione.

«Forse è solo sorpreso.»

«No, lui lo sa da tanto!» Faticava ancora a crederci, eppure era tutto vero. Fece una pausa. «Léonie era la sorella di sua madre. Giselle partorì, ma il suo bambino nacque morto, così dopo qualche settimana le affidò quello di Miranda.»

«Come ci sei arrivata?»
«Dal registro di Léonie.»
«In che senso?»
«Le cose che aveva scritto su Dio e sugli angeli. Era una donna religiosa. Ho immaginato che avesse affidato Nikolaj a una famiglia che condivideva il suo stesso credo.»
«Hai consultato gli archivi ecclesiastici?»
«Sì. Ho cercato nella parrocchia accanto a casa sua, ho esaminato i registri di battesimo.» Fece una pausa. «C'era il suo nome. Léonie Bonnet, sorella di Giselle Bonnet, la madre di Damien. Ha tenuto a battesimo come madrina suo nipote, Damien Nikolaj.»
Janus sorrise e Adeline continuò. «All'anagrafe è stato registrato come figlio di Ambroise Martinelle. Hanno omesso il secondo nome così vi compare solo come Damien. La registrazione è corretta, in apparenza. Quando gli ho chiesto una spiegazione, mi ha confessato che ha scoperto tutto dopo la morte del padre. Per via della successione.» Si fermò per riprendere fiato. «A Damien era stato detto che aveva un fratello gemello e nello stato di famiglia risultava in effetti un bambino nato morto poco prima della sua nascita. Ma se fossero stati gemelli, sarebbero dovuti nascere nello stesso giorno. Così ha chiesto spiegazioni alla zia e lei gli ha confessato ogni cosa. Sapeva tutto, capisci? Mi ha mentito.»
«C'era qualcosa di sfuggente in lui.» L'espressione di Janus divenne cupa.
Adeline avvampò ricordando il loro litigio. «Non ero pronta ad ascoltarti. Credo di non aver voluto vedere per davvero ciò che avevo davanti», spiegò. «Tutto quello che avevamo scoperto, l'età, il luogo di nascita, quello che Léonie aveva scritto, gli indizi in nostro possesso... era tutto così plausibile.»
Le tornò in mente Alexandra. Il giorno della comunione, quando si era tolta la coroncina di fiori. Come aveva potuto ignorare la somiglianza con la nonna?
«Miranda è andata dritta al punto, cercando notizie al municipio. Ha smosso un ingranaggio che tu, Adeline, hai

saputo comprendere. Un lavoro scrupoloso, indagini, ricerche, sei stata straordinaria.»

Lei valutò con attenzione le parole di Janus; non aveva considerato le cose da quel punto di vista. Eppure dentro di lei un'emozione si agitò. Era lieve come una piuma, una carezza. Sì, era stata brava. «Ti devo delle scuse...»

«Accettate!» Janus le sorrise.

«È davvero così facile?» gli chiese. Lei non sarebbe stata così generosa. Lo sapevano entrambi.

Il viso di lui si rabbuiò. «Dipende da te, Adeline. Possiamo continuare così finché uno dei due si stancherà, oppure possiamo parlare, possiamo cercare di capire quello che sentiamo, possiamo avere fiducia nella nostra... storia.»

Storia... era quello che condividevano? Pensò a Riccardo, al modo in cui quell'uomo aveva guardato sua moglie. Pensò come un giorno tutto era finito, senza nessun avviso, semplicemente era accaduto. Ma quello non aveva cambiato le cose perché il tempo passato insieme era stato... magnifico. Talmente tanto che Miranda non voleva vivere senza di lui.

«Non ho intenzione di tirarmi indietro.»

Avevano iniziato a camminare vicini, mano nella mano. Dai piccoli chioschi si levava il profumo del cibo, una musica lontana giungeva fino a loro trasportata dal vento.

«Questo mi rende molto felice.»

Un altro sorriso. Gli avrebbe detto tutto, pensò. «Ti ho mentito sulla mia famiglia, e mi vergognavo. Non sapevo come gestire la situazione, ero terrorizzata dalla possibilità che qualcuno potesse smascherarmi.»

Lui le premette le labbra sul dorso della mano.

«Sono nata prematura, mia madre mi ha lasciata in ospedale. Per un po' sono rimasta con le suore, poi mi hanno trasferita in una casa-famiglia. Damien è stato il mio supervisore. Quando avevo sedici anni la famiglia che mi aveva preso in affido mi ha riportato indietro. Per me è stato... troppo. Non l'ho accettato, così sono scappata e ho vissuto per strada finché una notte la polizia sgombrò la casa dove io e i miei amici avevamo trovato un rifugio.» Fece una pau-

sa. «Ho saltato il muro di recinzione alla cieca e, atterrando dall'altro lato, sono stata investita da un'auto di passaggio.» Un'altra pausa. «Quando mi sono svegliata in ospedale con più ossa rotte di quanto potessi credere, Damien era lì con me, mi ha aiutata a cambiare vita, a ricominciare. Mi ha spinto a credere in me stessa.» La voce si era spezzata. «È l'unico padre che io abbia mai avuto.»
Janus l'attirò a sé. «Amare non è un peccato, Ada.»
«Mi ha ingannata.»
«Forse anche lui doveva affrontare i suoi demoni.»
Ognuno di noi ha le sue grandi miserie.
Era così che le aveva detto? Adeline si chiese se lo avesse mai conosciuto per davvero... «Mi sembra tutto così assurdo.» Si asciugò gli occhi.
Lui la baciò ancora, questa volta sulle labbra.
Si diressero verso la vettura di Janus, parcheggiata a poca distanza. Quando partirono, lui le stava raccontando di un nuovo progetto che aveva in mente, Adeline sorrideva e osservava la piega delle sue labbra, la luce nei suoi occhi. Le sembrò di essere ancora la ragazza che si era innamorata di lui al primo sguardo, quando le si era presentato con un sorriso e un nome.
«Ciao, io sono Janus.»
«Mi chiamo Adeline.»
«Bello, ma quello è per tutti. Posso chiamarti Ada?»
Era stato tutto così semplice... come alcune volte lo è la felicità.
Di rado la vita offriva una seconda occasione, la sua era seduta lì accanto. Questa volta, aveva tutta l'intenzione di andare in fondo alla loro storia.

28.

L'Italia vanta circa cinquecento vitigni autoctoni, diffusi su tutto il territorio nazionale o tipici di singole regioni. Alcuni sono coltivati in aree molto circoscritte e hanno una storia che si perde nel mare del tempo, come il Nuragus in Sardegna, il Perricone siciliano, l'Albarola ligure, il Garganega veneto.

Fu il richiamo del mare la prima cosa che udì al suo risveglio. La cadenzata melodia che ascoltava ogni volta che lavorava nella sua vigna.
Da quanto tempo non scendeva più alla spiaggia?
Da quanto tempo non si occupava delle viti?
Miranda si alzò lentamente, un movimento alla volta, come se la vecchiaia le fosse precipitata addosso in un istante, schiacciandola.
«Come hai potuto andartene in quel modo?» chiese a fior di labbra, lanciando un'occhiata alla fotografia di Riccardo che teneva sul comodino. Entrò in bagno e si fece una lunga doccia. Era lì che piangeva. Sotto il getto di acqua tiepida che si portava via tutte le lacrime. Aveva sperato che facesse lo stesso con il dolore, ma quello si era annidato così in profondità nella sua anima da essere diventato parte di lei. Si asciugò i capelli, avrebbe dovuto tagliarli, pensò. Li aveva tenuti lunghi per lui, un vezzo che l'aveva fatta sentire giovane, quasi audace. Ma che adesso non aveva più nessun senso.
«Avevamo stabilito che toccasse a me andarmene per prima, sapevi che non avrei sopportato un altro lutto.»
Continuò a parlargli finché udì il timido colpo alla porta che annunciava l'entrata di Lara.
«Buongiorno, signora, come si sente oggi?»
Le faceva sempre la stessa domanda. Miranda sentì la collera montarle dentro, e poi allo stesso modo sparire. Le venne in mente una poesia di Ungaretti che aveva imparato da bambina. *Si sta come d'autunno sugli alberi le foglie...* Lei

non era un soldato, ma si sentiva proprio così. In balia dei capricci del destino che, come un vento maligno, la sferzava senza mai strapparla dall'albero. Nemmeno adesso, quando l'autunno della vita l'aveva raggiunta. Che senso aveva tutto quanto?

«Scenderò alla vigna.»

Ignorò l'espressione sbalordita della domestica, ma non la sua emozione, le labbra tremanti, gli occhi pieni di lacrime.

«Oh, sì certo, signora! Le preparo subito la colazione.»

Scappò via prima che potesse fermarla.

Miranda non aveva fame... le tornò in mente Adeline, la sua coraggiosa bambina che le era rimasta accanto, che aveva ignorato la sua indifferenza, che le metteva la tazza di latte tra le mani, o il piatto colmo davanti, sfidandola a rifiutarli.

Chinò il capo, un lieve sorriso sulle labbra. Non la vedeva da giorni. Quel suo messaggio però... c'era qualcosa di strano nella sua voce. Per questo le aveva risposto subito! Guardò il cellulare e si chiese nuovamente che cosa le fosse capitato.

Si vestì e dopo aver bevuto una tazza di caffè, incurante delle proteste della governante che la seguiva con un sacchetto di pane e dolci, uscì senza degnarla di una risposta. Non aveva bisogno di quelle attenzioni, non aveva bisogno di quello che loro, tutti loro, le stavano offrendo. Ciò che desiderava, lo sapeva con spietata certezza, non lo avrebbe avuto mai più.

E quello, alla fine, era il cuore della faccenda.

Fu investita dal vento, dai suoni, dalle immagini. Le costò tutta la sua determinazione continuare a camminare. Un piede davanti all'altro. Un istante dopo l'altro. Mai guardare oltre. Era così che si viveva quando non si possedeva una ragione per farlo. Come una nave che, sfruttando la forza accumulata, continua a procedere per inerzia. Prima o poi si sarebbe fermata, naturalmente.

Non vedeva l'ora.

Miranda chiuse gli occhi e vacillò, recuperò l'equilibrio.

La vigna la stava chiamando. La sua vigna che già una volta l'aveva spinta verso la vita. Continuò a scendere lungo il sentiero, consapevole delle persone che si erano fermate a osservarla, dei loro saluti, dei volti sollevati. Avrebbe dovuto vergognarsi di averli trascurati, e probabilmente lo avrebbe fatto. In quel momento, però, voleva solo inginocchiarsi tra le viti, inspirare il loro profumo, sentire l'energia della terra. Quando finalmente la vide, la sua vigna, provò un'intensa emozione. «Sono tornata...» Le foglie fremettero sospinte dal vento. Adesso era più calmo, gentile. Camminò tra i filari, le braccia allargate, le dita lievi sulle foglie come carezze. Era tutto in ordine, nel tempo in cui era stata lontana la sua vigna era cresciuta, i grappoli si vedevano chiaramente, persino le marze avevano radicato e mostravano i primi timidi germogli. «Le mie barbatelle...» sussurrò, osservandole più da vicino. Era abbastanza esperta da sapere che qualcuno si era occupato della vigna al suo posto. Ed era di per sé un fatto stupefacente: in pochi sapevano che quel vitigno era testardo e prosperava solo grazie al tocco di donne che, come lei, perpetuavano l'antica tradizione... rispetto della natura, ascolto, cura, amore. Il pensiero corse a Ianira, a ciò che l'anziana amica le aveva insegnato. Lei aveva fatto lo stesso con Adeline, ma quella ragazza era una principiante assoluta, le aveva giusto mostrato le basi. Possibile che le piante l'avessero accolta e avessero risposto alle sue cure? E poi sentì che era accaduto proprio quello.

«Ah, mia piccola Adeline. Sapevo che in te c'era qualcosa di speciale.» Lo aveva capito fin da subito. Il pensiero la portò a una considerazione. Anche Ianira aveva sentito lo stesso quando si erano conosciute? Cercò di ricordare ciò che le aveva detto la donna la prima volta che l'aveva condotta con sé a potare le viti.

«Tu sei quella che porterà con sé il futuro.»
Aveva creduto si riferisse al fatto che era incinta, solo dopo aveva capito che riguardava la vigna. Il pensiero tornò a Nikolaj. Provava una profonda pena, rimpianto, desolazione, ma c'era anche speranza e qualcosa che somigliava alla

gioia. Tuttavia, qualunque cosa fosse accaduta in futuro, ormai era troppo tardi. Il tempo aveva deciso per tutti.

«Voglio solo sapere se stai bene...» mormorò. Non era proprio così, ma si sarebbe accontentata di guardarlo da lontano, non poteva fare diversamente. «Maledetto destino...» Si inginocchiò sulla sabbia, tuffò le dita nel suolo e inspirò profondamente. Le sembrò di sentire l'energia della terra risalire dalle braccia, arrivarle al cuore e infonderle coraggio. «Sono stanca...» protestò. «Vorrei raggiungerlo. Il mio compito è terminato.»

Quelle parole suonarono distorte e sbagliate.

Si chiese perché la terra non volesse accogliere la sua supplica, cosa poteva fare? L'unico pensiero che la tormentava era quello di Nikolaj. No... c'era anche dell'altro. C'erano le sue piante, la vigna. E quello la portava a Adeline. Lei se ne sarebbe occupata? Per quanto le piacesse crederlo qualcosa la frenava.

Tornò al presente, al suo compito. La notte precedente aveva piovuto; Miranda, approfittando dell'umidità, impastò la sabbia e l'annusò come si fa con qualcosa di caro e prezioso, gli occhi chiusi, l'espressione intensa.

«È ora di andare», disse con dolcezza. Prima però c'era una cosa che aveva desiderato fare mentre lentamente, un giorno alla volta, risaliva alla superficie della coscienza. Entrò in acqua finché le onde le lambirono le ginocchia. Si lavò le mani, le braccia, il viso. L'acqua salata le filtrò tra le labbra, penetrandole nella bocca, portandole il gusto aspro del mare. Miranda si immerse completamente, ignorando il fatto che era vestita, e tornò a riva. Era circondata dal blu e dal verde, dal turchese e dal viola, le sembrò di rivedere i colori dopo molto tempo. Si diede della sciocca. «Pensavi davvero che Dio fosse così misericordioso da portarti via quando decidevi tu?» Eppure sapeva che ognuno resta al mondo finché non ha terminato il proprio compito. L'aveva imparato a sue spese.

Risalì verso il terrapieno, grondante d'acqua e pensieri. Avrebbe chiamato Adeline, voleva sentirla. Ma prima voleva riposare, il suo vecchio cuore le martellava nel petto. Era quasi sul terrapieno quando lo vide. Non seppe nemmeno lei come riuscì a raggiungere la cima. Lui avanzava a grandi passi, alto e bello, i capelli biondi che brillavano al sole, ma lei fissava i suoi occhi, la bocca. Non le sorrideva, era come l'ultima sera che l'aveva visto, quando si erano salutati un istante prima che lui si voltasse per andare via. Per tornare a Capodistria.

«È impossibile.» Non poteva trattarsi di lui... si schiarì la mente. «Smettila, ragiona.» "Ammettendo che sia ancora vivo adesso è un vecchio, come lo sei tu", pensò.

L'uomo aveva rallentato. La guardava, sembrava molto teso. Le mani serrate, il petto che si sollevava e si abbassava. E poi Miranda notò i cerchi sotto gli occhi, la sua espressione stravolta.

Era lui... era l'uomo che aveva visto al castello di Dolceacqua. Era... impallidì. L'intuizione spazzò via ogni altro pensiero, tutti i dubbi.

«Nikolaj?» sussurrò.

Le ginocchia le cedettero e scivolò in avanti.

Lui scattò nella sua direzione afferrandola.

L'aiutò a raggiungere la panchina.

Per tutto il tempo Miranda non aveva fatto altro che guardarlo, gli occhi sgranati, le labbra che le tremavano. «Tu sei...» non riusciva a parlare, le sembrava che la sua mente stesse per scoppiare o forse era il suo cuore. Lui non la guardava, teneva il capo chino, le mani strette.

Però le sedeva accanto.

«Nikolaj...» sussurrò nuovamente.

Lui infine si voltò. «Mi hanno detto che mi stavi cercando.»

«Sto sognando?»

Lui scosse la testa e serrò la mascella. «No, sono qui.»

Era suo figlio! L'uomo che le stava davanti e non aveva deciso se restare o fuggire era suo figlio. Tossì, l'aria era fuoco nella sua gola. Non era più il bambino che ricordava, era un uomo. Provò l'impulso di abbracciarlo, di immergere il viso tra i suoi capelli, di sentirlo sotto le sue dita. Ma lui non lo avrebbe accettato. Lo sapeva. Lo vedeva nella tensio-

ne delle spalle, nell'espressione selvaggia dei suoi occhi. «Da quando ho scoperto che eri vivo non ho fatto altro che cercarti.»
Fu sorpresa di come la voce le uscì chiara e limpida, perché lei dentro di sé la sentiva frammentata in milioni di pezzi.

Lui rise, un suono freddo, intriso di una tale amarezza che a Miranda spuntarono le lacrime.

«Te la sei presa comoda...»

Non aveva il coraggio di chiedergli perché fosse così addolorato, era chiaro. Era come Adeline. Aveva il medesimo straziante dolore dipinto sul volto.

«Mi avevano detto che eri morto.»

«E tu ci hai creduto...»

Era l'accusa di un figlio. Irrazionale, furibonda, piena di dolore.

«Non avevo motivo di dubitarne. Tu eri la mia luce e la mia gioia, eri il mio prezioso bambino, con te iniziava e finiva la mia vita. Come avrei potuto credere che non fosse così per tutti quelli che mi stavano accanto?»

Era così logico, così assurdo allo stesso tempo.

Lui fece per aggiungere qualcosa, poi però tacque. Gli leggeva dentro una furia cieca. Gli avrebbe chiesto più avanti cosa le aveva risparmiato, tacendo. Lo avrebbe fatto dopo che si fossero conosciuti. Perché era certa che sarebbe accaduto. All'improvviso Miranda sentì affiorare una determinazione potente, un'energia che non sentiva più da tempo, dal giorno in cui suo figlio era venuto al mondo una mattina di primavera.

«Ti ho voluto dal primo momento che ho capito di aspettare un figlio. Avevo poco più di diciassette anni e tu, Nikolaj, eri la mia ragione di vita.» Sperò che lui sentisse la verità nella sua voce e, incapace di attendere oltre, posò delicatamente la mano sulla sua.

Ci volle del tempo, ma alla fine lui si rilassò.

«Avresti dovuto cercarmi...» le rinfacciò ostinato.

Lei annuì, le lacrime le solcavano il volto. «Se lo avessi fatto, se avessi trovato il luogo dove riposavi, non avrei avuto più nessuna ragione per vivere.»

Si voltò a fissarla. «Credevo che non mi volessi, che ti fossi disfatta di me.»

Miranda inorridì. Gli occhi sgranati dalla sorpresa. «No, no! Come puoi credere una cosa simile?»

Nuovamente lui fece per dire qualcosa, nuovamente Miranda si chiese cosa le nascondesse.

Come poteva raggiungerlo? Suo figlio era troppo orgoglioso. Ma era buono. Miranda lo sentiva. Gli prese la mano e lui la lasciò fare. Mentre se la portava al cuore il grumo gelido che si era formato nel suo petto il giorno in cui aveva perduto Riccardo perse di consistenza e si fece da parte. Al suo posto adesso c'era una scintilla, una luce brillante.

Era la vita.

«Nikolaj...» gli disse con un sospiro.

Lui scosse la testa, aveva il volto rigato di lacrime. «Mi chiamo Damien.»

«Gli altri possono chiamarti come preferiscono, ma tu sei Nikolaj Petrović Gravisi-Barbieri, ti ho dato il nome di tuo padre. Era un ufficiale valoroso, uno di quelli che sapevano fare la cosa giusta a prescindere dalla bandiera che servivano, e tuo nonno era un uomo buono e gentile, un contadino che discendeva da un'illustre famiglia veneziana che si era stabilita in Slovenia molti secoli prima. Tua nonna era un'artista, amava le rose, dipingeva e suonava il pianoforte. Lei credeva che il mondo fosse meraviglioso. Sorrideva sempre, sapeva trovare il bello in tutte le cose. E adesso, Nikolaj, tocca a te.»

Continuava a essere teso. Avrebbe voluto abbracciarlo ma sapeva che non era il momento giusto.

«Ti prego...»

Alla fine, Damien si arrese e si voltò verso di lei. Aveva gli occhi pieni di lacrime. Miranda desiderò abbracciarlo.

«Cosa vuoi sapere?»

«Tutto, ogni cosa.»

Ci volle un po' prima che lui iniziasse a parlare. Fu allora che Miranda scoprì come lui aveva saputo di essere stato adottato e del coinvolgimento di Léonie. Miranda lo aveva sospettato, ma era troppo occupata ad ascoltare suo figlio per sprecare tempo in rabbia e recriminazioni.

Damien le disse che aveva una famiglia, dei figli, e Miranda sentì a ogni parola che il cuore si allargava per fare spazio all'amore.

«Chi ti ha detto che ti stavo cercando?» Lo sapeva ma voleva sentirlo da lui.

«Adeline, è stata lei a trovarmi. Non si è data pace finché mi ha messo con le spalle al muro.» Rise, ma non c'era allegria, piuttosto una profonda pena. Lei la riconobbe perché era la stessa che stava provando in quel momento. Damien e Adeline, chi lo avrebbe mai detto? La sua bambina le aveva parlato di quell'uomo che l'aveva aiutata, il suo supervisore. «L'ho incontrata il giorno che sono andata in municipio, a Nizza, la prima volta.» Lo disse con calma, ma era travolta dall'emozione.

Lui annuì. «Lo so.»

Damien allora le raccontò ogni cosa e Miranda comprese perché il destino avesse disposto che lei e Adeline si conoscessero.

Era stata lei, la sua ragazza coraggiosa, a condurre Nikolaj a casa. Eppure, allo stesso tempo, era stato lui che un giorno, molti anni prima, dopo aver scoperto di essere un orfano, si era dedicato ad aiutare gli orfani, i bambini abbandonati, chiunque avesse necessità. Lui si era preso cura di Adeline, le aveva fatto da padre. Era come se si fosse chiuso un cerchio, qualcosa che aveva avuto inizio molto tempo prima, in una stanza di ospedale dove una ragazza e una donna avevano lottato insieme per portare alla luce un bambino.

Continuarono a parlare, a spiegarsi, e ogni frase spianava le paure dissolvendole.

«Adeline è venuta con te?»

Damien scosse la testa, il suo volto era diventato livido. «No, le ho fatto del male. Credo che mi odi.»

«Sciocchezze, la mia bambina non conosce il significato di quella parola.»

Per la prima volta da quando era arrivato lui la osservò in un modo che riempì di gioia il cuore di Miranda. «Le pas-

serà, vedrai.» Gli diede un colpetto sulla mano. «Concedile ancora qualche giorno e dopo, se continuerà a mostrarsi testarda, chiamala tu, vai da lei, chiedile perdono. È così che si fa con le persone a cui si vuol bene.»
«È così facile?» le chiese Damien. Miranda scosse la testa. «Solo quando c'è la volontà, figlio mio.» Le tremavano le mani ma era troppo felice, piena, colma di una straziante gratitudine. «Parlami ancora della tua famiglia, ti prego, raccontami tutto.»
Lui restò ancora un po' in silenzio, poi le sorrise e in quell'espressione Miranda scorse le tracce dell'uomo meraviglioso che era. «Alexandra, la mia figlia maggiore, ti assomiglia in modo straordinario...» Damien continuò a parlare.
Mentre Miranda ascoltava suo figlio, beveva le sue parole, si imprimeva il suo volto nel cuore e nell'anima, scoprì che, sebbene fosse identico a suo padre, le somigliava in un modo che non avrebbe saputo spiegare. Entrambi erano stati feriti dalla vita; eppure, erano rimasti aperti agli altri, perché vivere per sé stessi aveva un senso, ma rivolgersi a chi aveva bisogno rendeva le loro esistenze degne di essere vissute, li rendeva migliori.
Vivere con gli altri, per gli altri, cambiava il mondo. Un giorno, era certa, lui l'avrebbe chiamata mamma, e allora il suo compito sarebbe terminato. Ma c'era tempo, aveva molto da fare. Doveva conoscere i suoi nipoti, sua nuora. C'era Adeline che si era presa cura di lei come avrebbe fatto una figlia. Era una ragazza in viaggio, che si stava trasformando e Miranda aveva tutte le intenzioni di capire cosa sarebbe diventata. Tremò ancora, l'emozione era tanta, e dopo sentì la brezza che giocava tra i suoi capelli. E un profumo. Quando lo cercò nel vento lo vide. Era appena una traccia, un'immagine sfocata, ma lei sentiva che Riccardo stava ridendo.
«Tu sapevi...» sussurrò.
Non l'aveva abbandonata, la stava semplicemente aspettando perché lei aveva ancora molto da fare.

29.

Le bottiglie di vino hanno una capienza standard di 0,75 litri. I motivi che hanno portato a preferire questo formato sono molteplici. Pare che in passato, quando ancora si soffiava il vetro, questo fosse il massimo volume raggiungibile. Inoltre, se si divide in parti uguali il contenuto di una bottiglia, si possono riempire sei bicchieri. Infine, è più facile da trasportare.

Quando il sole illuminò la camera da letto Adeline era già pronta per andare al lavoro. Aveva lasciato i capelli sciolti sulle spalle, indossava un abito ampio dalla gonna svasata che aveva comprato il giorno precedente insieme a Janus. Era vaporoso e stravagante, ma le piaceva da morire. Sorrise, aggiustò le pieghe e, con un ultimo sguardo, uscì. All'esterno fu avvolta dal profumo dei fiori che, dopo la pioggia della notte, sembravano brillare. La città le correva incontro e lei aveva come l'impressione di riuscire a percepire ogni suono, le parole della gente, persino gli stati d'animo. Era come se all'improvviso tutte le barriere che aveva eretto intorno a sé fossero crollate. Eppure la sensazione che provava non era spiacevole, era solo diversa.

Mentre camminava lungo le strade di Nizza, evitò di pensare agli eventi dei giorni precedenti, concentrandosi sul momento che stava vivendo. Osservava ogni cosa, i giardini davanti alle case, le persone che incontrava, ricambiò persino qualche sorriso. Era quasi arrivata quando si fermò un istante a osservare il municipio. Anche da lontano l'edificio era imponente. Ci aveva trascorso molto tempo, ma si sentiva cambiata, molto diversa dalla ragazza che aveva varcato quelle porte senza nessuna consapevolezza di sé. Infine, si decise a entrare. Moreau l'accolse con il consueto saluto, lei lo ascoltò come faceva sempre e passò a salutare Fleur. La collega era al suo tavolo, impegnata a controllare le e-mail.

«Ciao!»

«Adeline!» Le sorrise ammirata. «Hai un aspetto magnifico!»

«Sarà per via del vestito, di solito indosso cose neutre.»
La collega le rivolse un'occhiata pensierosa. «No... c'è qualcosa di diverso in te.» Socchiuse le palpebre. «Di qualunque cosa si tratti ti sta facendo bene.»
Adeline annuì. Il suo sorriso si allargò. Nonostante provasse la tentazione di raccontarle cosa stava accadendo nella sua vita, faticava ancora ad aprirsi, ma ci stava lavorando.
«Pranziamo insieme?»
«Magari domani, oggi ho un impegno.»
Fleur la guardò. «Sbaglio o sei arrossita?»
«Sei tremenda e mi stai facendo fare tardi.»
«I dettagli Adeline, li voglio tutti!»
Le rivolse un ultimo sorriso esasperato e la salutò. Mentre scendeva le scale, Adeline pensò a Janus: non vedeva l'ora di rivederlo. Con lui si era lasciata finalmente andare, libera di essere sé stessa, e lui era diventato ancora più presente, più... arrossì di nuovo. Il tempo che trascorrevano insieme non le bastava mai!

Quando entrò negli archivi Lucien e Valérie stavano smistando i documenti. Di solito le piaceva l'atmosfera serena, colma di una sorta di brusio che tutti avevano adottato là dentro, come se le parole pronunciate a voce alta potessero in qualche modo disturbare; invece, in quel momento, provò un'intensa sensazione di stanchezza.
«Ciao, Adeline.»
Salutò i colleghi e dopo aver preso le consegne iniziò a catalogare i documenti. Era sempre stato un buon modo per tenere a bada i pensieri, ma quello che era accaduto con Damien era troppo grave, c'era poi la questione di Miranda da affrontare. Lui era stato risoluto sull'argomento. Non riusciva ad accettarlo. Lo squillo del telefono interno la distolse dalle sue riflessioni. «Sì?» rispose.
«Adeline, dovresti salire in anagrafe. C'è qualcuno che chiede di te.»
«Come?» Fleur però aveva riattaccato.
Non riusciva a capire di chi potesse trattarsi. Percorse il corridoio e non appena entrò nella sala si irrigidì. «Miranda?» Cosa ci faceva lì?

Per un istante le sembrò di essere tornata indietro nel tempo.
«Fleur e Miranda. Solo che in quel momento sembravano vicine, parlavano.
«Cosa succede?» mormorò.
Si voltarono nella sua direzione.
«Eccoti, mia cara.» Miranda le sorrise, si guardò intorno. «È iniziato tutto qui, ricordi?»
Adeline si lasciò abbracciare, sopraffatta dall'emozione. Era così felice di rivederla. Nonostante si fossero scambiate qualche messaggio nei giorni precedenti, vederla nuovamente serena era meraviglioso! «Sì.» Sembrava trascorsa una vita intera da quel pomeriggio in cui si erano conosciute. «Ti avrei chiamato», le disse con un filo di voce.
«Lo so.»
Fleur tornò al suo posto mentre Miranda la prendeva sottobraccio.
«Scusa se mi sono presentata in questo modo ma non potevo attendere oltre.»
Lei non riusciva a parlare, non sapeva come formulare la domanda che le premeva sulle labbra. Era in preda all'emozione. «Sono felice di vederti.»
«Anch'io, lo sono in un modo che non riesco a esprimere, mia piccola Adeline. Vedi, il giorno che ti ho conosciuta ho percepito che in te c'era qualcosa di straordinario, e anche dopo, appena mi hai detto che avresti cercato Nikolaj, ho pensato di essere molto fortunata ad averti incontrato, sei una donna meravigliosa, di quelle che ti fanno ricredere sul mondo.»
«Io... grazie, non so che dire.»
Si erano fermate in un angolo del corridoio, Adeline non riusciva a distogliere gli occhi da quelli di Miranda. Lei era diversa, la sofferenza le aveva scolpito i tratti, era molto più anziana di come se la ricordava, il dolore per la perdita del marito si era preso ogni colore e adesso i suoi capelli erano candidi. Eppure c'era anche qualcosa di nuovo nella sua espressione.
«Ho incontrato Nikolaj.»

Ci volle qualche istante prima che comprendesse pienamente ciò che le stava dicendo. «Lui... vuoi dire Damien?» le chiese sbalordita con un filo di voce.

Il volto di Miranda si aprì in un sorriso dolcissimo. «Mi ha raccontato che Léonie era sua zia.» L'abbracciò nuovamente. «Non so come ringraziarti, hai riportato mio figlio a casa.»

Era incredula, stupita. Si chiese cosa avesse fatto cambiare idea a Damien, le era sembrato così convinto... ma alla fine che importanza aveva? Lui era andato da sua madre, il resto non contava. Le sorrise, era commossa. Era così felice che si accorse di piangere.

Anche Miranda stava piangendo.

«Vieni, prendiamoci un momento», le disse passando il braccio sotto il suo e dirigendosi verso l'uscita. Quali erano le parole giuste da dire in momenti come quello? Provò a cercarle, ma tutto le sembrava banale. Mentre camminavano Adeline iniziò a raccontare. «Quando ho scoperto che Damien e Nikolaj erano la stessa persona non riuscivo a crederci. Poi ho letto il nome sul registro di battesimo.» Fece una pausa. Doveva radunare i pensieri, le parole. Voleva che lei capisse.

«Damien... Nikolaj è un uomo meraviglioso, Miranda.» Lo disse con il cuore, anche se era così arrabbiata con lui che avrebbe potuto mettersi a urlare. «Ha cambiato la mia vita, se non fosse stato per tuo figlio io...» Faticava ancora a definirlo così, eppure era tutto vero. All'improvviso sentì il bisogno di raccontarle di loro, di lei e di Damien. «Quando mi sono persa lui mi ha trovata, a quell'epoca ero priva di riferimenti, senza speranza. Lo ha fatto per me, ma ha aiutato molti altri ragazzi. Per lui noi eravamo davvero importanti.»

Ogni tanto Miranda rideva, qualche volta si asciugava le lacrime. «Credo che gli farà molto piacere sapere che, nonostante quello che ha fatto, tu gli sei ancora molto affezionata.»

Lei socchiuse le labbra. Si chiese quanto lui avesse raccontato a sua madre della conversazione che avevano avuto.

Miranda si fermò, erano vicine al parcheggio in cui si erano lasciate la prima volta. Era stato solo pochi mesi prima, a lei sembrava una vita intera.

«Quello che hai fatto per me, Adeline, è immenso! Sono consapevole che le parole non sono sufficienti. Voglio comunque ringraziarti. Grazie dal profondo del cuore. No, lasciami finire. Desidero che tu sappia una cosa» – fece una pausa – «sei una donna incantevole e io, Adeline Weber, vorrei con tutto il mio cuore e la mia anima che tu fossi mia figlia.»

Paralizzata dallo stupore si chiese se fosse tutto reale. Quella donna le stava dicendo che la voleva per figlia. Le parole erano luminose e le sentì penetrare dentro di lei, posarsi sul suo cuore e lasciarla andare con una carezza.

«Avere una madre come te avrebbe esaudito tutti i miei desideri, sarebbe stata una meraviglia...»

Miranda rise e scosse la testa. «L'hai resa tu così, con le tue azioni, con la tua grazia, con ciò che hai dentro.»

Le credeva, Adeline le credeva.

Lasciò che Miranda le prendesse le mani, che le tenesse tra le sue e dopo le disse ciò che aveva nel cuore. «Ho trascorso la mia vita a cercare mancanze dentro di me capaci di giustificare l'abbandono di mia madre. Ma non è stata colpa mia, io non ho nessuna responsabilità.» Lo sapeva già da tempo, era come una di quelle certezze che però restavano ai margini della coscienza perché accettarle sarebbe stato troppo doloroso. In fondo si era comportata come ogni bambino abbandonato faceva istintivamente, assumendosi la colpa dei gesti degli altri, ritenendosi responsabile. Ma era sbagliato e lei adesso poteva affrontare ogni cosa. «Non so perché lei abbia agito in quel modo», continuò. «Forse non lo saprò mai, vorrei solo che lei sapesse che sto bene, che sono felice. Vorrei che lo fosse anche lei.»

Era vero, la storia di Miranda le aveva mostrato che il destino spesso era crudele, le aveva insegnato che nessuno poteva giudicare il comportamento di un'altra persona, soprattutto se non conosceva i fatti.

Parlarono ancora per qualche minuto, quindi si lasciaro-

no con la promessa di rivedersi al più presto. Miranda era diretta a casa di Damien, quel giorno suo figlio le avrebbe presentato la sua famiglia. Adeline era in preda a una profonda emozione, immaginava i volti dei bambini, di Gaëlle, a loro sarebbe piaciuta da morire la nonna appena ritrovata. Tornò agli archivi con un profondo senso di gioia e malinconia. Mentre parlava di Damien l'affetto che provava per lui l'aveva fatta vacillare nelle sue intenzioni. Ma non poteva passare sopra il suo comportamento.
«Tutto bene?»
«Sì, torno al lavoro.» Sorrise a Lucien e quando incontrò lo sguardo di Valérie sorrise anche a lei. In seguito, entrò nel suo ufficio e si sedette, gli occhi sul biglietto che poco prima della telefonata di Fleur aveva tirato fuori. Lo tenne ancora un po' tra le mani e poi compose un numero di telefono.
«Buongiorno, potrei parlare con il signor Marceau? Sono Adeline Weber degli archivi municipali di Nizza. Certo, aspetto in linea.»

La tenuta era esattamente come la ricordava, ma anche diversa. Mentre Adeline osservava il movimento dei mezzi che risalivano la collina diretti alle vigne, i trasportatori caricavano le merci destinate ai clienti e ripartivano dalla cantina con i loro furgoncini. Una nuova energia pervadeva ogni angolo dell'azienda. C'era la mano di Miranda.
Adeline aveva parcheggiato accanto alla casa. Il suo pensiero corse a Riccardo, le mancava da morire. Per quanto avessero trascorso poco tempo insieme, era stato uno degli amici migliori che avesse mai avuto. Girò intorno alla macchina e in quel momento vide Romina. La ragazza le fece un cenno di saluto andandole incontro.
«Ciao.» Le sembrava più allegra e le fece piacere.
«Adeline, volevo scusarmi con te.»
Iniziarono a camminare insieme verso il terrapieno. «È stato un brutto periodo per tutti.»
«Mi sembrava di impazzire. Miranda e Riccardo hanno sempre significato molto per me.»

La capiva e così decise di lasciar perdere ciò che Romina le aveva detto l'ultima volta che si erano viste. «Immagino che Miranda sia nella sua vigna.»

«Sì... è in compagnia.»

Le rivolse un'occhiata interrogativa e si accorse che la ragazza a differenza delle altre volte era sola. «Dov'è Drago?» chiese riferendosi al cagnolino. Come si potesse mettere un nome del genere a una bestiola che stava all'interno di una tasca era una cosa che non riusciva a capire.

«Ha trovato degli amici.»

In quel momento si accorse che aveva gli occhi pieni di lacrime; eppure, sorrideva guardando verso il mare. Stava per chiederle cosa fosse accaduto quando li vide anche lei. C'era un gruppo di persone che correva sulla spiaggia. «È Gaëlle con i bambini.»

«Sì, non ho mai visto Miranda così felice.» E poi Romina all'improvviso l'abbracciò. «Grazie per quello che hai fatto, tu non hai idea di cosa significhi per noi vederla così.»

Stupita e un po' emozionata Adeline non sapeva cosa dire. Romina le fece un ultimo cenno di saluto e tornò verso la cantina lasciandola accanto alla scala che portava al mare. Se da una parte le sarebbe piaciuto scendere e unirsi a loro, dall'altra la ferita che le aveva inferto la rivelazione di Damien era ancora molto fresca. Non sapeva come comportarsi. Era combattuta tra delusione, amarezza e compassione. Perché lei capiva il risentimento di Damien, comprendeva la sua ostilità. Sapeva come ci si sentiva a essere ritenuti indegni. Eppure non riusciva a trovare la forza di perdonarlo anche se allo stesso tempo non riusciva a staccarsi da lui.

Janus un giorno le aveva detto che amare non era un peccato. Era d'accordo. L'amore non era una cosa che si poteva governare. Era venuta a patti con il sentimento ancora forte che provava nei confronti di quell'uomo. Lui, l'unico padre che avesse mai conosciuto.

«Adeline?»

Si irrigidì. Quando si voltò Damien le stava davanti. Era

più magro, il vento gli scompigliava i capelli, però l'abbronzatura gli donava. «Ciao», rispose, la gola chiusa.

«Possiamo parlare?»

Lei guardò verso il mare, il vento le portava le risate dei bambini, riusciva a distinguere le voci. Le erano mancati da morire, il pensiero che la sua rottura con Damien avrebbe potuto pregiudicare i loro rapporti l'aveva terribilmente addolorata.

«Capisco che tu non voglia più avere nulla a che fare con me, ma io non mi arrenderò, Adeline. Non posso rinunciare al tuo affetto.»

Lei lo trafisse con lo sguardo. «Sono molto arrabbiata.»

Lui si era avvicinato e allora lei notò le linee profonde sul volto, le ombre scure sotto gli occhi.

«Lo so... e mi dispiace.» Fu lui questa volta a restare in silenzio.

«So che hai parlato con Miranda. È venuta a trovarmi.»

Damien annuì. «L'ho fatto per via di quello che mi hai detto.»

Lei scosse la testa. «No, lo hai fatto perché una parte di te sapeva bene che lei ti amava.»

Si fermarono, adesso erano uno davanti all'altra.

«Allora spero che avvenga lo stesso con te. Ci sono figli del cuore, Adeline, e tu per me lo sei.»

Sì che lo sentiva il suo amore, ma poteva ignorare il resto? Poteva fingere che lui non le avesse mentito per tutto quel tempo? Poteva fidarsi nuovamente di quell'uomo?

Damien le diede un foglio e lei lo prese. Era spiegazzato, come se qualcuno lo avesse appallottolato per poi lisciarlo. «Cos'è?»

«Era tra i documenti dell'ospedale. La registrazione della mia nascita.»

Aveva trafugato la dichiarazione di Léonie? Provò nuovamente quell'intensa sensazione di rabbia. Lo scorse rapidamente. Léonie aveva dichiarato che Nikolaj era figlio naturale di Ambroise Martinelle. Ecco com'era riuscita a far quadrare le cose...

«Mi dispiace di averti ingannata ma vedi, Adeline, a volte ci facciamo guidare dai nostri demoni interiori.»

La ragazza inspirò profondamente e sollevò la testa, il cielo era limpido, azzurro. Mentre ricordava quello che aveva fatto, la morsa della collera si allentò. Chi era lei per giudicarlo? Damien aveva lottato per nasconderle il suo passato, esattamente come aveva fatto lei nel momento in cui aveva contravvenuto a tutte le regole che le aveva insegnato il professore, sfruttando la sua identità per scoprire il nome di sua madre. Alla fine lei e Damien non erano poi tanto diversi. «Sono entrata nel database di Salomon, volevo scoprire il nome di mia madre a tutti i costi, così ho usato le sue credenziali. L'ho fatto anche se sapevo che era proibito.» Questa volta fu lei a sorridergli. «Mi è costato tutto, loro dopo non mi hanno più voluto.»

Damien si accigliò. «Ti sbagli, loro non potevano portarti in Svezia perché la procedura di adozione non era stata completata.»

Adeline impallidì. «Non capisco...»

«Non eri legalmente la loro figlia, non potevano farti espatriare. Chiesero di affrettare le pratiche, ti cercarono, lo abbiamo fatto tutti.»

Non concluse la frase, non era necessario. Adeline non pensava mai al periodo in cui aveva vissuto in strada, quella era una parte della sua vita che aveva cancellato. «Loro mi volevano?»

«Certamente!»

«Mi volevano...» sussurrò nuovamente. Le sembrò che il terreno ai suoi piedi si muovesse, era così scossa per ciò che le aveva appena rivelato Damien da appoggiarsi a lui. Al braccio che le aveva teso quando si era accorto di quanto fosse sconvolta. «Credevo che anche loro mi avessero abbandonata.»

«No, assolutamente.»

Si era sbagliata su molte cose. D'un tratto si sentì sciocca e allo stesso tempo fu invasa da una profonda gioia. «Non me l'hai mai detto.»

Damien era perplesso. Attese un istante, come se radunas-

se i pensieri. Poi rispose: «Quando ti ho ritrovata erano trascorsi un paio d'anni e tu eri più morta che viva. Volevo che dimenticassi il passato, che ti concentrassi sul futuro».
Era vero, lui l'aveva aiutata a sbarazzarsi di tutti i pesi. Ma c'erano cose che era necessario conservare per quanto fossero dolorose. Adesso lo sapeva. Provò il desiderio di chiamarli, di sentirli. In tutti quegli anni aveva creduto che loro non l'avessero voluta. Si era sbagliata, non riusciva a crederci. Si asciugò il viso, sorrideva. Si sentiva leggera, si sentiva bene.
«Cosa intendi fare con Miranda?» Era una domanda superflua, da ciò che aveva visto poco prima accanto alla vigna, i bambini avrebbero appianato ogni divergenza tra loro. Però aveva bisogno di sentirlo da lui.
«Avevi ragione, e io avevo torto.»
La semplicità infondeva a quelle parole un potere enorme. «Sono lieta che tu abbia capito, adesso hai una nuova occasione.»
«E di questo devo ringraziare te.»
Adeline deglutì. Non riusciva a distogliere gli occhi dai suoi. Superarono il viale di lavanda e si fermarono sul terrapieno. Lui aveva le mani affondate nelle tasche, ogni tanto le rivolgeva un'occhiata e dopo procedeva. Era come se adesso che erano insieme Damien non trovasse le parole giuste.
«Eri tu che Miranda ha visto quella sera al castello di Dolceacqua?» Le sembrò di vederlo sussultare, ma era solo un movimento, poi lui si ricompose.
«Volevo vederla.»
Nessuno più di lei poteva capirlo. «Lo avrei fatto anch'io.»
Mentre parlavano, mentre si raccontavano, i fili spezzati del loro legame si ricomposero e quando raggiunsero la spiaggia il più era fatto.
Miranda li vide e andò loro incontro, seguita dai bambini.
«Ecco i miei figli», disse con un sorriso.
Entrambi si abbandonarono al suo abbraccio.

30.

La vite ha radici di straordinaria tenacia, capaci di penetrare, estendersi e ramificarsi per diversi metri nel terreno. Raggiungono una discreta profondità e si allargano per garantire la sopravvivenza e il vigore della pianta, ancorandola al suolo.

Davanti al palazzo in cui aveva la sede la Beaumont-Leblanc, Adeline osservava il massiccio portone. Aveva suonato, dopo era indietreggiata di un passo, gli occhi sul motivo che decorava l'architrave. Era una figura femminile avvolta in ampie vesti, teneva sul palmo una clessidra. Era bella, suggestiva. Per un istante ebbe come l'impressione che stesse guardando proprio lei.

«Sei solo nervosa», si disse. E lo era in un modo che non sapeva nemmeno come definire. All'improvviso la porta si aprì con un secco clangore. Istintivamente Adeline si ritrasse, poi sollevò il mento, raddrizzò le spalle e dopo aver fatto un profondo respiro entrò. Superò una serie di gradini di marmo che conduceva a un atrio. Costeggiò una vetrata che dava su un giardino interno e lanciò un'occhiata. "Quello è un bel posto per riflettere", pensò. Sotto un'enorme magnolia dalle larghe foglie c'era una panchina di pietra. In realtà là dentro era tutto raffinato, un luogo molto accogliente ed elegante. Proseguì adagio, continuando a guardarsi intorno. C'era un profumo lieve, di fiori, erano in un vaso all'interno di una nicchia di marmo. Impressionata, proseguì. Da dietro un bancone di acciaio e cristallo una donna la invitò a entrare.

«Buongiorno, sono Adeline Weber. Ho un appuntamento.» Strinse le mani sulla borsetta, le batteva forte il cuore, l'emozione si mischiava alla paura per quella sorta di colpo di testa che, qualche giorno prima, mentre sistemava i documenti sugli scaffali del municipio, l'aveva colta all'improvviso, spingendola a farsi avanti.

«Sì, certo. Si accomodi. Il signor Marceau sarà subito da lei.»
Adeline si sedette su una poltrona. La sala era ampia e luminosa, un antico pavimento lucido e lo stucco sui muri contrastavano con l'arredamento moderno e funzionale. La donna terminò di parlare al telefono. «Le posso offrire qualcosa nel frattempo?»
«La ringrazio, sto bene così.» Si alzò perché era troppo agitata e guardò fuori dalla portafinestra. All'esterno tutto era tranquillo, la signora gentile parlava al telefono, ogni tanto le rivolgeva un sorriso quasi a scusarsi di quell'attesa. Finalmente il signor Marceau aprì la porta dell'ufficio e le andò incontro.
«È un piacere rivederla, signorina!»
Adeline strinse la mano che lui le porgeva. «Anche per me. La sua ricerca procede bene?»
«Sì, abbiamo quasi concluso. Presto ci sarà la parte più entusiasmante. Ma prego, entri e si accomodi.»
Adeline lo precedette, si era fermato a parlare con la signora nella hall. Qual era la parte più entusiasmante? Moriva dalla voglia di chiederglielo... forse lui glielo avrebbe detto. Parlava con gentilezza, le piaceva l'atmosfera che si respirava là dentro.
L'ufficio di Marceau era semplice, un tavolo, un pc; si soffermò a osservare la serie di pendoli di Newton e giroscopi che si muovevano su un lato della scrivania.
«La vedo assorta.»
«Meravigliata...» precisò. «Stavo osservando i dettagli.»
«Questa è un'ottima qualità. Mademoiselle... quel giorno, in archivio, ho notato il suo interesse.»
Adeline sorrise. Per lei la genealogia era sempre stata molto importante. Pensò al suo passato, a come la profonda delusione che aveva provato quando aveva scoperto che non avrebbe mai saputo nulla di sua madre l'avesse allontanata da ciò che in realtà le era sempre piaciuto fare. Era stata la storia di Miranda ad averla spinta a dare ascolto alle sue aspirazioni, nel momento in cui aveva trovato Nikolaj

tutto era apparso chiaro. Voleva agire, voleva cambiare le cose, voleva che la gente avesse risposte.
«Ho letto il suo curriculum, lei è molto qualificata.» Era consapevole che la sua preparazione archivistica era un punto a suo favore, ma sapeva che non sarebbe bastato. Quella era l'agenzia più importante della regione, avrebbe preteso il meglio. «È una materia che mi appassiona.»
«Qui però facciamo anche altro. Ci occupiamo di ricerca storica familiare, eredità, alberi genealogici. Ogni settore richiede una competenza precisa...»
Mentre Marceau le illustrava le varie mansioni, Adeline sentì di aver trovato il posto giusto per lei. Adesso che era trascorsa qualche settimana da quando aveva ritrovato Nikolaj... Damien, sapeva con certezza che quello era ciò che desiderava.
«Le proporrei un periodo di prova, che ne dice?»
Sul suo viso apparve un sorriso. «Per me va bene.»
«Perfetto. Quando potrebbe iniziare?»
«Anche subito.»
Lui sollevò gli occhi dal suo curriculum. «Bene, mi piace il suo entusiasmo.»
Adeline si trattenne ancora un po', quando uscì si sentiva leggera e felice. Non c'era più nulla in lei della donna che aveva sacrificato la sua autonomia, il suo potere e ogni sua ambizione sull'altare di una fantomatica sicurezza. Aveva capito che prendersi la responsabilità delle proprie azioni, fallimenti e successi, era l'unico modo di vivere pienamente la propria esistenza. Ignorare i propri bisogni portava inevitabilmente all'insoddisfazione e all'infelicità.
E lei lo aveva fatto per troppo tempo.
Sollevò lo sguardo verso il cielo, aveva fatto prima del previsto, non vedeva l'ora di raccontare tutto a Janus; raggiunse place Masséna e lo cercò tra la folla.
Come se avesse percepito la sua presenza lui si voltò e poi si illuminò di un sorriso che le fece battere il cuore.
Adeline gli corse incontro.
«Allora?»
«Inizio domani!»

Lui lanciò un urlo di gioia e la prese tra le braccia. Mentre si baciavano Adeline pensò che la vita fosse davvero bellissima.

EPILOGO

Sanremo, settembre 2007

La notte era tiepida, profumata e piena di stelle. Ai margini della vigna, circondata dall'oscurità, Adeline era immobile. Con un cesto tra le mani aspettava il segnale di Miranda. Lei camminava tra i filari, le dita sfioravano i grappoli maturi mentre sussurrava qualcosa alle viti.
«Cosa sta facendo?»
Sorrise a Janus. «Prende accordi.»
Lui la osservò come se fosse impazzita, poi l'espressione si distese e un sorriso gli illuminò il volto. «Certo, scusa. Che domanda sciocca. È solo che non mi era mai capitato prima di assistere a una cosa del genere. Immagino che le piante le rispondano...»
La stava prendendo in giro. Adeline ridacchiò. Quell'uomo era imperturbabile. Nei mesi precedenti, si erano frequentati sempre più assiduamente e lei aveva imparato ad apprezzare la sua caparbia volontà di vedere il bello. Non era stato semplice, perché c'erano giorni in cui la malinconia la pervadeva e doveva sforzarsi per guardare la vita da un punto di vista positivo. Erano molto diversi: laddove lei era tutta spigoli, lui possedeva anse capaci di accoglierli: Janus era la luce che addolciva le sue ombre. Al principio avevano faticato, in seguito l'amore li aveva guidati e infine avevano capito come riuscire a trovare un incastro per tutto.
Adeline guardò il mare: era calmo come uno specchio. Acque placide, scure eppure benevole e che, al minimo soffio di vento, potevano cambiare e tramutarsi in tempesta.
Era così che si sentiva.
Dopo le dimissioni dal municipio, aveva iniziato a lavora-

re per Beaumont-Leblanc. In quell'arco di tempo aveva vissuto nell'incertezza e nella riscoperta di sé. Era singolare come fosse necessario affrontare le avversità della vita per comprendere realmente le proprie capacità. E lei stava ancora imparando. Continuava a temere i cambiamenti, ma aveva iniziato ad abbandonarsi. Fermarsi, chiudersi era un po' come morire. La vita procedeva sempre in una direzione, senza fermarsi mai. Aveva anche imparato che tutto era collegato, ogni persona viveva la propria esistenza immersa in una fitta rete di relazioni.

«A cosa stai pensando?»

Un altro sorriso. Adeline desiderò baciarlo, ma non poteva perché erano in mezzo alla gente e, per quanto fosse cambiata, continuava a tenere per sé le cose più preziose.

«Qualche volta mi sembra tutto così bello che stento a crederci.»

Dopo la riconciliazione con Damien Nikolaj, mentre lui e Miranda imparavano a conoscersi, si era fatta da parte e aveva messo ordine nella sua vita. Aveva cercato il professore e la moglie, li aveva chiamati, e loro si erano così commossi che Adeline aveva finalmente capito quanto tenessero a lei. In seguito si erano sentiti altre volte. La settimana seguente li avrebbe addirittura rivisti. Il professore le aveva detto che intendevano rientrare in Francia e che Nizza era una bella città. Chissà, forse si sarebbero trasferiti lì. Non vedeva l'ora di riabbracciarli.

Miranda si voltò verso di loro, la luce della luna era un manto argentato sui suoi capelli e sulle vesti. Quando sollevò le braccia allargandole intorno a sé Adeline per un istante ebbe l'impressione di vedere delle figure dietro di lei, come l'immagine sfocata di altre donne, ma era di certo uno scherzo di quella strana luce.

«È ora!»

Il segnale fu seguito da un'esclamazione, furono accesi i fari e la luce inondò la vigna che prese vita. C'era una coppia per ogni filare, Adeline con Janus, Damien con Gaëlle, c'erano anche Lucien, Valérie, Chloé e Fleur. Procedevano insieme a Carlo e Romina.

Adeline fu presto assorbita dal lavoro: sceglieva i grappoli soppesandoli tra le mani, poi un taglio netto e infine li posava nel cesto. Anche i bambini guidati dalla nonna aiutavano a vendemmiare.

Il giorno seguente avrebbero immerso l'uva nell'acqua del mare, la spremitura sarebbe avvenuta solo in seguito. Adeline fremeva all'idea. Anche Janus avrebbe partecipato. C'era qualcosa di magico in quei gesti semplici che si ripetevano all'infinito da migliaia di anni. C'era sapienza, tradizione e unione.

Quella era una festa di famiglia.

Più tardi, dopo che i bambini erano andati a dormire e Damien e Gaëlle si erano ritirati nella loro camera, Adeline, accoccolata accanto a Miranda, sfogliava il libro che lei aveva trovato, quello che raccontava la storia del castello. Ogni tanto la guardava, sembrava così assorta, si chiese cosa le passasse per la testa. Poi sorrise. «A cosa stai pensando?» Janus glielo chiedeva sempre e se aveva funzionato con lei era possibile che valesse anche per Miranda.

«Alle radici.»

Sbalordita posò il libro accanto a sé.

«Cosa intendi dire?»

Lei sospirò. «Esistono tanti tipi di radici che sostengono e nutrono le piante e gli alberi. Alcune vanno più in profondità, mentre altre, come quelle della vite, restano più in superficie ma all'occorrenza si spingono a distanze straordinarie ramificandosi in sottili filamenti capaci di raggiungere grandi distanze. Tu ora hai delle radici nuove che ti saldano al tuo terreno. Sei una donna diversa, Adeline. Sei cresciuta, sei cambiata. Forse è arrivato il momento di cercare le tue radici più profonde.»

Era emozionata. Miranda aveva evocato un'immagine che aveva imparato ad amare. Era una vite quella che vedeva. Una pianta straordinaria, resistente, antica, che affondava le radici in un passato da cui traeva nutrimento, il ceppo era la famiglia, i tralci le generazioni, le foglie catturavano la luce affinché nascessero i frutti. Esattamente come nella

vigna. Prima che Adeline potesse replicare lei si alzò e le porse un pacco.
«Un altro regalo?»
Miranda scosse la testa. «Questo è speciale.»
Adeline lo aprì. Dentro c'era un quaderno, era bellissimo, spesso, con i fregi dorati. Il suo nome era stato impresso in oro. Lo aprì, le pagine erano bianche.
«Come lo hai saputo?»
«Che ti piace scrivere?» Scrollò le spalle. «Nikolaj si vanta sempre di quello che ti regalò lui. Ecco, questo mia cara è nuovo, lo puoi iniziare quando desideri.»
Miranda le si sedette accanto. «Tu hai trovato mio figlio, mi piacerebbe aiutarti a trovare le tue radici. Che cosa ne pensi?»
Adeline sgranò gli occhi e in quel momento comprese che lei aveva già una famiglia: Miranda, Damien e Janus. Era diventata forte. Avrebbe potuto sopportare ogni cosa. Se avesse incontrato il proprio passato, la propria storia, sarebbe stata in grado di affrontarlo. Comunque fossero andate le cose era certa di poterlo fare.
Ora sapeva di essere degna di amore.
L'amore la circondava e nutriva le sue radici.

NOTA DELL'AUTRICE

Un giorno, durante la presentazione di un libro, una simpatica signora del pubblico mi disse che lei era nata sotto una pianta di vite. Mi raccontò anche altre cose, ma fu l'immagine evocata dalle sue parole a mettere radici nella mia immaginazione. In seguito, ho ricordato. C'era un posto speciale accanto all'ingresso della casa dei miei nonni e dei miei zii e di tutte le case che avevo visto e che conoscevo. Era circoscritto da un basso muretto di pietra, spazioso, e sempre curato. Dal centro si levava un tronco nodoso, coperto da sottili strati di corteccia bruna. A una certa altezza, che superava di un buon tratto lo stipite della porta, i tralci si allargavano in diverse direzioni, formando una pergola ingegnosa. In autunno si spogliava, in modo che i raggi del sole penetrassero agevolmente, mentre in estate si vestiva di un manto verde brillante così fitto da ombreggiare chi ci si sedeva sotto. Spesso i grappoli che pendevano allegramente non arrivavano a maturazione perché la dolcezza degli acini era troppo invitante e le mani di grandi e bambini svelte e precise. Tutti possedevano una piccola vigna. La vendemmia era una festa, come la pigiatura dell'uva, il sobbollire lento del mosto nei tini che spargeva ovunque il profumo, le quattro botti lucide e ben allineate che custodivano il vino per tutto l'anno. Da quel momento, i ricordi sono affiorati lentamente diventando immagini capaci di suscitare grandi emozioni. Eppure, la ragazza senza radici era ancora lontana. Qualche tempo dopo ho ricevuto il frammento di una lettera che Carmine Piras, il mio prozio, scrisse a sua madre prima di scomparire per sempre. Aveva ventitré anni, si era arruolato a diciassette, lui che prima di allora non si era mai spostato dal suo paese, e ha combattuto la seconda guerra mondiale senza mai usufruire di una licenza. Pare sia caduto a Rodi dopo l'armistizio, anche se non lo sapremo mai con certezza. Il suo foglio matricolare, conservato agli archivi di stato di Cagliari, ha restituito un quadro struggente e mi ha affascinata, suscitando una nuova passione, quella per la genealogia. È stato allora che per la prima volta ho visto Adeline Weber, una ragazza in cerca di risposte, profondamente ferita ma gentile e affamata di verità. La frase «e se», da cui nascono tutti i miei romanzi, iniziava a farsi sentire sempre più spesso, spingendomi nel mondo dell'altrove, dove nascono le idee. In breve tempo i personaggi erano delineati e mi attiravano in una nuova avventura.

La Sardegna è terra di vite e di vino da millenni, come dimostrano i recenti ritrovamenti a Monte Zara, nel territorio di Monastir, risalenti a tremila anni fa. La profonda competenza del popolo nuragico in ambito enologico è testimoniata da ulteriori ritrovamenti sparsi per tutta l'isola. Da Cabras (pozzo nuragico di Sa Osa, XV sec. a.C.) che ha restituito semi di Vernaccia e di Malvasia, a Villanovaforru (nuraghe Genna Maria), Borore, Villanova Tulo, Triei, Orroli… Non mancano inoltre testimonianze della produzione e importazione di anfore e coppe adatte alla conservazione e consumo abituale del prezioso nettare. D'altronde, il clima e l'ambiente sono favorevoli alla naturale prosperità della pianta. A Urzulei, in località Bacu Biladesti, stretto tra ontani e corbezzoli, un magnifico esemplare maschio di *Vitis sylvestris* di oltre mille anni estende i suoi tralci per decine di metri, circondato da altre piante femminili che producono i grappoli. Per approfondire l'origine del Cannonau vi consiglio la lettura dell'articolo *Dove è nato il Cannonau o Grenache o Garnacha?* di Sergio di Loreto, pubblicato nel 2015 sul «Coppiere della Sera», reperibile online.

Per le sue peculiarità ambientali, la Sardegna è considerata un piccolo continente. La tipicità del terreno ha agevolato la coltivazione di vitigni straordinari, scaldati dal sole e cullati dal vento, tra i quali il famoso Carignano del Sulcis, il Nasco e il Nuragus nella pianura del campidano, la Vernaccia di Oristano e la Malvasia di Bosa, poi il Bovale, il Cannonau e il Monica, il Vermentino, il Cagnulari e il Moscato, che è coltivato anche in Gallura. Questi sono alcuni dei vitigni autoctoni più conosciuti: raccontano la complessità del territorio, la tradizione e l'innovazione di gente moderna di antica memoria.

Le Blue Zones sono aree del pianeta in cui la speranza di vita è notevolmente maggiore rispetto alla media del pianeta. In Sardegna diverse comunità vantano questo primato, ma la più conosciuta è quella dell'Ogliastra, che fa parte delle cinque entità riconosciute a livello mondiale. Gli studiosi hanno messo in risalto come fulcri della longevità l'alimentazione equilibrata con cibi autoprodotti, un forte senso di comunità e il consumo moderato di vino rosso del luogo.

Durante la stesura del romanzo sono stata invitata dalla famiglia Pilloni di Sanluri, fondatori e proprietari di Su Entu. La loro cantina è un perfetto connubio tra bellezza, innovazione, tradizione e ingegno. Sono rimasta incantata dalla loro competenza e la passione. La cantina di Miranda che ho descritto nel romanzo nasce da questa esperienza. Se volete farvi un regalo vi consiglio di andarci, trascorrerete una giornata indimenticabile.

Le Donne del Vino è un'associazione nazionale di professioniste del settore vitivinicolo, tra le quali ci sono imprenditrici, giornaliste, enologhe, sommelier, ristoratrici e scrittrici. Con passione, competenza e dedizione contribuiscono alla formazione e valorizzazione del ruolo femminile nel settore, e al consumo responsabile. Costituita nel 1988 su iniziativa di Elisabetta Tognana, promuove cultura e conoscenza del vino attraverso iniziative, convegni, collaborazioni. Per approfondire vi consiglio il libro di Laura Donadoni, *Intrepide. Storie di donne, vino e libertà* (Bra 2023).

Dopo i trattati di Parigi del 1947, una parte del territorio italiano fu assegnata alla Iugoslavia con conseguenze terribili per la popolazione. Oltre trecentocinquantamila italiani furono costretti a lasciare le loro case e a cercare scampo. È un capitolo tragico della nostra storia conosciuto come «esodo istriano». Molti profughi decisero di stabilirsi in Sardegna, in particolare a Fertilia, frazione di Alghero. In nome dell'integrazione e fratellanza tra sardi ed esuli della Venezia Giulia, la chiesa parrocchiale di Fertilia fu associata a San Marco. Nella piazza principale, su una colonna commemorativa, un leone alato ribadisce l'identità culturale e storica dei coloni veneti. L'Ecomuseo Egea, che prende il nome da Egea Haffner, la bambina con la valigia divenuta icona dell'esodo giuliano, custodisce e valorizza la memoria di questa tragedia.

Per chi volesse approfondire il tema, consiglio il film documentario *Fertilia istriana* della giornalista Cristina Mantis e il libro di Marisa Brugna, *Memoria negata. Crescere in un C.R.P. per esuli giuliani* (Cagliari 2002).

È curioso come questa frazione di Alghero sia vicina a una delle pochissime cantine, quella di Santa Maria La Palma, che in Sardegna affinano il vino in fondo al mare. L'ho preso come un segno.

Sul fondale del mar Baltico, tra Svezia e Finlandia, nel 2010 è stato identificato un relitto affondato nella prima metà dell'Ottocento che trasportava beni di lusso alla corte dello zar, a San Pietroburgo. Nella stiva della nave sono state rinvenute oltre un centinaio di bottiglie incrostate da coralli, alcune delle quali prodotte dall'azienda Veuve Clicquot, tuttora attiva in Francia. Sorprendentemente, il vino si è conservato e, alla degustazione, ha presentato note di gran pregio; l'assenza di luce, il movimento costante, la bassa temperatura hanno influito positivamente nell'affinamento, e questo ha attirato molta attenzione. A prescindere dalla storia affascinante c'erano molti elementi sui quali riflettere. Oggi sono molte le cantine che propongono vini prestigiosi affinati in fondo al mare, gli ormai famosi *Underwater Wines*.

In Sardegna, tuttavia, si è trattato semplicemente di recuperare un'antica usanza. Già i fenici, infatti, conservavano vino e olio in giare posate sul fondale marino. Antica è anche la tradizione di immergere in acqua i grappoli d'uva per alcuni giorni. È questa la caratteristica peculiare del famoso vino di Chio, che ha rappresentato l'eccellenza e dominato il mercato per molti secoli. Si dice che, nel tentativo di guadagnare maggiore notorietà, gli abitanti dell'isola greca abbiano incaricato Prassitele di disegnare un'anfora apposita.

La vigna di Leonardo si trova a Milano, nei giardini della Villa degli Atellani. La storia del suo recupero e del successivo reimpianto è molto affascinante e inizia nel secolo scorso, quando l'architetto Luca Beltrami, impegnato nella ricostruzione del Castello Sforzesco, ricava dai documenti d'archivio la posizione del famoso vigneto. In seguito, gli Atellani e la fondazione Portalupi, con il patrocinio del governo italiano e del presidente della repubblica, sostengono la ricerca della facoltà di scienze agrarie di Milano. La vite coltivata dal genio del Rinascimento era, come emerso dalle ricerche, Malvasia di Candia aromatica ed è stata reimpiantata nel 2015. La successiva vendemmia ha seguito la tradizione della fermentazione interrata all'interno di giare di terracotta.

Gli archivi custodiscono la memoria collettiva della società. Fin dall'antichità i documenti offrono informazioni in ambiti essenziali per la comprensione e costituiscono una solida base per le ricerche accademiche e le ricostruzioni storiche. Uno dei più antichi e significativi, rispetto al metodo moderno, è l'archivio generale di Simancas, in Spagna, che già a metà del Cinquecento catalogava e conservava i documenti della corona di Castiglia. In Francia, durante la rivoluzione, i documenti furono nazionalizzati e riorganizzati negli Archives nationales, con metodo e secondo le regole più moderne e logiche dell'epoca. Sempre in Francia, Natalis De Wailly (1805-1886) sancisce il *respect de fonds*, un enunciato basilare, e ancora attuale, per il quale i documenti devono essere conservati secondo il loro contesto originario, mantenendo dunque l'unità del fondo. In Italia in realtà era già in uso, e viene ampiamente consolidato da Francesco Bonaini (1806-1874). Nel corso dell'Ottocento si attesta la separazione tra archivio storico e archivio corrente, che custodisce la documentazione in uso. Nel frattempo, le scuole di paleografia e archivistica formano personale sempre più qualificato, finché Eugenio Casanova (1867-1951), considerato il padre dell'archivistica, pubblica il famoso *L'ordinamento delle carte degli Archivi di Stato italiani. Manuale storico archivistico* (1910) che diverrà un testo di riferimento. L'era moderna ha privilegiato la cooperazione tra gli stati e l'utilizzo di pratiche archivistiche uniformi a livello globale. Scoprire il passato attraverso la lettura di atti, testamenti, delibere, è avvincente, soprattutto se si è protagonisti attraverso i propri antenati. Avete mai provato a compilare il vostro albero genealogico? Potete provare cercando nel portale Antenati, Ancestri.com, MyHeritage.com e tanti altri che collegano gli utenti desiderosi di informazioni.

L'esigenza di custodire la memoria degli eventi liturgici, amministrativi e politici della chiesa, la corrispondenza e i diritti canonici, favorisce la nascita di numerosi archivi ecclesiastici già dal I secolo d.C. L'enorme materiale documentario prodotto racconta la società lungo il corso dei secoli e offre una visione unica proprio per il suo carattere religioso che si occupa anche degli aspetti umani e spirituali della popolazione ed è indipendente dalla linea degli archivi laici. Ma è solo nel 1612 che viene fondato da Paolo V il famoso Archivio segreto vaticano, ora Archivio apostolico vaticano. Nel XVIII secolo, la necessità di avere un'organizzazione razionale impone un regolamento al quale devono attenersi tutti: vescovi, parroci, curati, ospedali di carità, istituzioni educative, monasteri e conventi. La compilazione di registri sacramentali che documentano i battesimi, i matrimoni e i funerali acquisisce regole comuni, con linee guida uniformi, che garantiscono coerenza e accuratezza in tutto il mondo, e offre agli studiosi e ai genealogisti preziosi strumenti per ricostruire il passato.

Dopo la seconda guerra mondiale il numero degli orfani era talmente alto da costituire una delle emergenze sociali più gravi in assoluto. Nacquero orfanotrofi, associazioni laiche e religiose, enti per la protezione e la ricollocazione dell'infanzia. Con milioni di bambini senza famiglia vi fu una generale necessità di sistemarli al meglio, spesso facilitando, per ovvi motivi, le normative di adozione. Oggi, le moderne leggi internazionali sono concepite per la massima protezione dei bambini e tengono conto delle loro necessità come quella fondamentale di accedere alle informazioni che riguardano le proprie radici; tuttavia, ci sono altri diritti di cui tenere conto, come quello del parto anonimo.

La perdita dei genitori e l'adozione sono temi molto delicati e complessi che riguardano la sfera più intima di ognuno di noi, credo sia opportuno parlarne con il massimo rispetto e soprattutto astenendosi da qualsiasi giudizio.

Il Blue Shield è un organizzazione internazionale creata per proteggere il patrimonio culturale. Si ispira alla convenzione dell'AIA del 1954. Gli agenti intervengono in zone di guerra o luoghi devastati da eventi catastrofici. Territori difficili e pericolosi, che richiedono abilità e dedizione fuori dal comune affinché il sapere umano venga portato in salvo e custodito. Alcuni la paragonano alla croce rossa della cultura.

La ragazza senza radici è un'opera di fantasia, tutti i personaggi, nessuno escluso, nascono dalla mia immaginazione. Nonostante il municipio di Nizza e gli archivi siano luoghi reali, quelli descritti nel romanzo appartengono alla finzione. Così come la tenuta di Miranda nei pressi di Sanremo. Il romanzo, dunque, si avvale dei meccanismi propri della narrativa. Qualsiasi somiglianza con persone reali, eventi o luoghi è puramente casuale.

RINGRAZIAMENTI

«Ho nel cuore tre sentimenti
con i quali non ci si annoia mai:
la tristezza, l'amore e la riconoscenza.»

ALEXANDRE DUMAS

Il momento dei ringraziamenti mi riempie sempre di grande emozione, di ricordi intensi, di gioia e riconoscenza per chi mi ha accompagnata, consigliata e sostenuta.

Il mio primo grazie è per mio marito Roberto: con te è impossibile annoiarsi, eppure sei anche il mio mare calmo, dove risiedono tutte le mie certezze.

Grazie ai miei figli Davide, Aurora e Margherita: siete la mia forza e il mio orgoglio. Ogni giorno, mi insegnate qualcosa, mostrandomi un mondo nuovo. Grazie a mia madre che mi ha trasmesso l'amore per i libri e la lettura, ai miei fratelli e le mie sorelle e a mia zia Paoletta che attende con ansia ogni mio nuovo romanzo, a mia zia Anita che ha mantenuto viva la memoria della famiglia Piras, costruendo l'albero genealogico. Grazie a Erika, Luca e Massimo. Grazie a mia zia Rita Caboni per avermi spiegato le dinamiche dell'adozione. Grazie a Laura Pinna per le delucidazioni relative alla tutela dei minori. Grazie ad Andreina per le chiacchierate sui libri e per essermi amica. A Irma per i nostri splendidi pomeriggi davanti a una tazza di tè. Grazie a Maria Rosaria Mastidoro per le riflessioni sulla vita. A Susanna Zanda, bibliotecaria e amica affettuosa, sempre piena di entusiasmo e immaginazione, preziosa fonte di informazioni. Grazie allo staff della biblioteca di Decimomannu, un luogo speciale che mi ha ospitata durante la scrittura dell'ultima pagina. Grazie a Raffaella Pani, appassionata genealogista e acuta ricercatrice che mi ha raccontato le sue scoperte.

Grazie alla dottoressa Consuelo Pilia, e grazie a Rosy Mercurio e Deborah Ghione, esperta di rose. Grazie ad Anna Pavani per esserci sempre. A Linda Kent, mia dolce amica del cuore, sei come il sole che brilla sulla mano. A Mariella Cortés, che ha ascoltato le mie prime idee sul romanzo e ad Alessia Gazzola, per la sua anima gentile. Grazie a Valeria Usala per il supporto, il sostegno e l'amicizia. A Silvia Zucca perché è la quiete che mi rasserena. Grazie a Cristina Batteta per tanti di quei motivi che servirebbe un'intera pagina: ti voglio bene. Grazie a Simona Asunis che un giorno mi ha spiegato cosa significa essere nate sotto una pianta di vite, mi ha raccontato delle zone blu del pianeta e della bellezza di Serdiana. Mi ha parlato anche del mitico signor Antonio Argiolas, capostipite dell'omonima e pluripremiata cantina, il quale nei suoi quasi cento anni di vita è stato un esempio e ha dato lustro al nome del suo paese. Grazie alla famiglia Pilloni della Cantina Su Entu di Sanluri e in modo speciale a Valeria che, con passione e competenza, mi ha raccontato la storia di una realtà eccezionale, mi ha parlato dell'associazione delle Donne del Vino e mi ha mostrato un mondo affascinante e indimenticabile. Grazie a Domenico Sanna per avermi invitata a partecipare a una giornata molto speciale.

Grazie a Carmen Prestia per il sostegno continuo: la forza e l'energia che mi hai trasmesso sono state determinanti. Grazie a Stefano Mauri e Cristina Foschini, a Elisabetta Migliavada, sempre pronta ad ascoltare le mie idee, a Adriana Salvatori che trova sempre il modo di aggiustare tutto, ad Alessandro Mola che smussa, asciuga, cesella: il nostro appuntamento annuale mi riempie di gioia ed emozione.

Grazie a Rosanna Paradiso, Giulia Marzetti, Alice Astrella e Tommaso Gobbi dell'ufficio stampa, grazie a Nicol Rengucci, Nicoletta Ferrante e Valeria Vaglio del marketing. Grazie a Graziella Cerutti, Barbara Carafa, Monica Tavazzani. E grazie a Elena Campominosi. Grazie a Laura Alineri per i suoi occhi attenti, la precisione e la competenza, e alla Garzanti tutta.

Grazie ai lettori che mi scrivono, mi supportano e grazie anche a quelli che mi incoraggiano a fare meglio e volare sempre più in alto.

Sono su Facebook, Instagram e persino TikTok. Scrivetemi, vi risponderò.

Finito di stampare nel mese di ottobre 2024
presso Grafica Veneta – via Malcanton 2, Trebaseleghe (PD)

Questo libro è stampato col sole

Azienda carbon-free